正妻不好當 3

文創風 152

懷愫 著

目錄

第四十六章　地位鞏固

迴廊裡頭點著一排玻璃燈，兩個小太監顧不得蠟油落在手皮上，用手護著蠟燭跑到前頭去點燈，胤禛走得飛快，一路上都在想要怎麼處置鈕祜祿氏。

原來妻子沒有回來，回來的是鈕祜祿氏！胤禛不自覺地露出一個冷笑，看來她以為自己定能當上太后，怪不得同過去不一樣了呢，就只一個「聽話」的優點，這輩子也沒了。

東院早早落了鎖，宋氏屋子裡的燈卻還亮著，她知道這回不好了，巴著窗戶直直盯著院門，聽見一點響動，心臟就要跳快兩下。

太監開了東院的門，胤禛進去時不禁停頓了一下，目光落在門口守著人的屋子上。

見是胤禛來了，守門人自然趕緊幫他開門。鈕祜祿氏被綁著按在床上，桃兒幫她蓋上了被子，起初她還不停掙扎，後來沒了力氣又被堵著嘴，躺在床上竟有了一點睡意，門打開以後過了一會兒，才清醒過來。

蘇培盛親自跟進來點了燈，要小張子跟小鄭子守在門外。胤禛見鈕祜祿氏躺在床上，心中怒火更甚，卻不上前去，而是打量起這斗室來。他眼睛一掃，視線忽然落在桌上的紙箋上，那上面寫了兩句短詩，落款竟是個「雍」字。

他當下把那張紙揉爛了捏在手裡，上前一步一腳踏在榻上，低下頭去看那張陌生的臉。

鈕祜祿氏眼裡迸出光彩來，嘴裡唔唔出聲，這副急切的模樣落在胤禛眼裡，竟讓他勾出個笑來。「鈕祜祿氏既然瘋了，便挪到偏僻院子裡叫人看著，免得再犯瘋病。」說完又加一句：「聽說她嗓子極好，堵嘴的東西就別拿出來了。」

鈕祜祿氏被人從床上架起來，她扭著臉盯住胤禛，嘴裡含混聲不斷。

胤禛目光掃過這一屋子的東西，憑格格的分例還能佈置成這樣，這樣還算作踐了她？恐怕她的心還留在寧壽宮呢！

「把這屋子裡的字紙都尋出來燒掉。」胤禛打定主意，等這事一淡就讓她暴病。「蘇培盛，你盯著辦，東西歸庫裡去，把這屋子鎖上。」

一出屋門，胤禛就見宋氏只穿一件單衣跪在院子裡，見了他也不辯白，只是哀求道：「求爺看在妾多年侍奉的分上，饒了妾這一回，妾願日夜為福晉唸經祈福……」

她一番話還沒說完就被胤禛打斷了，鈕祜祿氏說了什麼蘇培盛不敢報給他聽，宋氏的話可是一字不漏地全說了，當下厭惡地皺起了眉頭。「妳既這樣誠心，便去南院唸經吧，與李氏好好作伴。」

這一句把宋氏釘在原地，眼眶裡的淚珠還沒滴下來呢，耳朵就嗡嗡直響，眼睛一閉，暈了過去。

「把宋格格抬去南院，正好同李側福晉一道養病。」胤禛的眼睛掃過東院裡一間間暗著的屋子，這些女人原來竟是一副模樣！

宋氏剛才那番楚楚可憐的模樣全都白裝了，她若是再聰明一些，此時就該先忍下來，胤禛正在氣頭上，滿心只想著先懲治鈕祜祿氏，要不是宋氏自己撞上槍口，等過了今天她再去周婷那邊請罪，把姿態擺得低些，胤禛也不會立刻發落她，她卻偏偏選擇在這不該作態的時候使了全身的力氣博取同情。

胤禛眼見宋氏暈倒在地上，月白色的單衣裹著細腰，頭髮只簡單綰了一綰，夜風吹來，讓人感到陣陣涼意。可胤禛不說話，沒有人敢去扶她起來，就連宋氏的丫頭蕊珠，也伏在地上瑟縮著發抖。一朝關進了南院，這輩子可就沒別的指望了，李氏好歹還有兩個兒子，宋氏可什麼依靠都沒有。

蘇培盛眼見胤禛不為所動，心中明白宋氏這招沒用對地方，反而招了胤禛厭惡。他朝那兩個看門的婆子比了比，這才有人把宋氏給扶起來，她一張臉凍得煞白，人軟綿綿地靠在婆子身上。

胤禛懶得再看這院子一眼，示意蘇培盛趕緊辦妥，便轉身抬腳出去了。

蕊珠此時才敢哭出聲來，東院裡一片死寂，偶爾傳出幾聲抽泣，也很快就壓了下來。蘇培盛對著還跪在地上爬不起來的蕊珠皺了皺眉頭。「還不幫妳家主子穿衣收拾？」

蕊珠的腿還在打顫，她掙扎著站起來，那個婆子已經先一步扶了宋氏進屋，把她推在床上，眼睛一掃，手裡就撈了個放在妝盒外頭的金戒指。蕊珠見到了，卻提不起聲音訓斥她，她知道她們如今處境不同以往，咬著牙趕緊把值錢的東西全都收拾起來。

那婆子本來還想仗著手快再拿一些的，見蕊珠三兩下鎖了妝匣，翻了個白眼出去了，嘴裡還催促道：「蕊珠姑娘可快些，別教咱們底下人為難。」

蕊珠一個人再收拾也拿不了多少東西，宋氏被屋裡的暖氣一沖，緩緩醒了過來。她是真的凍僵了，身子直接貼著地上的青磚，半邊身體已經麻了，眼睛微微轉動，臉上死灰一片。

那邊屋裡鈕祜祿氏還在掙扎，兩個婆子一邊一個抬高她的胳膊，把她整個人拎空架出去，她不住扭動，腳上的鞋子踢出門外，落在青磚地上。

桃兒不敢跟她待在一間屋裡，一直在外頭守著。此時她見鈕祜祿氏像個瘋婦似的，就木著臉扯下床褥子收拾東西，別的什麼都不拿，只幫鈕祜祿氏帶上被褥跟厚衣服，就走到蘇培盛身邊。「敢問公公，這是去哪兒？」

蘇培盛睨了她一眼。「西頭那間院子。」那處最偏僻，既不臨街又不臨著八阿哥府，不用怕吵到人。

桃兒朝他屈一屈膝蓋。「我先過去收拾，公公慢慢來。」說完看也不看已經滾到地上的鈕祜祿氏，直直出了院門往西去。

迴廊裡的紅燈籠被風吹著搖搖晃晃，紅光晃得桃兒瞇起眼睛，她走到無人處才敢吐出一口氣，眼睛一濕流下淚來，到底算是保住了性命。

胤禛掀開簾子，周婷還像他走之前那樣沈睡，翡翠跟瑪瑙守在她身邊，珍珠已經得了令先回房休息。瑪瑙一見胤禛，縮在袖子裡的手輕輕一顫。

「福晉醒過來沒有？」胤禛坐在床沿上往裡看周婷的臉色，伸手把她散在額邊的細髮攏到耳朵後去。

「沒有，太醫說怕福晉夜裡發魘，第一劑藥分量便重一些。」翡翠上前兩步屈著膝蓋答話，這兩步正好遮住瑪瑙正在微微顫抖的身子。

「知道了，下去吧。」他的指尖停在她臉上，只覺得她臉頰發燙，便拿起掛在床邊的毛巾幫她貼了貼臉。

直到聽見那些話之前，他還沒對鈕祜祿氏起殺心。胤禛的目光一直停在床上人兒的臉上，手伸進被褥裡握住她的指尖，臉雖然燙，手指頭卻是涼的。

去東院時胤禛只是一味憤怒，既然鈕祜祿氏肯定不再安分，與其留著她埋下禍根，不如現在就讓她無聲無息地死了。若她就像前世那樣，不多言多行、安分守己，等嫡子出生，胤禛或許還真會讓她再把弘曆給生出來。

可她既然生了那樣的心思，就斷不能再容她，他身邊已經出了個李氏，不能再出一個。胤禛嘴邊噙著一抹冷笑，他從沒寵愛過鈕祜祿氏，為她請封側福晉，不過是因為她生下了兒子，只是為了讓弘曆能得到跟弘時一樣的待遇。

妻子賢良、年氏合他意，鈕祜祿氏別無所長，只是安順聽話而已。想不到多活一世，她竟連這立身的根本都丟了，想是當太后的日子太過舒服，讓她無法繼續忍下去。

最後那一句，別人只道鈕祜祿氏是發瘋胡言，就算要給正妻這個體面，也要等到胤禛升到郡王，才能上摺子請求康熙，為一個死去的孩子請封。

可胤禛卻像被針扎了似的刺痛，他沒向皇阿瑪請求，但他登上大位後卻可以，只要一道旨意下去，甚至還能過繼一個孩子繼承他的香火。此時他對弘暉的印象還很鮮明，他也曾把他舉過頭頂聽他笑得開心；也曾握著他的手教他寫下稚嫩的第一筆，雖說他寵愛李氏，但確實更看重弘暉。

慢慢地，弘暉就漸漸淡出他的記憶，好像只是玉牒上一個名字。妻子卻不一樣，她揪著那點哀傷反覆咀嚼，一直留著弘暉用過的那些小東西，或是一管玉筆，或是一頂小帽，然而她愈是懷念，他這個丈夫就離得愈遠。他有太多事情要做，培植勢力、發展人脈、爭權奪位，還要在活著的孩子裡挑一個繼承人。

兒子過世只是一個事件，就算她還能再生也罷，夫妻之間早在多年以前就已相敬如賓，連她病了、死了，他都沒想過要去看一眼。在位十三年，他竟然沒有為自己唯一的嫡子追封，甚至從沒想過過繼一個孩子給他，讓他能永受香火供奉。

胤禛正沈溺在悔恨中，就看到周婷在睡夢中蹙了蹙眉頭，渴熱難耐躺不安穩，胤禛不禁伸手輕輕拍她的背。怪不得她那麼冷淡，端著皇后的體面，甚至不願意跟他待在一處，紫禁城這麼大，對她來說也是小的，她寧可躲在暢春園裡。

胤禛突然間明白了，原本他一直不懂為何兒子死了，妻子就變了個人，原來她恨他，一直怨恨到死。

怪不得那拉一族從不曾跟他親近，明明他們應該是同盟，卻向來都站在中立方，是他自己早早就把這條關係給斬斷的。

「是我對不住妳。」一聲輕嘆散了開來，周婷鬢邊的髮絲纏在胤禛指間，他低下頭去輕輕觸碰她的額角。這一世她的年紀變了，容貌也不盡相同，但只有「心性」這一點從沒變過。過去是他不懂，如今他懂了，自然要護著她、補償她。

周婷這一覺足足睡到第二天中午，醒來時腦袋發暈。瑪瑙正坐在床邊看著她，見她醒了，趕緊叫翡翠進來。「快去拿蜜鹵子調了水來，給主子潤潤喉嚨。」

瑪瑙一雙眼睛亮晶晶的，扶著周婷坐起來，拿大枕頭幫她墊腰。「昨天夜裡爺親自發落了宋格格，要她去跟李側福晉作伴呢。」

周婷關注的不是李氏，她剛想開口問，就覺得喉嚨乾得發疼，翡翠捧了蜜水上來，她連喝幾口才問：「那鈕祜祿格格呢？」

瑪瑙一怔。「她既然發瘋，自然差人關起來看著了。據說昨天東院鬧了半宿，兩個婆子竟弄不動她，後來還是蘇公公叫人抬出東院的。」

瑪瑙頭一個恨的是宋氏，心中認定她早瞧出鈕祜祿氏有瘋病，要不怎麼一直縱著她，要什麼就給什麼呢？

「主子餓不餓？廚房裡還溫著粥呢。」翡翠藉機退了下去，把屋子讓給周婷和瑪瑙。

周婷盯著翡翠離去的背影，沒想到自己身邊除了忠勇的瑪瑙、靈巧的珍珠，竟還有個如此通透的翡翠。

「鈕祜祿格格被關在哪兒了？」周婷雖然下了狠手，但並沒有想要讓她死，一聽說她只是被關了起來，心頭突然鬆了口氣。

「西邊的院子裡頭，叫幾個粗使婆子輪流看著。」瑪瑙不解周婷之意，不管是不是瘋了，她意圖傷人就是死罪，哪裡值得主子這麼關心。

「原先也瞧不出來，她才這個年紀，怪可憐的。妳去吩咐一番，叫那些人不可作踐了她，吃穿用度還是按原來的分例為她送過去。」

周婷一說完，就見瑪瑙扁了扁嘴。「主子的心腸也太軟了些。」

話雖如此，瑪瑙心裡卻明白連李氏這樣明裡暗裡跟周婷爭鋒，周婷都沒趁她落魄就下手整治，而鈕鈷祿氏是發瘋，周婷就更不會拿她怎樣了。

待要出去，瑪瑙又加了幾句：「主子這回可在院子裡立威了，宋格格還哭著求爺，卻照樣被送進了南院。」

瑪瑙心想她這麼說，周婷應該會高興，誰知她臉上並不見喜色，見她靠在枕頭上不動，瑪瑙還以為是睡得太久身子發虛，等翡翠端了粥上來，她才出去吩咐小丫頭。

「珍珠的傷，能不能好？」周婷接過粥碗以後問翡翠。

事發之後她們不敢讓太醫為她醫治，風寒便罷了，這樣的傷痕，傳出去太難聽，因此只請了有名望的老大夫過來，幫她清傷口開藥方。

「大夫說，這幾日先喝湯藥收斂傷口，等結痂以後日日拿玉容霜抹臉，或能除去十之八九。」翡翠說著，挾了塊軟糕放進碟子裡。

「拿上好的珍珠粉給她，往後每隔一旬為她送兩瓶過去，叫她拿這個調了蛋清跟蜂蜜抹在臉上。」周婷頓了頓，又說：「叫她在院子裡養著就是，若她覺得不自在，就跟碧玉還有顧嬤嬤一起住，她那裡是小院子，進出走動也方便。」

年初過年時周婷重新幫幾個丫頭分派房子，由於碧玉認了顧嬤嬤當娘，原本的房間就不夠大了，因此周婷特地差人理了個獨門獨院的房子給她們兩個。既然正院裡都是主子，珍珠恐怕不敢頂著一張傷臉走動，顧嬤嬤那裡比較清靜，又有碧玉陪著，興許她能好得快些。

翡翠點頭應下，一面侍候周婷用飯，一面帶著笑意說：「爺在主子這兒坐了大半個時辰，歇在暖閣裡頭。」

周婷微微一怔，才把嘴裡的粥嚥了下去。一個男人在一個女人床前乾坐一個多小時，為的是什麼？是他察覺到了？還是他……她心口一跳，不再往下想，他可不是那種懂得濃情密意的男人，會特地看顧昏睡中的妻子。

既是如此，那到底是為了什麼呢？

周婷知道鈕祜祿氏是穿越者，但她說的那些話周婷並沒當真，現代電視劇亂七八糟改編太多，好幾個人物的事情寫在一塊兒變成一個人，有的還乾脆直接表明是「戲說」，她來了之後，才發現很多根本不是那麼回事。

鈕祜祿氏的話有多少真實性還不能確定，周婷自然不會往這方面去想。然而如此一來，胤禛的舉動就無法解釋了，他怎麼看都像是在心疼她……周婷不禁莞爾一笑，是個女人都願意這麼想，但她偏偏要找出個更正當的理由來說服自己，好把警惕心一直保持下去。依賴他就等於把眼睛、耳朵都給塞住，她可還有兩個女兒呢，千萬不能大意！

大妞跟二妞昨日一天沒見著她，今天一大早就哭鬧不休，奶嬤嬤怎麼也哄不住，周婷一醒就把兩個孩子抱過來了。

周婷要人把炕桌撤了，兩個孩子躺在一處，她手裡拎著蜜蠟手串在兩個孩子眼前來回搖晃，引她們伸手來抓。大妞一邊蹬腿一邊使力，眼看就要抓著了，二妞急急翻了個身，撐著手朝周婷「啊啊」叫了兩聲，然而手的力氣不夠，一下子就趴回床上。

一屋子的女人看了跟著樂，烏蘇嬤嬤就站在炕邊上，避免孩子掉下來，她忍不住笑著說：「小格格這麼早就會翻身了，可見是骨頭長得好呢。」

周婷聽了笑咪咪的，她把之前知道的那些知識全用在兩個女兒身上了，每天都抱她們出去曬太陽，好吸收維生素D，促進鈣質吸收，強健骨骼。

炕上各色小老虎、小兔子玩偶擺了一圈，二妞眼見拿不著手串，便伸手抱了個布老虎，張嘴就要咬，奶嬤嬤剛要阻止，周婷就把她攔住了。「讓小格格自個兒玩。」

奶嬤嬤知道周婷古怪的規矩多，洗澡時要幫孩子轉動手腳，除了喝奶還要吃菜湯糊，問題是哪家孩子不是吃滿一歲的奶，等到牙長齊了才吃這些呢？不過就算這些規矩在她們眼裡再奇怪，兩個孩子還是長得很好，因此她們那些經驗之談全派不上用場。

弘時被奶嬤嬤抱過來請安，眼巴巴瞧著炕上那些玩具，周婷朝奶嬤嬤伸手，把他給抱過來。弘時快要一歲半，正是記事的年齡，也會說些簡單的字句了，周婷有意讓他跟兩個女兒親近，便指著大妞問：「這是誰呀？」

弘時知道他有兩個長得一樣的妹妹，卻還分不出哪個是哪個，咬著手指頭說：「妹妹。」

「這是大妹妹，這是小妹妹。」周婷一面說，弘時一面點頭，眼睛卻盯著炕上的玩具，周婷索性把他放到炕上，讓三個孩子一起玩。

弘時抓了兩個布偶看了看就又放下來，他早對這些沒了興趣，見大妞伸手要抓玩偶，就站起來走過去拿給她。翡翠見狀，轉身拿了個銅盒，把裡頭的竹製九連環拿給弘時。

瑪瑙掀了簾子進來，周婷看她一眼，站起身來往內室去。「都吩咐好了？鈕祜祿格格如何？」

「東西正在讓人收拾，還是原來她用的那些，如今有四個婆子輪流看管她，奴才瞧見她正坐在迴廊裡，抬起頭不知道在看什麼。」瑪瑙遠遠看了鈕祜祿氏半天，她一動也沒動過。

「婆子們說她這瘋病是一時清楚、一時糊塗的。」

要不就安安靜靜地坐著，要不就繞著屋子唸唸有詞地轉圈，只是苦了桃兒，婆子們只管看住鈕祜祿氏，可不管她的衣食吃穿，全由桃兒一個人料理，稍不如意還要大發脾氣，桃兒胳膊上青了好幾塊，看得瑪瑙眼圈都紅了。

可除了她，還有誰能被派去照顧鈕祜祿氏呢？菊兒一被攆就理了東西離開後宅，沒留下向鈕祜祿氏磕個頭。原本還有人嘀咕她不忠厚，此時又全反過來感嘆她聰明。

「看起來雖然還好，不知什麼時候又會發作起來，要看管的人小心仔細些，若跑出院子傷著了人，我定不饒她們。」周婷心裡到底還有些愧疚，可不把鈕祜祿氏關起來，她總會找到機會在胤禛面前把那些話嚷嚷開來，到時可就不是她一個人死那麼簡單了。

因此周婷就算難受，也不敢心軟放她一馬，只能讓她過得好一些，最好就此認清事實，安分地過下半輩子。鈕祜祿氏隨口幾句話就引來這麼多事，看來她自己以後還得再謹慎一些，免得胤禛起疑。

瑪瑙應了一聲。「全都吩咐好了，她們原是做粗活的，如今只要看住一個人，高興都來不及，只怕丟了差事呢。」說完這個，她看了看周婷的臉色。「剛才過來的時候，聽說宋格格正在南院裡朝咱們院子磕頭呢。」

「朝咱們院子磕頭？」周婷眉毛一挑。

「可不是，奴才聽了趕緊過去瞧，宋格格就跪在院門裡頭，路過的人都能瞧見她一邊跪一邊告罪呢。」人人經過都要掃上一眼，卻沒人敢在這個時候湊過去看熱鬧，見瑪瑙來了全都低著頭快步離開。瑪瑙見狀氣急敗壞地招來守門婆子，這才知道宋氏已經跪了小半個時辰了。

「一院子的丫頭婆子，竟沒個人上去拉她？」周婷沈下了臉。這女人還真會作怪，花招百出，這是想教大家都口耳相傳宋格格如何誠心請罪呢，她要是置之不理，恐怕會被說苛待妾室。

「就只有一個蕊珠跟著，側福晉的丫頭全都躲在屋裡不出來呢。」瑪瑙神色憤然。「她都被禁足了，竟還不老實些。」

昨天夜裡扮可憐、裝柔弱都沒奏效，今天還來這一套，也不知道換個法子。真有那股聰明勁，就該跟李氏學一學，老老實實地不動，好像後宅裡頭沒她這個人一樣。

周婷眉頭微擰。「妳去南院告訴宋格格，爺定下來的事，我是沒法子做主改了他的主意的，要她留著力氣侍候李側福晉吧。」

周婷原本並不討厭宋氏，畢竟後院裡哪個女人不想得到寵愛？每個人都有自己的生存法則，宋氏的生存法則就是討巧賣乖，扯著一張溫順的臉皮，想要哪邊都不得罪。

其實這也不要緊，但她不該打著一石二鳥的算盤把鈕祜祿氏當槍使，縱得她愈來愈不知天高地厚，僅是這份心思，就教人厭惡。鈕祜祿氏雖然身分低微，到底是胤禛的妾，若是她鬧起來，周婷自然要出手管教她，弄出了動靜，胤禛的視線也就跟著被拉到東院，才有她宋氏重新露臉的機會。

踩著別人向上爬的手段現代也不少，周婷不是沒經歷過，可那些手段總不會要人性命，宋氏難道不知鈕祜祿氏的下場會是什麼嗎？

周婷不信她不明白，在後宅裡生活了這麼久，會連胤禛的脾氣都摸不清楚？

她在心裡冷笑。這樣也好，正好把這兩個一樣惡毒的女人放在一個院子裡看著！

第四十七章 別有居心

宋氏襖裙裡頭穿了兩條薄棉褲子，跪在青磚地上時依舊全身發麻，也不知是冷麻的，還是跪麻的。本來她只求能教爺再想起她就好，誰知鈕祜祿氏一下子過了火。說她瘋了？她才不信呢！一心只想爭寵奪愛的女人，怎麼可能是個瘋子？

跪得太久，視線都模糊了，宋氏也知道這回自己是真的惹了爺厭惡，可如果不是福晉把爺拴得那樣緊，她也不會想出這種法子來。她在家時也是嫡女，何曾受過這樣的苦楚，咬牙忍了半刻，整個人就搖晃起來。

蕊珠急切地往門外張望，一見有人來就飛快地低下頭去。她身子雖比宋氏強些，但也沒幹過粗活，內心雖然明白不應該聽宋氏的話這樣跪在這裡作態，可除了這個，還真是沒辦法了。

周婷的話一到，宋氏差點又暈過去，她衝著瑪瑙請求道：「還請轉告福晉，妾是真心悔過，再不敢犯，我願日日為福晉唸經祈福以償過錯。」

瑪瑙側過身子，不讓她跪著跟自己說話。「不敢當格格這個『請』字，主子的話我已經帶到了，格格還是先顧好自個兒的身子吧。」說著指了指蕊珠。「妳竟不知道攔著，若妳主子出了什麼事，就是妳侍候不當，不獨是妳，這院子的丫頭，連個人也勸不住，還能當什麼差?!」

最後一句她故意拉高了聲音，緊閉著的屋子裡頓時傳來些細碎的聲響，瑪瑙微微一笑，朝宋氏屈一屈膝蓋，扭頭出了南院。

宋氏原還撐著，此時一口氣提不上來軟在地上，蕊珠想要扶住她，無奈自己也跪久了站不住，還是石榴要葡萄帶人出去把她們兩個人扶進屋子。

宋氏含淚坐在床上，原她還暗暗譏笑過李氏，平時裝出鳳凰的模樣，被水一澆就成了落湯雞，如今輪到自己，內心真有說不出的苦澀。她不願相信胤禛會如此絕情，一點也不顧念以前的情分。

李氏沒來之前，爺也待她好過，就是李氏來了，他也三不五時要來看一看她，怎麼現在就像沒她這個人一樣呢？

她垂著頭，手指緊緊攥住床褥出神，也不知道福晉用了什麼法子把爺的心給攏住了，爺突然間竟像換了個人似的，日日在正院裡流連，再不踏進後宅一步，就是爺才大婚時，也不曾如此。

蕊珠一面揉腿，一面偷偷看向宋氏。「我聽說側福晉做了好些小衣裳呈給福晉，不如咱們也做一些。」

「她做過咱們再做，就沒什麼特別了……妳把佛像擺出來，得讓人知道咱們日日都為福晉唸經。」宋氏甫一說完就怔住了。

她還記得爺特地去潭柘寺請了開光的佛像來，正院就是從那時候開始受寵，難道菩薩真的這麼靈驗？福晉甚至還在她院子裡修了小佛堂，每日午後都要去坐坐，好幾回去找她，她都剛剛上完香……宋氏恍惚出神，愈想愈驚。

宋氏的父親在理藩院做事，她生下女兒後，胤禛還為她父親陞過官，如今已是六品主事，因一直都在理藩院裡，也會從回京的筆帖式那邊聽到一些事情，她也曾聽父親說過。筆帖式主要從事的工作是翻譯漢滿奏章、文書抄寫，所以常得知民間的怪事與軼聞。

宋氏捂著心口驚疑不定，莫不是……怪不得李氏一下子就倒了，怪不得爺連三個孩子的情面也不顧了，怪不得他再沒去過別的院子，就連福晉懷著身子也沒讓誰承過寵！

宋氏一張臉嚇得煞白，愈想愈覺得是，她一雙眼珠盯著窗外頭一動也不動，嘴裡喃喃道：「這可怎麼是好……」

「小張子送了禮單來，福晉可要過目？」翡翠收起碗碟，拿了幾張紅箋過來。

周婷歪靠在窗邊，伸手接過略微翻了翻——今年送禮的倒比往年多了些。

胤禛此時還只是貝勒，並沒有升上郡王，可也開府好幾年了，總有些自己的勢力，之前那些禮單全是門人孝敬上來的，今年卻不同，好幾個之前並無交際的官員這回也送了禮來。

周婷把這些單子仔細分開，門人跟下屬歸放在一處，陌生的新名字就歸到尋常人情那一類裡去。翻了幾張，看到一個眼熟的，細細一想，原來是李氏的父親。他早已經被免了職位，特地求見胤禛，也被擋了回去，想是他做官的心思還沒熄，藉著生辰慶賀之名討好來了。

周婷眼睛一掃，大概算出了禮物的價值，看來他真是下過血本。瞄到最後兩樣時，她挑了挑眉毛。古玩、珍器這些都很正常，可胤禛一個大男人生日，他竟送了綢緞上來。

牡丹鳳凰紋浣花紋錦、大紅妝蟒緞金絲團花錦，不論哪一種圖樣，這府裡除了周婷，誰也沒資格用。李氏的爹倒比女兒有頭腦，知道這樣拐彎向她示好，還確保胤禛一定會知道。

周婷輕輕一笑。只可惜李氏這回再也爬不起來，南院裡的事她知道一二，平時只按著規矩給該給的東西，四季、衣裳、三餐飯食不少了她的，其他自有胤禛料理。

府內的人事變動管事們全都登記在檔，隔一段時間察看一回，就知道哪處有些什麼人。原本李氏管家時提拔起來的那些心腹，早就一輪一輪被汰換，大廚房的那一個更是去向不明。

周婷沒讓人這麼做，那肯定是胤禛幹的，看來他果然抓到證據，只是不便鬧出來。李氏不足懼，但寵妾害死嫡子這種事，說出去打的是他自己的臉。

他不能發洩怒氣，又自覺愧對妻子，因此李家就是送再多的禮，也不可能再被起用了。周婷合上李文輝的禮單，重新放回去，轉而拿起下面那張。

「怎麼還有拜帖？小張子愈發糊塗了，也不說清楚。」瑪瑙雖不太識字，但總是知道基本的文件格式，一看就知道不是禮單。

「是馮氏求見，妳叫人傳話出去，說我明日得空，要她下午過來。」周婷吩咐道。

馮氏已經好一段日子沒來過，這一回大概又是弄出什麼新東西了。周婷在這方面是能支持就支持，自己不會的，她能做出來，一個出錢、一個出力，有什麼不好呢？

兩個女兒吃飽了，正在床上翻動，周婷把禮單擱在一邊，解下手上的紅珊瑚串跟二妞拔起河來。她很明顯地表達出了對顏色的偏好，若有人穿著紅色衣裳，她就願意多看幾眼。

大妞則是流口水蹬著腿，她們兩人有自己的交流方法，常說些唔唔咿咿讓人聽不懂的話，並排躺在一起時，還要拉拉對方的手。周婷忍不住一人親了一口，兩個丫頭開心地笑起來，腿踢得更高了。

胤禛一進來就瞧見妻子正在逗弄女兒，原來還緊著的眉頭鬆了鬆。「怎麼穿得這麼少，不怕她們凍著？」

「屋子燒著地龍呢，這兩個一刻也閒不住，我還怕把她們給熱壞了。爺今天倒晚，可要用些什麼？」周婷一分神，二妞就把紅珊瑚串拉了過去，抓在手裡使勁兒搖，炫耀給她姊姊看。

「這力氣可不小。」胤禛坐在炕沿上看著兩個小傢伙，摸了摸二妞的手。二妞以為他要跟自己搶東西，響亮地叫了一聲，胤禛被她逗笑了。「還知道護東西了。」

「我用過了，妳不必忙，今天身子可好些了？」胤禛接過周婷端上的茶，細細看她的臉色。「明天我叫太醫再來為妳把脈。」

「我不過一時嚇到了。說起來怪沒用的，眼看著她撲過來，連躲都不會了。」這是出事之後兩人第一次說起這件事來，周婷皺了皺眉頭。「派過去的婆子們來回，說她一時糊塗一時又清楚，我便要人幫她鬆綁，這毛病也不能怪她。」

胤禛應了一聲，垂下眼簾喝了口茶。鈕祜祿氏絕對不能留下，既然起了意，最好盡快了結，免得夜長夢多。

「我雖無事，珍珠卻可惜，我原想幫她找個好人家嫁了，如今傷到臉……」周婷是真的很難受，對於這個時代的女人來說，嫁個好人家就是一輩子的幸福了，現在臉上多了傷疤，就算周婷給的嫁妝再厚，也怕嫁了以後那人待她不好。

「妳這幾個丫頭個個都好。」胤禛知道周婷難過，拉過她摟住肩膀。「她既護住妳，就是立了大功勞，發嫁的事妳不必操心，我看看底下有什麼好的，擇幾個出來由妳決定。」

「只怕別人看在你我的面上勉強娶了她，那倒不如待在我身邊呢。」周婷靠在胤禛肩上嘆息了一聲。

二妞吃力地抬頭看著爹娘呵呵一笑，拿手去抓周婷的裙角，把周婷給逗樂了。她伸手摸著女兒細軟的頭髮，問道：「爺可想好了大妞跟二妞的名字？今天我抱著弘時問他哪個是大妹妹，他咬著手指頭說不出來呢。」

胤禛略一沈吟。本來皇家的孩子要等到不容易夭折的年紀才會取名字，格格們更是一直按排行稱呼，到出嫁了再定下封號。

他看看周婷的臉和兩個努力撐起手來又趴下去的小女兒，神色溫和地說：「名字我早就想好了，只怕她們太小了壓不住，等再大一些吧。」

兩個女孩生得圓潤結實，胤禛捏著她們的小胳膊。「我看這兩個丫頭比十四弟的兒子還要壯一些呢。」簡直跟兩個肉團子似的，哭起來也有力氣，一個哭了另一個也跟著哭，奶嬤嬤哄不住的時候院子裡都能聽見。

周婷斜他一眼，他反而笑起來，繼續跟女兒們玩耍，直到她們鬧著想睡了，才讓奶嬤嬤把孩子抱下去。

簾子一放下，胤禛就問：「今天餵過孩子沒有？」

「昨天喝過藥，我哪敢餵呢，怎麼也得等兩天。」周婷拆掉頭髮上的花鈿，剛拿起梳子，就從鏡子裡瞧見胤禛那意味不明的笑，這才明白他指的什麼，轉臉啐他一口，耳朵直發燒……

第二天周婷就有些懶洋洋，全身軟綿綿地提不起勁來，一直歪在暖閣炕上，拿著繡綳時不時扎上一針。陽光曬得人發睏，早知道就該讓他節制點，等會兒還要見馮氏呢，害她這麼沒精神。

馮氏既來拜見，自然帶了東西來，周婷面前的玻璃盒子裡裝了一個精巧非凡的海船模型，見周婷驚訝，馮氏臉上微微一笑。「這是咱們爺從廣州帶來的東西，很不易得，做得很是精緻，甚至連船舵都能轉，洋人就是開這樣的大船往來我國的。」

清朝此時對外貿易算得上發達，康熙時就已開了港口與外國人通商，廣州、福建那一帶尤其繁華，可怎麼馮九如會去了廣州，他不是在做玻璃生意嗎？

「我們爺閒不住，又一直喜歡這些新奇的東西，這邊的生意才穩一些，就又往廣州去了，帶了好些沒見過的東西來呢！」若不是周婷知道馮氏也是同鄉，她這番話聽來還真是合情合理。馮九如會去注意這些東西，多半是聽了馮氏的建議。

瑪瑙把另一個盒子捧上來，裡頭有一模一樣的一對琺瑯娃娃，一看就知道是給周婷兩個女兒的，她拿起來細看了一會兒，朝馮氏點點頭。「妳有心了。」

「這些東西京裡也有鋪子在賣，我原先看了還當成好東西，這回一看咱們爺帶回來的，原先那些竟是再尋常不過了。」馮氏一點也不急，徐徐同周婷說起南邊風物，就像親眼見過那般如數家珍。

「只不過，那些東西多數雖好，但玻璃這一樣卻比不過咱們。」馮氏說這話時不免有些自得，但周婷已經知道她繞那麼大個彎子定是有目的。

周婷只含笑聽著，不時點一點頭感嘆兩聲，過了一會兒，她捏著帕子笑起來。「怎的，難不成還能同外國人做玻璃生意？」

馮氏兩掌一拍笑了起來。「這回咱們的玻璃可在洋人面前大出風頭，我們爺帶去那幾個小座屏直翻了五倍價錢，他們竟也肯要，錢這麼容易賺，倒不如真去廣州開一家分號呢。」

說著，馮氏臉上帶笑地看著周婷。「這些東西京城裡也有人肯出高價要，我還想開洋貨行呢，若洋人不來，可就沒貨源了。」

「你們有這個心自然好，這些事我不懂，卻也聽說大阿哥、九阿哥廣州那邊都有生意，想來並不違反規矩，若能做成，自然好。」恐怕不只是開分號這麼簡單呢……周婷拿起茶盞抿了一口，等著馮氏說下去。

「既有這個心思，也該打聽，咱們爺回來說那地方好是好，恐怕往後做不下去。」馮氏的臉上露出少有的急切，她捏著帕子的手緊了緊。「聽那些洋人們說，他們那邊的教宗改了規矩，福建那邊竟不許入了教的教民祭拜祖宗了，天下哪有這樣的道理?!」

「竟有這事?」周婷並未聽胤禛提起過，皺了皺眉頭。「僧道喇嘛都是出家人，這個教宗怎麼敢管別人的家事?」

馮氏的眉頭也跟著皺了起來。「可不是，也不知這事如何定論，會不會就此改了經商的規矩，萬一前腳開了分號，後腳洋人就不來了，那倒不如再等上一等。」

周婷點點頭。「這事還得看皇阿瑪的意思，我並沒聽爺說起過，想來是朝上還沒個定論呢，若有了消息，我會差人知會妳的。」

馮氏臉上雖笑，眼裡的急切卻沒有淡下去。「若是能繼續通商自然最好，洋人的玩意倒做得有巧思，有些東西竟是咱們從沒見識過的。」

她說著就從手邊的盒子裡拿出一個水晶瓶子。「這是英吉利人從海上帶來的香水，抹一點兒在手腕上，能香一整天呢。」

工業落後就是從這裡起的頭，此時英國人已經製成早期的蒸汽機了，中國人卻還沒想過出海去看看世界。

周婷突然明白過來，不禁一陣心跳，再看馮氏時，就帶了些不同的意味。她頂天了也不過走上后位，人家想的可比她深遠多了。她既然特地過來試探，肯定知道些什麼，周婷對歷史沒那麼熟，但馮氏行事一向可靠，她藉此問一問胤禛也好，反正馮氏連理由都幫自己想好了，就算不一定能左右他的想法，起碼也出過力了。

「說來奇怪，總是洋人來咱們這邊做咱們的生意，怎麼沒人出海去做洋人生意呢？」周婷放下茶蓋擱在桌子上。「只看這對娃娃，就知道他們沒拿好東西過來呢。」

馮氏沒料到周婷會這麼說，一時之間喜形於色，剛想接話，就又按住了話頭。「從沒聽說有人出海做生意，咱們的船不比別人的結實，行不了遠路。」

「我也不過隨口一句扯扯，妳問的事我記下了。」周婷淺笑著淡淡把話帶過，又端起茶來，心裡打定主意要好好探問一下。

「把這個拿去給大格格。」周婷指了指匣子裡的藍色香水瓶。馮氏向來樣樣周全，每次送禮來，上上下下都會顧到，就連正在養病的珍珠也得到一盒香粉珠子。這香水瓶上貼了簽子，一看就知道是送給大格格的。

翡翠捧著盒子往大格格屋裡去，還沒走近，就瞧見茉莉站在屋外搓手。她身上雖穿著夾襖，被風一吹卻還是冷得不住跺腳，遠遠見到翡翠，便快步迎了過來。

「這樣冷的天，妳怎麼站在外頭？」翡翠走過去拉拉她的手。「都快凍僵了，有什麼要緊事？小丫頭們呢？」

「翡翠姊姊。」茉莉瞧翡翠身後跟著兩個小丫頭，一個打傘、一個捧匣，微微一笑。

「可是福晉又賞下什麼好東西來了？」說著就掀起門簾引翡翠進去。

見她不接話，翡翠也不再多問。屋內燒得暖烘烘的，她一進來就把手擺在薰籠上暖了暖手，小丫頭收了傘就接過翡翠脫下的銀鼠皮短襖。

屋裡一股墨香味，山茶從內室走出來，瞧見翡翠就笑。「咱們格格剛還叨念著要去向福晉請安呢，只是不知福晉可好了？」

翡翠接過小丫頭手裡的匣子，跟著山茶往內室去，內室中墨香更濃，桌上卻收拾得乾乾淨淨。大格格坐在炕上，手邊放著小竹藍子，正在紮花，看見翡翠，她彎了彎嘴角。「請坐吧！茉莉快上茶來。」

翡翠擺了擺手。「奴才還得往下一處去呢，若是得閒，定要討格格這杯茶的。」說著就把匣子打開來。「這是下頭剛進上來的洋人玩意，同咱們的香餅差不多，不過不是裝在荷包裡，說是抹在手腕上頭，就能香一整天呢。」

山茶把匣子接過來遞給大格格，大格格手腕一抬，翡翠就瞧見她手指尖上沾了些墨點，心頭微動，只當作沒瞧見，笑晏晏地站在下首。

大格格開了瓶蓋，放在鼻尖輕嗅。「難為額娘想著我，這味倒比香餅更純些。」她剛想在手腕上試一試，就瞧見了自己手指上的墨點，於是抬起頭來把瓶子遞給山茶。「我正有一樁事要去告訴額娘呢，既然妳來了，就替我一併回了，額娘身子才好，便不去打擾了。」

山茶搬過繡墩讓翡翠坐下，大格格斂著手輕笑。「額娘在瑪嬤生辰時獻了個佛經繡的座屏，聽說瑪嬤極喜歡，我也想繡一部佛經為阿瑪跟額娘祈福，想每日往小佛堂去，點佛香在菩薩面前繡，以表孝心。」

翡翠聽了，微微一愣。她跟大格格接觸得並不多，卻知道大格格平日話並不多，今天聽她說了這麼長一串，不禁有些奇怪。雖然繡佛經是好事，不過後院裡誰都知道小佛堂是周婷單獨拜佛的地方，大格格要去佛堂裡繡，還真得經過周婷同意。

「大格格一片孝心，等奴才去回了主子，主子只會高興。」翡翠先稱讚了她，這才又說：「不過這天愈來愈涼了，日日這麼走一遭，怕大格格受了寒氣呢。我來之前主子吩咐了，說大格格畏冷，要我瞧瞧炭夠不夠呢。」

「額娘心疼我是我的福氣，如此一來我更該孝敬她才是。」大格格微微一笑，捏著絹子的那隻手緊了緊。「還請為我遵稟一二。」

「大格格既然這麼說，奴才哪有不應的？等奴才辦好了主子的差事，再為大格格稟告。」翡翠說完就站起來告退。

翡翠退到屋子外頭時，見茉莉站在外間，便笑著拉一拉她的手。「這香水咱們落不著，不過主子倒賞了我一盒香粉珠子，等妳卸了差事就來尋我，我分一半給妳跟山茶。」

茉莉一臉驚喜，點頭應下，掀開簾子送了翡翠出去。

大妞跟二妞手裡抓著琺瑯娃娃不肯放開，那娃娃有些重量，大妞玩了一會兒就抓不住了，滾落在坑上。弘時眼饞地看著炕桌上的精緻小船，用手摸了好幾回玻璃蓋子，周婷把他抱過來。「這東西重，弘時拿不動它，咱們叫人做個木頭的好不好呀？」

弘時乖巧地點頭，眼睛卻還盯住小船不放。到底不是親娘，兩個女兒要什麼周婷要是不給，肯定已經扯著嗓子哭起來了，弘時卻知道不要哭鬧惹周婷不快，周婷看了低頭站在一邊的奶嬤嬤一眼，皺了皺眉頭。

看來弘時身邊跟著的人得慢慢更換，周婷每天讓三個孩子一處玩，為的就是讓弘時跟兩個女兒親近起來，模糊他們之間異母的隔閡，身邊一干侍候的人周婷也提點過，可這些底下人到底還是怕惹惱了周婷，行動說話間不經意就影響了弘時。

陽光透過玻璃照進室內，一點也感覺不到屋外的寒意，大妞跟二妞翻滾了一陣，就張開手腳躺在炕上睡了過去，弘時的手還摸著玻璃盒子，小腦袋卻微微向下點，周婷索性讓他們全睡在炕上，一人一床薄被子，叫奶嬤嬤留下來看著，自己則往內室去。

翡翠在後宅裡轉了一圈，這些東西不獨大格格有，就是李氏、宋氏也得了些，她一回來就把大格格所求告訴了周婷。

「她有這個心自然好，許她每日去一個時辰，要山茶跟茉莉仔細看著，不許她傷了眼睛。」周婷陪孩子玩了一下午，剛歪在炕上就有了睡意，腦子裡還在盤算著馮氏提的事情。瑪瑙坐在榻上幫她捶腿，翡翠應了一聲，見周婷瞇著眼睛，欲言又止。

「怎了？南院哪一個還不安分？」周婷微微掀開眼皮。宋氏是個識趣的人，知道磕頭已經不管用了，馬上就出了新招，求了菩薩去供著，說是要為周婷唸經祈福。這才沒幾天的工夫，南院裡一直飄著的藥味就快變成檀香味了。

「這倒不曾，宋格格屋子裡連香都不用了，直說如今除了佛香，再不染別的香味，怕污了菩薩的清淨，叫奴才把香珠子帶回來呢。」這是想借著翡翠的口再拍一記周婷的馬屁，翡翠卻沒那麼好糊弄，到底還是把東西留下了。

「奴才只覺得大格格不對勁。」翡翠咬了咬嘴唇。一個原本一直不聲不響、努力削弱存在感的人，突然一下子跳了出來，總感覺有些奇怪。

周婷卻沒多想，小佛堂就在正院裡面，大格格要做什麼也都在她眼皮底下，總共就這麼幾十步路，難道還能藉這個機會繞到別的地方去？

何況除了去看李氏，大格格甚少提出要求，她也不想為難一個十歲的小女孩，聽到翡翠的話，也沒放在心上。「叫大格格那兒的丫頭盯得緊些，有什麼不同尋常的地方早些報上來，其他的就只當她是真有這個孝心吧！」

第四十八章 齊家治國

胤禛夜裡過來，果然一眼就瞧見周婷擺在炕桌上的玻璃盒子，他一面解開外袍遞到周婷手裡，一面問：「這是哪裡得的？看起來竟比太子那邊擺的還要精巧些。」

「這是馮九如剛進上來的，我聽馮氏說他去了趟廣州，帶了好些小東西來，大妞跟二妞抓著琺瑯娃娃就不肯放手了。」周婷抖開外袍，瑪瑙接過去後退到屋外，周婷端茶給胤禛。「爺這些日子怎麼這麼晚？可是朝上有事要忙？」

「皇阿瑪要咱們每人呈一份奏疏上去，我今天同十三跟十四談論這個。」胤禛接過茶飲了一口。「妳說馮九如剛從廣州回來？」

「是呢，聽說似乎還順路去了福建，帶了些洋人玩意回來，馮氏跟我打聽往後能不能在廣州開個玻璃鋪子，說是洋人燒的玻璃也沒咱們的好呢。」馮氏說到這點時頗為自得，可見在工藝上頭已經壓了洋人好幾頭，不然翻了五倍的價錢怎麼還有人肯買呢？

胤禛略一沈吟。「馮九如既然來問這個，想是得了些信，正巧問問他那邊的境況。」他一撩袍角坐在炕桌邊把玻璃盒子打開來，拿出那艘海船的模型。

周婷深吸一口氣。「她就是來問這個呢，咱們同洋人起了爭執不成？馮九如兩口子擔心開了鋪子，買賣卻做不下去。」

胤禛正細細看那船的構造，聽她發問，不禁一笑。「福建跟廣州地狹人稠，當地所產不夠食用，與外通商可補不足，應是百姓福祉。」他一面說一面用手去量船隻的大小，細數桅杆數量。

「我不懂這些，只不過聽她說那洋人和尚手伸得太長，竟不許人祭拜祖宗。」周婷忖著胤禛的臉色，見他願意說這些，就把話題往那裡扯過去。

胤禛聽周婷把教宗稱作和尚，放下手裡的海船衝著她笑。「說是和尚也是八九不離十了，真要比起來，倒更像藏地活佛吧。」

「活佛尚且不敢這樣指手畫腳，那洋和尚真這樣膽大？」周婷裝作不懂，往胤禛身邊一靠。其實這些她知道的真不多，她既不能接觸奏章，也聽不到外頭的政事，除了問問胤禛，還真沒管道可以了解。

胤禛伸手摟過她。「只怕他還有膽子更大的時候。」

如今才十月，教宗的使臣還未到達京城，再等兩個月京中就要譁然了，這些話他不能對十三跟十四挑明了說，此時便透露了一些給周婷。

「皇阿瑪准許他們傳教，便是看中他們的西學才下令開禁，如今竟敢蹬鼻子上臉了。」胤禛揀些不要緊的細細說給周婷聽，他用手指頭沾著茶水畫出地圖來，自京城往下什麼地方產些什麼、有多少人口，出瓷器還是蔗糖、菸葉還是絲綢，甚至何地的一閭人家用多少銀子能過一年。說到沿海處天主教興盛的地方，還能指出某處教眾多少、某處又歸哪一教派管理，全是周婷根本沒聽說過的，他甚至還指出了羅馬的方位。

周婷目瞪口呆，就連她也只知道一個大概的方向，其他全還給了地理跟歷史老師，聽一個梳著辮子頭的未來帝王講這些，實在太超出她的常識了。

別的她是真不清楚，但她知道那個倒楣的光緒皇帝連吃個雞蛋都還要小心翼翼地詢問價錢，現在突然發現他的老祖宗不但熟知細務，連這些冷僻知識都了然於心，不禁傻眼。她抬起眉毛糾結地看了胤禛一眼，要是被康熙還有胤禛知道自己的後代之中有個不知道雞蛋價錢的，會不會當場瘋掉？

周婷接著聽了胤禛一大段話才明白，敢情這個教宗是把中國放在自己屁股下面，以為全中國人民都得聽他的？竟然還敢明目張膽向中國發了好幾條禁令！

周婷從鼻子裡頭哼出聲來，這教宗以為現在是一百年後呢！「那皇阿瑪是怎麼說的？這是把咱們當成高麗倭國了呢！」

雖然周婷義憤填膺，但康熙未如她想像中那樣發怒，而是親自寫了封信向教宗解釋中國禮儀，詳盡地說明「天」與「帝」在中國意為何物。

自從與傳教士接觸以來，康熙深為西學所震撼，西方流傳而來的武器醫藥都有過人之處，但他推崇的也只是西學，而非西方教派。

身為一個封建帝王，權力的凝聚才是第一要務，宗教只是統一的手段，他親選活佛為的就是鞏固對藏地的統治，而不是把活佛抬到跟自己一樣的高度來對他指手畫腳。

教宗發布禁令的事情胤禛並不過於憂心，既然他上一世已經解決過一回，這一次就有了經驗。他在上疏中提到人口流失、米糧不足和當地的民生問題，所有已經選邊站的兄弟們當中，他這份奏摺最為全面也最務實。

康熙把幾個兒子呈上來的奏章分類整理出來，十三、十四的跟胤禛多有相同處，大太監魏珠彎著身子上前添了茶，又悄沒聲息地退了下去。

全都看完之後，康熙又把胤禛那一份拿出來從頭翻閱，嘴角含笑微微點頭，手指在「不習中華文義道理，即作此妄論」上面輕輕點了兩下。胤禛舉出利瑪竇作為對比，言明西方傳教者應當先學習中國文字、語言以及風俗，然後才能進入內陸傳教。

這正符合康熙心中所想，這些洋人來往中國，自然仰慕聖化，利瑪竇也是靠這個敲開傳教的大門，他帶來了西學，但他也先承認了中國人的博學，讚嘆這個古老國家的偉大之處。若他跟現任教宗行事風格一樣，只宣揚天主而視祭祖為異端，那恐怕才到澳門就會被當地民眾給處置了。

康熙心裡再一次肯定胤禛這個話不多說、卻事事都肯用心去辦的兒子。他認可了胤禛的能力，同胤礽議事的時候特別稱讚了胤禛，拍著他的肩膀笑言胤禛可為左右手。

這些消息自然有侍候在側的小太監漏出話來，太子的反應也在胤禛意料之中，他到目前為止還一直想拉攏他，而胤禛只需冷落大阿哥，在太子看來就已經表現出了支持他的傾向，雙方皆大歡喜。唯一不高興的大阿哥已經得意不了多久，胤禛面對他時愈忍耐退讓，康熙就愈是覺得他這個兒子厚道沈穩。

夜裡康熙破天荒翻了德妃的牌子，胤禛如今的地位雖不能與太子跟大阿哥相比，勢力也比不上有安親王一系做後盾的八阿哥，卻在能力和品性上獲得了康熙的肯定。

前朝的事，後宮女人能接觸到的非常有限，但不代表她們什麼都不知道，馮氏帶來的禮物裡面，就有一份是專門要周婷送給後宮妃子們的。

德妃拿著周婷送來的香水，微微一笑。「這些東西萬歲爺也曾賞下來過，這瓶子好看，裡頭的東西到底不如咱們的香粉香丸有趣。」

各色的香珠擺在或金或玉的薰盒跟薰球裡頭，繫上玉條帶子垂在腰間既能當裝飾又添香味，隨步擺動隨風生香，自然比香水的直白更適合東方人。

「不過是圖個新鮮罷了，十四弟妹有了身子，我便不敢拿這些個送給她，聽說裡頭有麝香，這西洋畫的座屏我看倒能得十四弟喜歡。」周婷笑著說。

座屏上畫了洋槍火銃，德妃見了就知道是特地為胤禛準備的，點了點周婷的鼻子。「妳跟老四就知道慣著他。」

完顏氏的肚子雖然還沒一個月，反應卻厲害，天天泛酸水，此時就算歪在炕上，也顯得懨懨的，她聞言一笑。「多謝嫂嫂記掛我，我如今再聞不得那香，之前奶嬤嬤抱了弘春過來，我還沒接手呢，就吐了一身。」

周婷把瑪瑙剝好的核桃遞過去給完顏氏，她接過去捏了一塊，才又笑道：「雖沒吐在弘春身上，卻把他給嚇著了，直哭呢。」

「這奶嬤嬤既在餵奶，怎麼還敢用香？」周婷一瞬間就明白完顏氏話裡的意思，搭梯子問了這麼一句。

德妃哪有不明白的，主子懷著身子，就是身邊的丫頭，也不能隨便用胭脂水粉，此時又不年不節，連紅衣都不許穿，哪裡能用到胭脂？這身上帶香的人，肯定是十四的側福晉、弘春的生母舒舒覺羅氏。

自從弘春抱到完顏氏那邊養，她一下子就老實起來，加上完顏氏被周婷一點撥，學會了示弱，胤禎骨子裡又比十三更懂得憐惜，反過來冷了側室好些日子，直到完顏氏有孕，胤禎回頭寵愛她，才又有了折騰的資本。

「我說妳今天的臉色怎麼又差了些，妳到底還年輕呢！」德妃微微一笑，什麼東西在她眼裡都沒有嫡孫重要，完顏氏拐著彎的告狀她自然聽得出來。「等會兒我讓身邊的嬤嬤過去跟妳說一說，妳年輕面嫩不好發作，可若是留下病來，往後懷胎可有罪受。」

完顏氏臉上一紅，挨著德妃的身子撒嬌，索性把話明說：「瞧母妃說的，到底是弘春的額娘，該留些體面才是。」

既然德妃都已經點頭了，周婷也樂得做人情。「這事不必母妃去吩咐，我送她回去聊聊就得了，幾日不見弘春，也有些想他。」說著指了指木頭盒子。「這回下頭進上來的海船模型弘時喜歡得很，一直鬧著要，他那小胳膊哪裡拿得動這東西，我就要底下的工匠做了套木頭的，想到弘春也是這個年紀，就多做了一套，這一匣子是給弘春的。」

幾句話既明了心跡又給了人情，給弘時是善待庶子，給弘春則是給完顏氏面子。兩個女人對看了一眼，嘴角邊的笑意又深了幾分。

瑞草把模型拿過去給德妃，她拿起一個來細看，船做得一般大小，漆了彩色，一看就招小孩子喜歡。「這東西倒好，正是男孩子玩的玩意。」

德妃心裡對周婷又添了些滿意，能待庶子好才是真的寬和人兒，她很樂意讓完顏氏跟周婷親近，她那小兒子跟胤禎比起來就是匹沒有籠頭的馬，是該多個人看著栓著才成。「我也乏了，妳們妯娌去玩吧。」

兩人一同告退出來，完顏氏扶著丫頭的手一路緩緩往阿哥所去，周婷幫了她的忙，她對周婷又多了幾分親近。「不瞞嫂子說，我嫁過來之前，也曾偷偷問過哥哥四哥是個什麼樣，心裡想著一母的親兄弟總長得相像。哥哥要我嫂子帶了話來，我便一直想著咱們爺的模樣。」說著不好意思地看著周婷。「等第二日該請安了，我心裡還納悶呢，暗想著定是哥哥誆我，竟是半分也不像。」

完顏氏的哥哥海峰當過胤禎的伴讀，康熙指婚時肯定想過這一層關係，為兩個兒子織了這樣一張關係網，肯定也存著讓更他們親近的意思。

周婷微微一笑。「我不也是，嫁過來之前就聽說咱們爺有個親弟弟，互相見禮那天幾個弟弟年紀接近，硬是分不出來。」說著拉著完顏氏的手輕輕一拍。「雖外頭不像，可到底是親兄弟，骨子裡的脾氣一模一樣，拉著不走，打著倒退。」

一句話把完顏氏說樂了，她身後跟著的丫頭小心翼翼地盯著她的腳步，就怕有個什麼。宮裡最坑爹的地方就是皇子、福晉們跟小妾住在一個院子裡，胤禎雖然尋好了府邸，卻還不到搬出去的時候。她們一進門就瞧見舒舒覺羅氏那邊的簾子動了動，周婷臉上端著笑，只當沒瞧見。

等擺上了茶果，完顏氏的神色才好看些，但她心裡還是有氣：舒舒覺羅氏明明知道她們來了，竟敢避開不行禮？

周婷對完顏氏的不滿裝作沒看見，繼續往下說：「妳一定聽說過，原來兩兄弟嘔氣，把母妃急得團團轉，這兩年年紀大了才剛好一些，咱們是能勸就勸。」

說著周婷使了個眼色給瑪瑙，瑪瑙就差人把座屏搬了過來。「我那屋裡也擺了這個洋玩意，這幾日朝上為了洋和尚的事鬧哄哄的，咱們爺一瞧見那海船模型話頭就收不住了，讓我聽了一腦袋的洋人事。」

完顏氏自有孕後就很自覺地讓出了胤禎，此時聽見周婷這麼一說，心頭微微一動，抬眼就看見周婷別有深意的笑容，差點臊紅了臉。轉念一想，舒舒覺羅氏到底跟著胤禎的時候長一些，她新婚就懷了身子雖說是喜事，到底根基不穩，這才幾個月的工夫，胤禎就又有往那邊倒的跡象了。

完顏氏咬了咬牙，橫豎不過藉由座屏跟胤禛多說一些話，也不會有什麼影響，要是真等孩子生下來再做打算，恐怕那邊就又要懷上了。

等胤禛來的時候，完顏氏果然用這個理由把他留下了，雖只是說說話，兩人的關係卻更近了一步。

周婷是為了讓完顏氏跟胤禛的關係更好一些，誰知反而讓胤禛對火器感興趣起來。如今還沒有設火器營，火銃之類的利器紫禁城裡自然也不能用，胤禛心癢又沒地方試試，看過座屏以後就拉了十三去找胤禛，求他幫忙弄個火銃來。

馮九如面見胤禛時見機獻上兩把，一大一小，全是高價從洋人那裡收來的，屬於違禁物品，要不是打著胤禛的名號，根本帶不到京城來。

這東西在南宋就已經有了雛形，然而火銃又重又易走火，馮九如帶回來的東西胤禛根本沒有放在心上，若不是胤禛纏得緊，他根本沒想過要試一試。

滿清以騎射起家，雖然老祖宗吃過火器的虧，卻沒有人放在心上，畢竟鐵騎還是贏了大砲。現在的火銃雖然比當時更厲害，射程到底沒遠過弓箭，比較起來，十三跟十四都更喜歡射箭。

胤禛還開了個玩笑。「這個給四哥倒好，總比他射箭來得要遠一些。」

既是這個結果，馮氏拐著彎想做火銃生意的計劃也就沒有成功了。

教宗的事一直鬧到十二月底，後宮的女人們也不過圖一時新鮮，等談興過了，這樣的話題就再也引不起她們的興趣了，轉而聊起年後的小選來。

八福晉最近鮮少來宮裡，她院子裡那個好不容易懷上孩子的丫頭，不知怎麼就滑了胎。消息傳上來時，一屋子的女人眼神亂飛，暗道她果然個性急，八阿哥明擺著已經被她捏在手心裡了，幹麼還要折騰這唯一的希望呢？

難怪宜薇沒來請安……周婷皺了皺眉頭，心知宜薇不會做這種事。她盼孩子都盼了多少年了，好不容易有了一個，恨不得把那個丫頭給供起來，不管生下的是什麼，總算對別人有個交代了，又怎麼會自己出手做這種蠢事呢？

無奈從上到下對八福晉都已經形成了固有印象，這種事很像她們眼中的她會做出來的。周婷坐在德妃下首默不作聲，對那些來回飛的眼風視而不見。扮賢慧也需要技術，要不是之前那拉氏基礎打得好，周婷還真的演不出來。

良妃一臉失望，偏偏沒有她說話的分，惠妃倒是能說上兩句，只是這事到底跟她不大相干，只嘆了一聲可惜。「也是那孩子沒福氣。」

那丫頭剛懷上時就被宜薇帶進宮來展覽了一圈，心裡再醋也恨不能昭告天下八阿哥府裡有後了。那時誰不說那丫頭好面相能生男，可以為八阿哥開枝散葉，這樣的好聽話到了如今，又變成是她沒這福氣了。

可話也只能說到這裡，大家都嘆息兩聲，再慢慢把話題轉到別的地方去，將要過年了，誰也不能惹著太后不高興，偏偏太后目前最關心這個。「好好的怎麼就落了胎？可是貪嘴吃了不該吃的？」

來報的小太監也知道這是喪氣事，頭都不敢抬，剛才報到康熙那邊時，就聽見裡面摔了筆。他脖子一縮，跪在毯子上裝駱駝，聽見太后問，只能老實地回答：「並不清楚，三個太醫過去看了還是沒保住。」

「這個我倒知道，八弟妹那邊特地留了太醫看著，有什麼忌諱的她不知道就罷，莫非太醫還能不知道？」周婷算是為宜薇說了句公道話，孩子太弱本來就容易流產，就好像身體狀況不好的女人很難懷上孩子一樣，八阿哥那精子到底是有多弱啊?!

良妃心裡再酸再苦，也還是感激地看了周婷一眼。兒媳婦跟兒子是一體的，一個名聲壞了，另一個也好不起來。可再明白這個道理，也還是忍不住去想落下來的是不是男胎，偏偏這個當口又不敢問，只好忍著把自己藏在人堆裡。

太后嘆息一聲，往後一靠，精神比剛才不止差了一點兒。佟妃見狀，趕緊岔開話題聊起趣事。「今年天氣冷得晚些，封河也比前些年遲，不知冰床得了沒有，咱們好去瞧冰戲。」

后妃們不是能穿著輪鞋在冰面上戲耍的，內務府會造好冰床讓妃子們坐在裡頭，讓太監拉著在冰面上滑動。說是冰床，其實有門有窗，更像是冰車，裡頭用毛氈毯子圍起來，設幾個貂皮軟座，還能擱上炭盆，既不吹風又能瞧見外頭的景色，是後宮難得的娛樂活動，八旗子弟還要在冰面上演武呢。

她這麼一說，氣氛就緩和下來，小太監乘機退了出去，就連太后也有了些興致，聽幾位妃子說些冰面上的趣事。

德妃笑著活躍氣氛。「演武便罷了，穿著輪子射箭定有胤禎一份，他就是個活猴兒，穿上輪子就更不得了！」

上回周婷正懷著孩子，沒趕上熱鬧，見完顏氏摸著肚皮，就知道她心裡在想什麼，於是湊到她耳邊低聲說：「上回我也沒輪上呢，總有機會一處玩的。」

太后年紀大了，聽了壞消息雖緩了過來，也沒了精神，說不了一刻就散開了，十三跟十四住得近，周婷就跟她們兩個湊在一處飲奶、吃點心。

「這是經了冬的海棠果吧，難為妳這邊還存著。」周婷捏起一個來咬了一小口，上頭的糖粉帶著甜膩膩的香氣，怡寧——完顏氏已經吃了一個，伸手又拿一個。

惠容雖比怡寧早進門，卻是後者先懷上了，惠容看著她的肚子，有些眼熱。她雖沒把瓜爾佳氏生的大格格抱過來養，卻也時常抱她來玩，瓜爾佳氏跟舒舒覺羅氏前後當了妾，沒主母時也時常串門子，看惠容這麼做，就怕她也把孩子抱走，很是小心翼翼。

三人湊在一處便也說些八卦，怡寧還繃著，惠容卻口沒遮攔起來，周婷耳朵一動。「妳說佟家怎了？」

惠容這才想起來胤禛跟佟家走得很近，臉上一紅，囁嚅不語，周婷伸手捏了她的鼻頭。「跟我也弄起鬼來了，我往常不聽這些，妳知道了竟還不告訴我？」

惠容於是低聲說了起來。她本性嬌憨，一托腮就是一副小女孩兒的模樣，胤祥很吃這一套，被她三兩句一問，就全說給她聽了。

「我還是聽咱們爺回來說的呢！說是佟家那個被革了職，空出來的位置好幾個人盯著什麼的。」說著臉更紅了。「我就問為什麼革了他，這才知道……」

惠容支支吾吾了好半天，這才垂下眼睛。「才知道那一位，逼娶了紅帶子家的女兒當妾，還把人逼死了。」

這是朝上都知道的事情，後宮也不是聽不見風聲，只是誰都知道康熙對佟家的感情，又礙著佟妃，便都不開口討論。

胤禛把佟家當作母家，更不會說這些，周婷到了今天才第一次知道，吃驚地瞪大了眼睛。紅帶子覺羅家一樣是努爾哈赤的子孫，到康熙這裡剛過了三代。

怡寧也愣住了，結結巴巴地問：「是哪一個？」

惠容伸出手指比了個數字，周婷這才反應過來，胤禛似乎提過隆科多被革職的事，卻並沒有細說，現在一聽，真把她給震住了。這樣的行徑，哪怕是佟家的人，也太過分了，要是換成別人，只怕康熙就直接賜死了。

怡寧掩住了口。「竟這樣膽大不成？」

惠容眨眨眼睛。「可不是，我聽咱們爺說了，事情雖是『他』認下來的，可逼死那紅帶子閨女的，卻是家裡的寵妾。」這事也算不上隱秘，隆科多那德行幾乎人人知道，卻都礙著佟國維而不說出來。

「家裡竟沒有人管？」妾能做出這種事來，估計是被寵上了天，可佟家又不曾分家，父母怎麼會放任隆科多犯這樣的事?!

「簡直教人驚掉下巴。」惠容想到那妾的來歷，就有些難以啟齒，可其他兩人目光灼灼地盯著她，她便再壓低了聲音說道：「聽說這個妾，還是從舅家來的。」

怡寧納悶道：「佟家本就同赫舍里家聯姻，那個妾若是隨嫁丫頭，也是平常事。」

隆科多的正房其實就是他舅舅家的女兒，他的親表妹，正房的隨嫁丫頭當了他的房裡人，並不讓人吃驚。

「那妾原本是……是在他舅舅屋裡的。」惠容說完這句就扯著帕子掩住臉，再也不肯說下去了。

周婷已經完全說不出話來了，這是她來到古代之後聽到最駭人聽聞的事，赤裸裸的亂倫啊！

把舅舅的小妾弄過來睡了也就算了，他還敢明目張膽地把她寵上天。原來就是當妾的，出身恐怕低微，如今竟敢仗著寵愛逼死了覺羅家的女兒！

胤禛原本一直同隆科多交好，周婷也知道他把隆科多當舅舅，也算是胤禛身邊一大勢力，可這簡直就是豬朋狗友啊！他們要抓別人的小辮子還得探訪一二，隆科多就直接事情擺給全天下人看，如今兄弟間還沒爭起來倒也沒事，等相互撕咬的時候，這些事情不都得翻出來說嘴?!

周婷再不熟悉政治，也在新聞裡看過美國人民的大選，那是有什麼髒事爛事都要扯出來說的，報紙、電視上的語言再文明再風趣，也掩蓋不了打擊對手的事實，何況是在講究倫理正統的古代！

近朱者赤，近墨者黑。說不定胤禛就是接觸了那樣的人，所以才把李氏縱成那個樣子的。想到那拉氏跟弘暉，周婷不禁心頭一酸，她深吸一口氣才緩緩道：「佟家規矩這麼好，這個妾就是有通天的本事，也沒那能耐造反的，佟佳夫人就一點事情都不管嗎？」都鬧出人命了，恐怕正妻也被排擠得沒半點實權了，隆科多的親娘不該管一管嗎？

佟家出了兩位皇后，一個是康熙的妻子孝懿皇后，另一個則是康熙的生母孝康皇后，誰也不敢說佟家規矩不好，可出了這事，心裡都在犯嘀咕呢。

「若能管恐怕早就管了。」惠容嘆息。「到底是親姪女呀。」

隆科多舅舅的女兒，自然就是他母親的姪女，姪女受了委屈，當姑母的要是能幫，還會讓事情演變到這個地步嗎？

姑表親上加親，怎麼就被個妾壓住了呢？周婷拿指甲輕輕掐了掐手心，這樣厲害的女人，會不會也是同鄉？

第四十九章　情意隱動

胤禛這幾天日日都在書房待到很晚，今天他到正院時周婷已經睡下了，他掀開帳子時，立刻透出一股隱隱的玫瑰香，黑貂絨的毯子下面露出她圓潤的肩膀。

周婷半掩著口打哈欠，含含混混地問他：「爺又這麼晚，送去的人蔘雞可吃了？」

「往後裡頭擱點麵條。」胤禛往床上一坐，把周婷摟了過來，手指頭順著她披在肩頭的髮絲滑向後腰。接待教宗使臣的事交到他手上，忙了幾日一直在吃素，現在一見香肉，哪還忍得住？

周婷身子往後仰倒，嘴角帶著模糊的笑意，伸手點住胤禛的胸膛。「別鬧，我可有正事要問吶。」

胤禛挑了挑眉毛，手上動作不停，滑進她的肚兜裡頭，嘴裡還問：「什麼樣的正經事？比這個還正經？」說著用手捏住一邊揉了一下。

周婷身上一麻，滑在毛毯上，她抓住胤禛作怪的手，想把它拉出來。「我今天聽說了佟家的事，爺可為難？」

誰知周婷一句話還沒說完，就被胤禛撚住紅蕊。她輕喘一聲，抬腿踢了他一腳。

胤禛略一皺眉。「可是有些不好聽的話？」

他嘴裡說著正事，手上還在繼續，胳膊一用力把她扯到面前，後頭的帶子早散開來，小衣滑下去遮住半邊球體，雪白的胸脯引得胤禛湊過去吮了一口。

「哪還能好聽呢。」一句話斷斷續續說出口，周婷緋紅著臉頰拿眼睛嗔他，她的小腿被他的手掌扣住了，往他面前拖，直接頂到了城門口。

「這事妳不須管，若有人探問，妳只當作不知，橫豎是男人的事。」胤禛自己對隆科多感情複雜，偏偏現在又不能放手，只好走一步算一步。

「男人的事？你們男人懂什麼！」說到最後一個字時，周婷鼻子裡不禁哼哼出聲，被胤禛撐開的地方起了反應。

胤禛自然感覺到了，他手掌滑到軟臀上揉搓了一把。「妳說男人懂什麼？」說著一挺身沒入半根，接下來周婷也顧不上說話了，一時被他頂起來一時被他按下去，嘴裡除了呻吟，再發不出別的聲音。

周婷趴在胤禛身上昏昏欲睡，這男人不知道為什麼精力這麼好，明明才那樣折騰過，她睏得手指都抬不起來了，他卻一點都不累。胤禛伸過胳膊攬著她的腰，手掌貼在她背上撫摸，出汗後的黏膩感讓周婷皺起眉頭，微微動了動身體，想把自己裹到被子裡去。

胤禛卻突然有了談話的興致，兩隻手指掐著她腰上的軟肉，問：「今天妳聽了些什麼話？」

雖然知道她並不像自己一樣是重生而來的，但胤禛信任她辦事穩妥，而且總能從她的閒話裡面蒐集到有用的資訊，是以如今已經養成聽她扯閒話的習慣。

原本他完全不知道，這些待在後宅的女人可不是一無是處，從妃子們的閒談中，胤禛挖掘出許多小細節，這些小細節是他過去從不曾注意的。

這能怪誰呢？還是得怪他自己，過去他沒有跟妻子聊天的習慣，他們在一起說話經常不超過十句，而那些他願意談話的女人根本不夠身分時常進宮向太后請安，自然也沒了妯娌之間八卦的便利。

周婷的手軟綿綿地搭在他身上，頭往他脖子裡拱了拱，強打起精神把下午聽來的告訴他。「佟家那事我是聽十三弟妹說的，想來宮裡沒有不知道的，只不過都不說罷了。」

胤禛的手在周婷腰窩那邊按了按，頭側過來看著她半瞇著眼睛、困乏的誘人模樣，見她小小打了個哈欠，把薄唇貼在自己胸膛上，下面那剛熄下去的火又有復燃的趨勢。

「當著我的面自然不會說得難聽，可背後的話還能好聽？那個逼死人的妾，原本竟是他舅舅房裡的。」周婷順著胤禛側身的動作把手勾在他腰上，指尖一點一點觸動，像在打拍子，男人身上的味道讓她鼻尖發麻。

「若不是看在佟國維的面子上，皇阿瑪恐怕真是會嚴辦。」佟家原想把那妾推出去領罪，畢竟一下子卸掉三、四個職位，其中兩個還是要職。差事就罷了，臉面上實在太過難看，可隆科多硬是不許，抱著那個妾，一副「她死了，他也不活」的模樣，把他親娘氣得下不了床。兒子都那麼大了，竟還玩起「生死相許」這一套來！

畢竟是自己兒子犯渾，等佟國維知道他逼覺羅家的女兒當妾時，那姑娘已經被吊死了。官方說法是那姑娘想不開自縊，可佟府裡哪個人不知道，那是隆科多的寵妾四兒帶人去拿麻繩子把人活生生給勒死的，她可一點沒想過要低調點或是來陰的，而是浩浩蕩蕩帶著一群人去的，不少人都聽見慘叫聲了。

人死都死了，總不能把兒子也賠進去，佟國維只好捏著鼻子認了，捨出老臉去給人賠不是。偏偏隆科多還嚷嚷，說什麼就是弄死了一百個，也別想讓他的四兒掉一根頭髮。

這些事情自然都被壓了下來，要是真捅到康熙跟前，他恐怕真要發怒，努爾哈赤一系的子孫，跟康熙本人的血緣也很近，弄死一百個竟還比不過個漢人小妾？

「我知道你同他一向處得好。」周婷豎起手指頭在胤禛腰上畫了個圈圈，又輕輕一戳。「可這名聲到底難聽，莫須有還能害人性命，更何況這樣實打實的罪過。」說著把頭微微仰起來，嘴唇摩著胤禛下巴上的鬍渣。「我還怕你學壞了呢。」

周婷漸漸懂得怎麼跟胤禛撒嬌，剛經過情事的聲音帶著些喑啞，大腿內側的嬌嫩肌膚蹭上胤禛的腰間，讓兩人之間的氣氛重新曖昧起來。

胤禛是從周婷身上第一次接觸到正常夫妻的相處模式，他聽見她這麼說，嘴角勾了起來，手掌在她露出來的半個屁股上拍了兩下。「這事是他發了昏。」

說著他心裡忍不住苦笑。就是周婷不說，他也已經慢慢開始疏遠隆科多了，這一回皇阿瑪真的很生氣，而且此後多年不再重用隆科多，這對佟家來說是從沒有過的先例。

他剛豎起了好名聲，正是需要鞏固的時候，此時跟隆科多親近，沒有半點好處，更何況隆科多最後還是栽在這個女人身上。別人不清楚，他卻知道隆科多已經被李四兒繫在裙帶子上，完全看她的臉色行事。他那些大罪裡頭，就有一條是「奪正妻誥封給了小妾」，而定為「奪」字，雖未明說，但他的元配正是他害死的，為的就是空出誥封來給李四兒。

這一回他不再刻意維繫與佟家的關係，畢竟先有佟國維舉胤禩為太子，後有隆科多做下悖德醜事，佟家一系，再不復輝煌了。

周婷的眼睛已經瞇了起來，她倦得不行，手上的動作也慢了下來，嘴裡嘀咕兩聲。「十四弟那個側室，眼見我同弟妹進門也不行禮，可見這些事，全是讓男人給縱得亂了尊卑。」

舒舒覺羅氏的事情周婷拖了快兩個月才說，一是胤禛實在太忙，二是她得挑準時機，如今隆科多縱容妾室行凶，就是最好的機會。

雖然不想承認，但胤禛自己也曾經是縱容妾室的一員，聽到十四的側室不向周婷行禮皺起了眉頭，剛想再問她兩句，懷裡的人已經合上眼睛貼著他的胸膛睡過去了。

不規矩的女人可不都是男人寵出來的？胤禛閉上眼睛，怎麼也想不起年氏的樣子來，只記得她慣穿玉色的衣裳，偶爾還會穿著漢人衣裙露出鞋尖，那窈窕輕盈的模樣和她耳邊微微晃動的玉珠，這些細節他都記得清楚，卻偏偏想不起她的臉來。

李氏、宋氏、鈕祜祿氏，這些女人沒有一個安分，那麼年氏呢？她是不是也曾經仗著寵愛做過惡事？在他瞧不見的地方使手段玩陰謀？

胤禛扣住周婷的下巴，黑暗之中五官朦朧，他卻能仔細回憶起周婷脖子後頭那顆小痣來，那豔豔的紅落在白皙滑膩的頸項上頭，像是拿筆尖在白玉上頭點的朱砂。

心頭微動，胤禛撥開周婷貼在背上的髮絲，拿指尖去碰觸那一塊，想著他從後頭進去的時候，那藏在髮間若隱若現的紅點，小腹的熱度又升了起來，手指頭一路滑過背脊往下面探去，捏住下面那顆紅珠輕撚起來。

周婷呻吟了一聲，剛掀開眼皮，下身又被胤禛填滿了。迷迷糊糊聳動的時候她還在納悶，討論小老婆的凶殘事蹟，讓他這麼興奮？

早晨起來時身上只剩半床被子，床上的褥子全綯了起來，周婷撫了半天還是不平，索性不管，急忙忙把衣服穿上，她今天還得去看看宜薇呢。

胤禛看著周婷扣起胸前的琵琶扣，裡頭那件掐牙鑲邊的小衣露出一道水藍色的邊來，他走過去手一抬把那邊抹平了。「再不會有那天了。」說著就先走出去用膳。

周婷愣在原地，想了半天才想起昨天夜裡她撒嬌的那句「我還怕你學壞了呢」，熱氣頓時從脖子根燒到耳朵後頭。她咬著嘴唇按住胸口，覺得心都快要跳出來了，轉身拿起妝匣子裡的玉扁方貼在臉上，那涼意讓她找回了一點理智。他那句話聽起來像是表白，可細究起來，也不過是保證他不會寵妾滅妻，這麼一想，她心裡那點綺思瞬間淡了。

翡翠盛了胭脂米粥上來，胤禛挾了一筷子玉脯放在她碗裡。「先喝兩口墊墊，再吃這個。」說著筷子就點在一碟爆雞肝上。

早上就吃這樣油膩的東西不符合胤禛的養生之道，周婷卻愛吃，要是烤過就更香了。平時她偶爾才偷一回嘴，也沒吩咐過碧玉今天準備這個，這麼說來就是胤禛了。周婷剛平靜的心，又開始熱起來。

周婷覺得自己就跟剛談戀愛的學生一樣，明明隔著厚厚的裙子，可胤禛的大腿一貼過來，她就覺得跟火燒一樣。剛剛他不著痕跡地往自己這邊挪一下，大腿就跟過來撩撥她，她覺得自己的臉上一片緋紅，賭氣似地抬起腳來，腳尖踩在胤禛的鞋面上擰了一下。

送胤禛出門時，周婷脖子都抬不起來，胤禛的眼神火辣辣的，拉著她的手捏了兩把，打定主意晚上回來好好揉揉那隻作怪的腳。

周婷等了一會兒才去八阿哥府，金桂來迎她時眼圈還是紅的，細聲說了一句：「還請四福晉勸勸我家主子。」一說到後來都要哽咽了。

周婷暗暗一嘆，剛走到門邊就看見丫頭們撤了膳桌出來，上頭碗碗盤盤動都沒動過，她便轉頭吩咐金桂說：「妳好生侍候著，去熬些粥來，準備些易消化的小菜，她就是內心再難受也得吃，不吃怎麼有力氣呢？」

宜薇素著一張臉，眼睛都是紅的，彷彿落了胎的人是她一樣。若頂著這張臉進宮，也許大家對她的看法還能好上幾分，可她偏偏是個倔強的人，見了周婷時那說話的爽快模樣就跟沒事的人一樣。

「在我面前，妳還這麼硬撐。」周婷為宜薇嘆了口氣，湊近握住她的手。「宮裡也都知道妳看重這胎，這回沒了，下回再懷上就是，讓那丫頭好好調養身子吧。」

懷過一回就能有第二回，若不是想著這個，宜薇早給那丫頭厲害瞧了，幸好丈夫並不懷疑她，還小心安慰她，讓她即使難受也還撐得住。

「許是沒有緣分，是個女孩呢。」宜薇眼眶一紅淌下淚來。「我熬了這麼些年，眼見就要出頭了，怎麼這麼折騰呢？」

周婷鼻子一酸，差點跟著哭出來，她還能記得那拉氏那種撕心裂肺的痛苦，扯出帕子給宜薇抹掉眼淚。

「我一輩子爭強好勝，也不是不知道外頭人都說些什麼，可我不是那樣的人呀，擔了這麼多年的罵名，上頭怎麼想我的我還能不知道？如今好不容易就要翻身了……」宜薇說不下去了，握著周婷的手嗚嗚咽咽地哭起來。

銀桂扭過臉去拿帕子捂住眼睛，周婷摟著她的肩。「熬下來，再養一個孩子，上頭有什麼不滿意也過去了。」

「成天往院子裡塞人，屋子都要裝不下了，我可曾抱怨過一句？」宜薇兩隻手緊緊抓著錦被，抓得上面的繡線都斷了幾根。

金桂一邊流淚一邊走過拉她。「主子小心指甲。」宜薇小指上頭的指甲竟給弄斷了。

周婷也不知道說些什麼好，咬了咬嘴唇湊過去說：「妳、妳不如讓妳們爺去找個大夫吧。」她實在忍不住了，憑什麼罵名都要讓女人擔？

宜薇也不是沒想過，她臉色複雜地看了周婷一眼，軟倒在床上無力地搖搖頭，淚珠滾落在腮邊。這種事情她寧可自己背黑鍋，也不願意讓外人看輕自己的丈夫。「這個，再不要提。」

周婷默然，說不出話來。

宜薇也知道問題可能不在自己身上，可這種話要她怎麼說得出口？外頭的謠言恨不得把她說成母夜叉，可「懼內」總比「無嗣」要好聽。宜薇出身好，可也不是沒聽過那些渾話，她知道外面把那些「不行」的男人喊成什麼，她絕對不能讓自己的丈夫被說成這樣。

想著她就強撐著露出一點笑意，轉而寬慰周婷。「他並不懷疑我，他本想狠罰那丫頭一頓，是我給攔下了。」說著抬手捋一捋頭髮，笑意一綻，不著脂粉的臉竟然豔麗了起來。

反而是周婷被她看得垂了眼簾，心頭湧出一股說不出的酸澀。

金桂見宜薇精神好些了，趕緊把膳桌擺出來，宜薇剛剛還蒼白憔悴，突然間又有了力氣，拿起碗來吃了半碗米粥，只要她挨過去，外頭那些不好聽的話自然就會散了，誰都不會再說她丈夫畏妻如虎。

周婷也不知道自己是抱著什麼樣的情緒從八阿哥府回來的，她這才發現對於古代女人來說，愛情是那麼簡單的事。在她看來宜薇得到的並不如她背負的多，八阿哥可沒有為了這個就真的不去碰那些妾室，對他而言子嗣才是最要緊的。

如果換成周婷，就算他把自己當成所有女人裡地位最高的那一個，她恐怕也不會甘心，就算她實際上年紀已經不小了、就算是生活在這個時代，她心裡還是渴望一心一意的愛情。本來周婷一直告訴自己那是不可能的事，她也不想把所有的希望都放在男人身上，況且這個男人還不是她自己選的。

可看了宜薇，她竟然也有些期待了。早上胤禛說的那句話，是他能給的最大的承諾，就算有再多後來的，她也會是最重要的。那一刻周婷的內心不是沒有感動，但這跟她期待的差太多了。重要的，卻不是唯一的。

瑪瑙侍候周婷換下出門的大衣裳，周婷剛要綰個簡單些的髮型，前頭的小喜子就過來了，他手上拿著黑漆匣子，請了安說：「這是爺讓奴才拿來給福晉的。」

翡翠把匣子接過來遞到周婷面前，匣子一開是幾個瓶瓶罐罐，上頭全都有簽子，周婷眼睛一掃，臉上露出笑容來。

胤禛已經習慣周婷身上的玫瑰香味，那味道彷佛浸在皮膚裡，一舉一動都會漾出暗香來。馮氏這回送來的香水中周婷只留下一瓶玫瑰味的，但這味道跟她平時用的香脂並不一樣，太過濃烈，她不過隨口提了一句，他就找了一匣子來。

周婷把那黑漆匣子蓋上放在妝檯上，瑪瑙正把她戴的鈿子拿下來，鏡子裡清晰地映出她的模樣子。只見她口角含笑、面頰微紅，眼睛裡閃著光芒，這些表情都是剛才宜薇臉上閃現過的，只是到她臉上時淡了些而已。

周婷微微一愣，鏡子裡那人的笑意也跟著斂住了。

瑪瑙眼尖，剛才匣子一開，她就看見裡面的髮油了，笑嘻嘻地說：「我才要翡翠去拿新的髮油呢，正好小喜子送了過來，主子可要再抹上些？」

周婷抿了抿嘴唇，突然蹙起了眉頭。「不必了，等會兒我要去佛堂，還是素淡一些好。」嘴上雖然這樣說，心中的漣漪卻愈擴愈大。他愈來愈像一個丈夫了，會說些甜言蜜語，還會塞給她一些小禮物。

從過去那一匣子一匣子的金銀寶石變成現在的髮油、胭脂、香水，周婷的臉色愈來愈紅，腦子裡不時迴響著他的話，心口微微發熱。

瑪瑙為周婷換了髮型，見她還是呆坐著不動，輕聲問道：「主子可要去佛堂上香？」

周婷回過神來，朝著她點點頭。往日去佛堂總要把屋子燒熱了再過去，這幾天大格格日日都去繡經，自然早早就燒好了，周婷站起身來裹上大毛衣裳，往佛堂那邊去。

現在時間還早，院子裡靜悄悄的沒多少動靜。正在成長期的孩子睡眠很重要，她從來不要求弘昀跟弘時過來向她請早安，丫頭與婆子們也就放輕了動作，免得把他們給吵醒。

「大格格每日都去佛堂嗎？」周婷緊了緊手籠，指尖摸在琺瑯手爐上。

翡翠站在一旁為她遮風。「除了每隔三天去探望側福晉，大格格每日都要在佛堂裡待足一個時辰。」

大格格剛來正院時每日都早起堅持請安，等她發現周婷放縱她其實是為了自己舒服後，就順著周婷的意思，過幾天才會請一次安，除此之外，她安靜得好像院子裡沒她這個人。

原本周婷聽說大格格愛撥撥琴弦，如今就只剩下繡花這一個嗜好，她還以為大格格已經放棄討好自己了，如今卻突然說要繡什麼佛經。

「大格格身子弱，要山茶好生看著，每日都這麼走，可不要受了寒意。」說真的，來回佛堂與屋子都有丫頭開道掃雪、撐傘擋風，想要冷著也不容易，其他的能省就省，唯獨這些生活瑣事，是她每天必問的。

看佛堂的小丫頭祿兒早早就燒起地龍，本來她只能在耳房裡生爐子取暖，周婷來佛堂最多不過一刻，等她走了，燒暖的地龍就熄了。現在有了大格格，佛堂裡每天有半日都是暖的，她也樂得在裡面待著，這可比耳房裡要暖和多了。

周婷來之前，早就有丫頭過去站在門邊掀簾子。祿兒原本正在抹窗框，一骨碌從角落裡出來，手上拿著抹布站在門裡面等著。

周婷解開斗篷遞給瑪瑙，有個小丫頭從外面拎了熱水進來倒進銅盆裡，周婷洗過手拿毛巾擦乾淨了，才走到佛像面前，翡翠則點了三枝香遞到她手裡。

手中握著香，周婷才覺得心情漸漸平靜下來。走廊裡的風讓周婷想起胤禛去德妃宮裡接她時，總緊握著她的手放到衣袖裡。

她閉上眼睛清空思想，說是拜佛，其實就是在這屋子裡放空，片刻後才覺得心裡清靜了。

周婷睜開眼睛朝佛像拜下去時，瞧見墊在桌角下的那塊毯子與之前看見的似乎不同。她皺了皺眉，敬完香後就招祿兒過來問：「這幾日都是妳在掃屋子？」

祿兒乍然被問話，腿肚子有些發顫，她壯著膽子答道：「回福晉的話，雙日是奴才同福兒姊姊。」福兒就是剛才送熱水進來的丫頭。

「瑪瑙，賞她們一人一吊錢，打掃得很乾淨。」天天都來，拜的又是同一個地方，周婷當然不會記錯毯子的花紋，冬日沒人會拆洗毛毯，更何況這兩個小丫頭也拆不動。

周婷轉身細細打量起這間屋子，大致上並無改變，但細微處總有些不同。這個佛堂設好以後一直沒變過，細節全都印在她腦子裡了，此時用心觀察就發現了這些細小的改變。

正在思索著，周婷眼睛一掃，視線就落在角落裡放著的繡架上，上面比昨天來的時候多了好幾個字，這才鬆了心神。原本這是她一個人的地盤，現在多了另一個人用，自然會有些改變，是她想得太多了。

祿兒跟福兒白得了一吊錢，眉開眼笑地跪下去謝賞。

周婷又穿上大衣裳出去，回去的路上正好碰上大格格一行人，她站在一邊向周婷見禮。

「請額娘安。」卻不抬起頭來看她。

大格格屈著膝蓋，粉色的斗篷垂在肩上顯得身體纖弱，臉色看起來不如過去好。

「我怎麼瞧妳比之前瘦了，臉色也不好，可是繡經書太累了？」

周婷走過去拉她的手，大格格的身子輕輕一顫，但很快就穩住了。「每日染些佛香，倒覺得內心寧靜許多呢。」

周婷先是為了大格格的態度覺得奇怪，再聽到她這麼說，頓覺啼笑皆非。不過才十一歲的女孩子，說什麼「內心寧靜」？

這麼一想，叮囑的話就出了口：「妳畢竟年輕，繡經書是妳的孝心，但不可過度，女孩太靜也不好。」

見大格格裡面穿著一件白狐狸皮的小襖，周婷就笑了笑說：「回去開了箱子，為妳送件紅的過去，那才是妳該穿的顏色。」

大格格連聲稱謝，等周婷一行人離開，她才又往佛堂裡去。山茶忐忑不安地跟在後頭，茉莉則連頭都不敢抬，她們倆交換了一個眼神，又很快就分開來，心頭發苦。

原本不清楚李側福晉跟主子說了什麼，等到知道了以後，主子已經開始在佛堂裡繡經了，兩個丫頭近身侍候，竟也被瞞到大格格開始在佛堂裡翻找東西的那一刻。她們兩個心裡只盼望日子能快些過去，希望主子什麼也找不著，那這事就算結束了。

明天又是去見側福晉的日子，也不知上回側福晉說些什麼讓主子當了真，沒被發現還好，若是被發現了，那她們就是死一百次也不夠。

「大格格往日都那樣早嗎？」周婷問道。大格格那臉色白得透明，本來身子骨就弱，要是為了繡經生病，那可不妙，她院子裡還有抵抗力弱的四個小孩子呢。

「平時都是午後再去的，今日不知怎的早了。」翡翠是第一個覺得大格格古怪的，卻不好多說。「若是主子記掛，我看祿兒那小丫頭很機靈，不如叫她記著日子，若是大格格太用功，也好勸一勸。」

「也好，妳把狐狸皮送去，再吩咐她們房裡的丫頭一回，侍候好她，別生病了，弘昀身子骨弱呢。」周婷點了點頭。

大格格每天都要去看看兩個一母同胞的弟弟，弘時跟大妞、二妞更親近些，而弘昀明顯更親近大格格，但他身體差，要是被傳染了，也是樁麻煩事。

第五十章　暗影浮現

「大格格慢著些，小心腳下。」山茶緊緊跟在大格格身後，見她點頭答應，腳步卻不慢下來，暗暗嘆息。

大格格一進佛堂就把祿兒趕了出去，只留山茶和茉莉在裡面侍候，其餘丫頭都鑽進耳房裡圍著爐子取暖。

蒲團上面繡著白蓮仙鶴，看不出一點周婷跪過的痕跡，大格格蹲下去拿手用力按了按，還是沒發現什麼異樣，她咬了咬嘴唇，站起身來繞到後頭去。

李氏剛跟她說的時候，她也以為自己的親娘瘋了，可卻禁不住她說得真有那麼一回事似的。大格格也不是沒疑惑過，明明阿瑪那麼寵愛額娘，怎麼一夕之間全變了呢？

雖說這樣懷疑周婷她也覺得心虛，但跟她過去那些日子相比，她就寧可相信她親娘了。原本她跟阿瑪很親近，畢竟阿瑪只有她這一個女兒，平日寵愛有加。雖說後來有了弟弟把額娘的注意引了過去，但關起門來，南院就是一個家。

正院在她的印象裡總是冷冷清清，突然之間就熱鬧起來，搬進院子後雖說嫡母並沒為難過她，可是那種「家」的感覺變了，阿瑪也不再是原來那個阿瑪。她見過他們一起逗弄兩個妹妹的樣子，見過阿瑪對嫡母說話的模樣，那裡面充滿了她過去從沒見過的溫情。

大格格深吸一口氣，往佛堂內室又翻了一遍，還是沒有一點蛛絲馬跡，心頭不禁惶然。如果真的找不到，那額娘豈不是一輩子都要被關在南院裡了？心裡起伏片刻，大格格把主意打到那個佛像上頭，只剩佛龕還沒找過了。

白玉觀音垂目慈和地看著大格格，她有些猶豫不決，香爐裡的檀香還沒燃盡，煙裊裊升騰起來，使得觀音的眉目看不真切。大格格嚥了口唾沫，站過去把手伸到觀音像前。

「大格格使不得呀！」山茶上前拉住她的手，跪倒下來。「大格格使不得呀！」說著鬆開她的手磕起頭來。

大格格的手頓了頓，山茶的眼淚順著臉龐滴在織金地毯上，她扯著大格格的裙子哀求。

「萬萬使不得呀，大格格。」

除了這一句，山茶再說不了別的，只盼她能及早回頭。這裡已經翻了好幾遍，若再沒有，是不是要找到福晉的屋子裡去？這樣一想，連站在門邊的茉莉也發起抖來，要是被人知道了一星半點，就真的慘了。

大格格白玉一般的手垂了下來，眼眶裡含著淚花，半天才嘆出一口氣來。親娘的身子愈來愈差了，許是心情抑鬱，短短一年時間看起來竟生生像老了十歲，原本豐腴的臉盤凹陷進去，襯得一雙眼睛奇大，夏天受不了熱，冬天受不了寒，整個人縮在被褥裡再下不了床。除了見到女兒時還能說上兩句話，一天也不開一次口，石榴和葡萄再精心照顧，她也好不了。

大格格知道她額娘本來心裡一直存著希望，如果嫡母生的是兒子，那弘昀跟弘時就有可能回南院，哪怕先回來一個也好。如果生的是女兒，那就更好了，阿瑪總會念在額娘生了兒子的情分上，慢慢回轉心思的。

可明明嫡母生下了兩個女兒，阿瑪一樣沒再去過南院。大格格盯著冰紋格的窗框出神，就好像阿瑪已經不記得額娘，就好像院子裡根本就沒有額娘這個人。她的手慢慢收緊握成拳頭，指尖掐進手掌心的嫩肉裡。

正院裡的日子比過去還要優越，就算她額娘手裡握著管家的權力，很多事情卻不能越過正妻，然而，身為阿瑪唯一的女兒，她向來都沒缺過東西，直到她來了正院，才知道嫡女能享受的是什麼。

原本雖然有個弘暉，可後院裡只有她一個女孩；如今有了兩個妹妹，她才知道過去她額娘看著弘暉的眼神是為了什麼。

那日她去正房請安，兩個妹妹坐在炕上，一人一邊抱著阿瑪的胳膊想要爬到他身上去，嘴裡咿咿啊啊不知在說些什麼。阿瑪瞧著大妞的時候，二妞就發怒；等阿瑪再看二妞的時候，大妞就吵鬧不休。一屋子人都在笑，就連阿瑪臉上也帶著笑意。

弘時被嫡母摟在懷裡握著玩具小船，笑得一點也不知愁；兩個妹妹爭得發急，蘋果似的紅臉蛋上沁出汗珠，阿瑪拿哪個都沒辦法，便一手一個抱起來放在他腿上。

原本那樣的情景裡面總有她的身影，而這一次她站得那樣遠，那麼大的一間屋子偏偏沒有她插腳的地方。

她沒有一刻不想著回到南院，過以前那樣的生活。只要關上了門，南院就是她的家，她不必看人臉色，不必小心翼翼，阿瑪跟她額娘圍在一處時，身邊跟著的是她和弘昀、弘時，那才是她的家。

山茶不是沒告訴她過，哪家的庶出格格有她這樣好的運氣，能被嫡母養在院子裡，吃穿用度一律都是嫡女的分例。可大格格知道不是這樣的，廊下小丫頭們拿來練習拼成荷包的碎緞子，是她親眼見到大妞跟二妞兩人合力扯壞的，小孩子雖然沒力氣，卻把那緞子扯得不像樣。嫡母斥責聲還沒出口，兩個妹妹就往阿瑪身邊爬去，把臉藏在阿瑪懷裡，阿瑪笑著把她們抱起來，嘴裡還說「不過是一疋織錦緞」……

大格格抖著身子垂下眼簾，睫毛輕輕顫動，像隻經了風霜的蝴蝶，薄薄的嘴唇抿得久了反而有了血色，讓她冷清的臉上增了一抹顏色。本來以為日子就會這麼過下去，可上一次去見她額娘時，她卻突然好轉起來，臉還是瘦削的，但眼睛卻不再那樣無神了。

她拉著她的手絮絮叨叨說了好些話，又像回到從前那樣叮囑她如何討阿瑪的歡心，而她最後吐露的話，卻像春雷一樣炸在耳邊。她急急抽回手搖頭，不信真有這樣的事。

額娘的手輕易就被她給掙開了，頹落在床上，原本肌理均勻、柔不見骨的手如今瘦得皮都皺在了一處。她不忍任由額娘說那些犯忌諱的話，可聽完之後，她的內心竟然也起了希望。

這些後院裡的事，她本不應該知道的，可因為替額娘著急，她處處留了心，額娘一說，她就把那些事一一對上了。原先並不受阿瑪重視的正院，怎麼轉眼間就被捧上了天呢？那個鈕祜祿格格平時都好好的，怎麼就是當著嫡母的面發了瘋？如果額娘說的那些是真的，那麼只要她找到證據，她們是不是都能回到過去了？

手輕輕抬起來顫巍巍地伸出去，大格格的指尖白得跟玉一樣，撫在佛像上頭竟分不出彼此來，山茶撲倒在地上，茉莉則一面流淚一面看著她的動作。此時門外突然響起了祿兒的聲音。「奴才給大格格送炭來了。」

大格格的手猛然收了回來。

胤禛議完政出來，碰上了胤禎和訥爾蘇，兩人正在說上回試火銃的事。訥爾蘇雖已經襲封了郡王卻才十六歲，跟胤禎一樣正是貪新鮮的時候。胤禛見胤禎過來就硬拉著他，要他跟訥爾蘇說火銃的事。

平郡王納爾蘇同為愛新覺羅氏，說起來是小輩，但在胤禛的印象裡胤禎跟他一直都很親近，上一世他還曾為此發落過訥爾蘇，革了他的號，讓他兒子襲了爵位。現在既然胤禎已經是他這邊的人，那麼他便要好好結交訥爾蘇了。鐵帽子王是世襲，不以次數降爵，自然是一大勢力，更何況訥爾蘇還頗有才幹，胤禎領軍時他可是派上大用場。

訥爾蘇原本與胤禛並無過多接觸，此刻見他雖然不多話卻表情緩和，一直聽胤禎和他說話，偶爾才插上兩句。

胤禎說起話來就沒了邊際，說著就說到要去訥爾蘇家裡喝酒，訥爾蘇反應很快。「去我家還不如去叔祖家，我那邊可沒人張羅這些。」

他口中的「叔祖」指的就是胤禛。納爾蘇的祖父與胤禛他們輩分相同，納爾蘇自然得叫胤禎與胤禛叔祖。現在只有胤禛在外建府，自然得往他家去。

胤禎拍了拍腦袋，想起訥爾蘇到現在還沒被指婚，奇怪地問胤禛說：「皇阿瑪難不成忘了他？今年大挑竟沒定下人來？」

胤禛微微皺了皺眉頭，就連訥爾蘇的神情也淡了下去。上一任平王康熙四十年病逝，訥爾蘇今年大挑時已經出了孝，滿心以為自己會被指婚，誰知等到大挑結束也沒消息傳出來。他有心打聽，卻苦於家中沒有適合的女眷在宮中行走。他跟胤禛接觸幾回以後覺得差不多了，便試探一下。

胤禛微微一笑。「皇阿瑪何曾忘過這些事，想來是留著好的要指給你呢。」說著拍了拍胤禎的肩。「既說要喝酒，也叫一叫老十三吧，我那邊還有從老三那裡得來的好酒。」

「哈，那他只有喝得更多的分！」胤禎見訥爾蘇臉上還有些急切，就說：「你若著急，回去我要你叔祖母幫你問問。」

周婷接到消息時摸了摸臉，才吩咐碧玉去準備下酒菜，冷不防她就成了長輩級的了，就連正在自己身上爬的這兩隻肉團子，訥爾蘇見了她們，還要叫一聲姑姑。

「叔祖這裡好景緻。」幾人在暖閣裡坐定，天有些陰，似乎要下雪的樣子，池子裡繫著小舟，霜花搭在柳枝上倒似開了白花，玻璃窗映出外頭的美景，引得訥爾蘇讚了一聲。

火爐上溫著酒，太監們上了菜來，佐酒的小菜都是這個時節難見的鮮貨，一指長的炸魚又肥又香，胤禛連吃了兩條。「我就說四嫂這裡有好酒菜，特地帶你來嚐鮮。」說著又拎起一條來往嘴裡送。

「你哪次來你嫂子不準備這個、準備那個，說得倒像你不帶人來我便不給你吃的了。」胤禛並不善飲卻喜飲，此時屋子裡坐的皆是他登位後準備重用的人，心境開闊，人也健談了些。

馮氏送來的小船模型放在周婷房裡，大一些的模型就擺在暖閣裡，胤祥站在船前細細端詳。「這也是廣州來的吧。」他那裡自然也得了周婷的饋贈，說著就伸手去轉舵。

胤禛因為那個畫屏跟怡寧溫存了幾日，聽到這個就說：「皇阿瑪好西學，只是對那些夷人也太客氣了些。」

他骨子裡好勝，教宗傳來的禁令等於是打了大清朝一巴掌，胤禛自然不會客氣。

「你可別瞧不起這些洋人，皇阿瑪重視他們自然有道理，火砲可不就是他們造起來的？」胤禛說道。皇阿瑪把事情交給他，他當然想辦好，接觸得多了，就發現洋人自傲是有資本的。

訥爾蘇承爵時還小，如今剛到了露面辦事的時候，聽得分外用心，胤禛有上一世的經歷，說的時候自然就把經驗融合進去，聽起來就顯得他高瞻遠矚，件件都細心想到了。

訥爾蘇剛一看向胤禛，就見胤禛轉頭看自己。「你不必急，皇阿瑪心裡必定有了打算，給你的人絕對不會差。」

訥爾蘇的擔心是有理由的，大挑沒指人，自然就是從小選裡指人了，過年以後的小選，皇阿瑪就要把曹佳氏指給他了。胤禛瞧了瞧訥爾蘇，一個鐵帽子王，卻娶了個包衣出身的人做福晉。包衣身分與一般旗人無異，也可能有自己的官階、財產和家奴，然而對王公貴族而言卻是奴僕階級。雖是如此，他不僅接受了，還跟曹佳氏連生了四個兒子，讓胤禛連想挑一個異母的出來襲爵都不成。

宮門有門禁，十三跟十四都得回去，因此幾個人喝到差不多時就散了。胤禛微微有了醉意，往正院去時內心直羨慕訥爾蘇竟有四個嫡子，讓他想要下手整治都無可奈何。不過既然這一世要合作，也就不必想那麼多了。

周婷正浸在浴桶裡，想著今天胤禛應該不會那麼早來，誰知剛打濕了頭髮，就見他一腳跨了進來，一坐下來桶裡的水就不斷湧出去。她用腳輕輕踢他，還沒踢到呢，就被他一把抓住。

周婷只好把身子靠過去，讓胤禛摟個正著。他帶著酒意咬住她半邊耳朵，讓她的軟臀貼著他的小腹，在水裡磨蹭半天才把她放開來，轉過身去讓周婷幫他擦背。好好一個澡洗得地上全是漫出來的水，青磚全都濕了，炭盆都滅了一個。

在外頭侍候的瑪瑙跟翡翠低著頭不敢抬起來，耳朵燒紅，聽見裡面半天都沒有聲音了才敢進去收拾，而周婷早已裹了大毛巾被胤禛抱進內室了。

她為了他內心糾結得很，卻眼見這男人跟平時一樣壓過來，周婷心頭莫名火起，腳丫子貼在他腿上踩了兩下，這一來就把胤禛早上那點火勾了起來……

纏綿之際，周婷只聽見身上的人用模模糊糊的聲音說：「妳也幫我生四個兒子吧！」

顛鸞倒鳳了一夜，還是周婷先起來了，胤禛喝了酒又折騰了好幾回，明明聽見動靜了，就是躺著不動。

周婷披上外袍，坐在鏡子前面綰頭髮，她從盒子裡挑出胤禛送的胭脂，剛想著要不要挑出來抹一點，就看見他睜開眼睛望著她。她放下小瓷盒站起來走了過去。「再不起可遲了。」

胤禛把她摟過來嗅了一口。「身上抹了我挑的那個？」他的手指頭繞著她的頭髮，眼裡映著她脂粉未施的模樣。

周婷微微一笑靠在胤禛肩上，耳朵貼著他的耳朵。「一拿來就換了，你夜裡沒聞見？」

那盒子的東西帶足了胤禛的個人風格，所有的瓶瓶罐罐上頭都繪出圖案來，香粉盒上的梅花雕得尤其精心，倒是件把玩的好器物。

胤禛往她頸項那邊深吸了一口氣。「夜裡哪兒聞得出來，我就聞見妳那兒味道了……」

周婷臉一紅，伸手就往他摟在自己腰間的手掌上掐了一把，反駁道：「要不是你磨了半天，我哪裡就……」說著就斜他一眼，不再多言。

他喝了酒，昨天晚上難免孟浪些，提出的要求也沒了輕重，滾得一屋子甜膩味，兩人就這麼靠著，身上還能聞到對方的味道。

現在這麼一靠近，兩人說了幾句話，就又滾回床上去。周婷把全身重量都放在胤禛身上，一條腿在床上，一條腿支在腳榻上，裙子蓋不住足踝，露出一雙腳來。

指甲上塗了層蔻油，在晨光中泛著瑩潤光澤，胤禛一面回想昨天夜裡是怎麼握著這一雙腳揉的，一面說：「今年小選，妳陪著母妃仔細看看。」

周婷正靠在他身上，兩隻腳一上一下地擺動著，聽到他這麼說，身體微微一僵。胤禛見她停了動作，側過臉來看她，突然無聲地笑起來，半天才等到她悶悶地應了一聲。

他伸手在她軟臀上拍了一巴掌，嘴唇貼著她的耳朵。「想哪兒去了？嗯？」

胤禛嘴裡呵出來的熱氣吹進周婷耳朵裡，她剛剛還僵著的身子，馬上就又軟成一汪水。周婷知道自己想歪了，心口微熱發脹，手指頭扒開胤禛攬著她腰的大掌，把他的手往自己胸口一按。

「昨天還沒揉夠？」胤禛說著，張開嘴啃起她小巧瑩白的耳垂。

周婷拿腳踢他一下，滿面通紅地撒嬌。「你就沒覺得它跳快了？」她眼裡閃著光，跟一汪水似的波光粼粼，她還以為他是想挑小老婆了呢。

胤禛扣著周婷的脖子按上嘴唇，舌頭探進貝齒裡吸著軟舌，興頭正高，外頭蘇培盛的聲音就響了起來。「爺，東院的鈕祜祿格格，昨夜裡沒了。」

周婷的舌頭被吸吮著，一聽這話愣了愣，然後才反應過來。

胤禛卻彷彿沒聽見似的，直到背上被她的粉拳捶了幾下，這才放過她。周婷吸了口氣想要坐起來，胤禛那手卻掐在她腰上不放，她只好提高聲音發問：「怎麼回事？」

蘇培盛的聲音頓了頓，低下頭嚥了口唾沫。「昨天半夜來報的，沒敢驚了主子的覺，奴才去瞧過，人已經涼了。」說了半天就是沒提她是怎麼死的，周婷不禁皺起眉頭來轉身看著胤禛。

誰知他卻一臉漠不關心的樣子，周婷咬了咬嘴唇，喚了聲：「瑪瑙，進來替我更衣。」別人只當鈕祜祿氏瘋了，周婷卻知道她沒瘋，好端端的什麼叫作「夜裡沒了，人已經涼了」？

胤禛只好放開勾著周婷腰的手，把衣服披起來坐在炕上，瑪瑙不等周婷喚第二聲就進來了，她一面為周婷穿小襖，一面說：「昨天半夜裡頭東院的婆子來報的，我原想總要回給主子……」後面聲音愈說愈細，拿眼睛往外頭瞥了瞥。

「這樣的事不必拿來擾了妳們主子的覺。」胤禛套上常服，拿著衣帶走過來遞給周婷，周婷心頭亂糟糟的，卻還是接過來為他繫上。

胤禛看周婷是真發愁，抬手揉了揉眉心。「將要過年，也不必辦什麼，裝裹了就是。」

周婷看了他一眼點點頭，心底的疑惑卻愈來愈重，他怎麼一點兒都不吃驚呢？小丫頭們擺了一桌子的菜，周婷總覺得不對勁，拿著筷子遲遲不動。

「爆肝也不能常吃。」胤禛絕口不提鈕祜祿氏的事情，明明知道周婷不是為了沒有合她心意的菜才不動筷子的，還指了指瑪瑙。「妳也不能縱著妳們主子，那個油多。」

胤禛都這麼說了，周婷自然不會當著他的面提那件事，於是拿銀勺子挖了口燕窩粥。「哪裡是為了這個，又不是孩子了。爺剛說的小選是怎麼回事兒？」

「訥爾蘇怎麼也都要喚妳一聲叔祖母，他那裡皇阿瑪已經有了打算，恐怕脫不了曹佳家的，妳是長輩，等那姑娘進宮以後，照拂一二。」照拂是假，拉攏訥爾蘇是真，鐵帽子王總共就這麼幾個，安親王一系已經是胤禩的後花園了，平郡王縱有勢力卻是小輩，借小選這個理由走動起來不著痕跡，比較不引人注意。

解決鈕祜祿氏不過就跟捏死一隻螞蟻一樣容易，胤禛擔心的是裕親王福全一系。他明明前兩年就該死了，卻不知為了什麼一直拖到現在，病情還在反覆中。福全臨死時還說了胤禩的好話，因此胤禛現在不敢貿然表示親近。

周婷此時也來不及去想康熙為什麼指個包衣家的姑娘給個鐵帽子王，心裡直惦記著鈕祜祿氏的死因，兩人各懷心思，一頓飯吃得頗為沈悶。

胤禛將要出門，大妞跟二妞被奶嬤嬤抱了過來，這兩個小的每天都醒得早，自從有一回胤禛聽見聲音把她們抱過來之後，她們每天早上都要來「參觀」一下她們的阿瑪，不抱一下絕對不許他出門。

見了兩個女兒，周婷不免想起他昨天夜裡說的話來，嘴角止不住地勾起笑意。半歲大的兩個孩子胤禛一手抱著一個，他還掂了掂。「這樣抱了些日子，倒覺得手勁都大了。」

周婷聞言笑著捶他一下，大妞趴在胤禛肩膀上流口水，二妞的小爪子拍了拍胤禛的臉，嘴裡啊啊出聲。周婷把她抱過來，拿手指頭戳她蘋果似的圓臉。「啊了這許多日子，怎不知道叫額娘？」

胤禛樂了，扭頭對大妞說：「瞧，妳們額娘吃醋了。」

兩個女兒把周婷給絆住了，沒有送胤禛出府門。胤禛一路走一路問跟在身後的蘇培盛。「做得乾淨嗎？」

蘇培盛把頭一低，聲音也跟著低下去。「主子放心，再沒有失手的地方。」

周婷把兩個女兒放在炕上，扭頭問：「蘇公公瞧了回來怎麼說的？」

「說是鈕祜祿格格昨夜突然發瘋，婆子們只好將她綁起來安置在床上，桃兒還被她咬了一口，扯下一塊肉來趕了出去，半夜桃兒進屋添炭的時候發現人已經過去了，蘇公公說是吸多了炭灰死的。」

周婷聞言站起來裹上狐裘，讓烏蘇嬤嬤留下來看著孩子，自己則帶人去了東院。婆子都在那邊戰戰兢兢地等著，桃兒見周婷來了，立刻跪在青磚地上，周婷見她一隻胳膊果然腫了許多，指一指她。「說吧，怎麼一回事？」

桃兒嚇得牙齒直打顫，像片秋葉一樣跪在雪地裡發抖。「奴才半夜裡起來添炭時想為格格掖一掖被子，一摸才知道格格已經涼了。」她當下驚叫起來，婆子們進來時還罵她吵人，一看才知出了大事。

周婷剛想要進屋看一看，就被瑪瑙攔下。「這地晦氣呢。」

院子裡一片雜亂的腳印，窗戶緊緊閉著。鈕祜祿氏在東院住的也是偏房，小小一間又不開窗，難道真是一氧化碳中毒？可胤禛的反應也未免太過平靜了……

「人呢？」周婷問道。

「已經裝裹了。」為首的婆子回了聲。「是蘇公公帶小太監裝好了抬走的，咱們連衣裳也沒來得及為格格換一身，說是大節前晦氣，要趕緊處理。」

周婷瞇了瞇眼睛，不再追問，她轉頭又看了那間小屋一眼，垂下眼睛。「給個五十銀子吧。」說完就扭頭出去。

「真的沒有？」李氏望著女兒的目光熱得灼人，大格格垂下眼簾輕輕搖了搖頭，不忍看她。

李氏被關在南院，一應用度並未缺少，雖不像過去那樣捏著權力行事方便，但側福晉的分例擺在那裡，奴才們雖偶有怠慢，卻也沒人看她失寵就作踐了她，她現在如此憔悴，全是因為心底難平。

宋氏被關進來時她是幸災樂禍的，就像當初她失寵，宋氏也在背地裡嘲笑過她一樣。宋氏跪在院子裡演的那齣戲她只當沒看見，若能把胤禛鬧來自然好，若鬧不來，也不是她惹的禍。

胤禛真的沒有再來過，弘昀、弘時和大格格的生辰，福晉都開了宴席賞了東西下來，就是沒人傳話叫她出去。李氏自知再無出頭的時候了，原本她還期待兒子長大成婚辦差後，能把她領出去，或是等到女兒出嫁也行，總有她出去的一天，可今年冬天一來，她就知道不可能了。

葉子一片片掉下來，她的身子骨也跟窗外的花草般一日日枯敗，說一句話就要咳好幾聲，人縮在厚被子裡下不了床。屋子裡燒了三個炭盆，明明門窗緊閉，她卻總覺得有股寒意直往骨頭裡鑽，冷得人牙齒打顫，沒有一夜能睡個好覺。

她沒有多少日子好活了，只要一想到這個，她就不甘心。到現在她都不知道自己做錯了什麼，到底幹了什麼事惹胤禛厭棄，讓她連自白的機會都沒有。

宋氏要來看她，她很不願意，她還能來幹什麼呢，看自己的笑話？若真要比起來，李氏覺得自己比宋氏好了不止百倍，起碼她曾經寵極一時，寵到正室也不敢當面給她難堪，要是正室對她說話重了一點，她自然有辦法讓她不好過。

宋氏天天來坐那麼一會兒，話也說得無邊無際，只說她自己惹了福晉生氣，要長跪唸經贖罪，福晉自己也信這個，定能感受她的誠心。

她日復一日地說，說得李氏直想把她趕出門去，彷彿知道她的心思一般，宋氏嘴角含著笑，輕聲細語地說：「有人唸正經，有人唸歪經。我小時候還聽說能拿人的頭髮作法呢。」

李氏腦子裡那根弦一下子斷了，明明知道這說法無稽，卻忍不住一遍又一遍地去想。睡不著的夜裡，她盯著窗外被積雪壓彎了枝條的樹影怔怔出神，一看就是一整夜。

如果被她找到了證據，那爺是不是就會回來了？不會再冰冷地看著她，又會叫她的名字，聽她訴委屈、道辛苦。兩個兒子也會回到她身邊，爺又會一直宿在她這裡，說不定她還能再懷上一個，南院即將重返過去的風光，爹爹的官位也不過就是一句話的事了。

李氏愈想嘴角邊的笑意就愈深，秋香色帳子上描的金鳳花一朵朵開得豔麗，她突然覺得手腳有了暖意，整個人都燒了起來。

宋氏的脾性她很清楚，繞了這麼大個彎子，不就是想讓她去出頭嗎？丫頭跟奴才們靠不住，可她還有個能頂事的女兒呢。雖然瞧不上她，可這事一旦成了，得利最多的還是自己。

「怎麼可能沒有？妳確定都找過了？」李氏直直盯著女兒，說話一急就扶著床咳起來，乾樹枝一樣的手指扒在床上，頭髮亂蓬蓬地散著。

大格格趕緊坐過去幫她拍背。「我都細細找過了，半點影子也沒有。」

「那就不是在佛堂裡頭。」李氏止住了咳，目光落在遠處出神，不是在佛堂裡，那還能是在哪裡呢？爺日日都去的地方不成？她的眼睛又燃起了希望。「妳去屋子裡，去屋子裡找找！」

大格格目瞪口呆。「額娘，這可是犯忌諱的事呀！」

石榴縮在門外面不敢進去，指了指茉莉進去添炭，茉莉知道石榴這是在避嫌，冷笑一聲。「姊姊照顧側福晉一向不假旁人之手，怎麼今天倒不敢進去了？」這時候撇清有什麼用，出了事大家全都逃不掉。

茉莉嘲諷地看了石榴一眼，甩了簾子進去添炭。

葡萄無語，動了動腳步，最後還是站在落了雪的迴廊上。她跟石榴身上的錦襖是今年新做的，厚實暖和，也能擋得住一時風寒，但心底都已經涼透了。兩人默默對望一眼，目光落在瓦上的冰柱上頭。

景色再同過去一樣，有些東西還是不同，原本她們院子裡，哪曾積過這樣厚的雪呢？

第五十一章 事跡敗露

「母妃嚐嚐這個，我吃著很合脾味，口味清淡，最不會擾了覺。」周婷遞了茶盞給德妃。

德妃滿臉笑容地招呼周婷坐下。「到底是在冰面上，再平穩也該小心。」

怡寧懷著孩子沒能來北海，惠容正好擠進來坐在德妃身邊，她拿帕子托著松仁跟核桃吃，一面嚼一面比劃。「剛滑過去那兩個是雙飛燕吧。」

每年十二月都有一天要冰上演武，挑些八旗子弟穿著滑輪在冰上操練，勉強也算是冬季操演了，只不過更具娛樂性。

演武輪不到后妃們看，冰嬉才是大家惦記了一年的大節目。演武完了以後，太監們就拉著后妃坐的冰床往五龍亭那邊靠，觀看太液池面上的花式滑冰。

上一回周婷懷著胎沒來，惠容一個人很是寂寞，這回死活賴進了德妃的冰床跟她一起，她指著遠處的身影湊在耳邊跟周婷說：「我倒覺得轉龍射球最有意思，那這打滑撻也不錯，若能自個兒試試就好了。」打滑撻就是冰上滑梯。

周婷還是第一次參加這麼大型的皇家娛樂活動，秋獮、巡塞都沒她的分，這一天就算是宮裡不得寵的小妃嬪，也能跟著主位的冰床瞧瞧熱鬧，滿場歡樂氣氛，就跟去看冰雕、冰燈那熱鬧勁兒差不多了。

「保管妳等會兒能瞧見十四弟，他年年都要去射箭。」周婷捏了顆蜜棗往嘴裡送，瑪瑙瞧她吃得差不多，遞了托盤過去接她吐的核。

德妃微微一笑。「胤祥、胤禎全一樣，秋獮湊在一處更是脫了韁，他們兩個倒都擅長這個。」說著想起什麼似地轉頭問周婷。「今天妳怎麼沒帶著大格格來？倒記得她往年也愛看這個呢。」

「是想帶她來，偏這幾天她身上不方便，怕她著了寒氣，便留她在家裡了。」在周婷的記憶裡，這種事那拉氏都會帶著大格格，是以一說要到北海來看冰嬉，她就要瑪瑙傳話讓大格格準備，誰知道正好撞上她來了月事。

一說不方便，德妃馬上抿著嘴笑了。「大格格的年紀也到時候了，老四可有打算了？」公主們嫁得晚，宗室女卻都早論婚嫁，十一歲是該相看起來了，等相看、議婚、備嫁都準備好了，也到了十五、六歲該出嫁的年紀，這時候不看就晚了。

「已經相看起來了，想挑戶好一些的人家呢。」周婷掀開茶盅撇撇浮沫，啜了一口。「我同我們爺說的時候，他還愣住了，想不到大格格竟到了這個年紀。」

「就在妳院子裡待著，日日都見得著，怎會不知？他是男人，老忙外頭事，妳不提我還怕他忘了呢。」德妃很滿意周婷的作法，正妻就該是這個樣子，提醒男人什麼時候該辦什麼事。

惠容家裡有六個姊姊，自她有記憶以來，就一直看著姊姊們出嫁，那一套規矩她心裡清楚得很，於是拍著周婷的手說：「到時候我為她添妝。大妞跟二妞也該準備起來了，別看如今還小，等事情辦起來才著急呢，雙生的分例總得一樣吧？我那些姊姊們，光備嫁就愁白了我額娘的頭髮，前一天還在跟我一處做針線呢，第二日竟上了花橋！」

一番話說得德妃撫掌大笑，周婷也差點笑得灑了茶。「這麼說妳竟不是妹妹，是半個娘了！」

德妃笑了一會兒，吁了口氣。「話雖玩笑，卻是正理，兩個丫頭呢，總要一樣才行。我如今也正看著，好東西再難尋著第二件，到時候跟妳鬧可怎麼辦？」

「才半歲呢，竟想著出嫁了，那麼點兒大的粉肉團子，要到哪一日才長成呢？」其實還真有人表達過意思了，雖是玩笑話，胤禛回來卻哼了一鼻子，大約就是那家的兒子還看不出什麼樣子來呢，竟敢肖想他的女兒！

周婷想到自己那一雙滿炕打滾的女兒，差點笑岔了氣。「真要鬧，鬧她們阿瑪去。」她笑著把兩個女兒爭胤禛的事說給德妃聽，惹得德妃又樂了好一陣子，直要周婷下回把大妞跟二妞帶來。

原本大格格在府裡是金貴的，畢竟只有她一個女兒，哪怕是庶女，以後也起碼是個多羅郡君，可如今周婷一下子生了兩個女兒，她的身價自然下跌。

她的婚事周婷不做主，總歸胤禛挑好了人，她為她準備嫁妝，多問兩句人好不好、家風是不是清明，就已經盡到嫡母的責任了。

想到這個，周婷又覺得有些好笑，恐怕大格格那裡也聽到些風聲了，平時個性再清冷的人，碰上婚事也會害羞發急。大格格連著到她屋子裡待了好幾天，拿個小鼓跟妹妹們玩耍還要出半天神，大概是知道自己已經成人了，又不好意思探周婷的口風。

可這事情周婷還真不清楚，只是在應該提醒胤禛時說了兩句，其他事全憑胤禛處理，真要論婚嫁，嫁妝單子也得讓胤禛過目，畢竟是府裡頭一樁婚嫁喜事，再加上胤禛現在的地位，辦得肯定不會差。

周婷有心跟大格格說兩句，又張不開口，看她小心翼翼討好自己那模樣，覺得她也有可憐之處。這事情本來應該由她跟她親娘兩人討論，要她拿出嫡母的架子來，說些相夫教子的話，她自己都覺得彆扭。

於是周婷乾脆裝作不知道，大格格來，就抱著大妞、二妞跟她玩一會兒，說些平常話、做些針線，不來也不會特地差人去喚她。反而是胤禛瞧見過幾次之後臉上的笑意更多了些，弘昀時不時就要生病，周婷不敢讓孩子們跟他多接觸，原本只有弘時是常駐人員，如今再加上大女兒，他嘴上不說，內心還是很高興。

周婷也說不清楚自己現在對胤禛的感情到底是怎麼回事，有庶女、庶子跟小老婆已經是事實，她也告訴自己不能完全依賴男人來過日子，可日復一日地相處下來，還是動了心。

這個男人得閒的時候也會抱著兩個女兒玩耍，看到兩個女兒為了爭取他的注意，吵著誰也聽不懂的架，他還洋洋得意；一有人跟他提到親事，他就橫眉豎眼，覺得哪一家都不好。在此之前，周婷根本不知道他竟然還有這個隱藏屬性，可見得男人都需要調教。

「呀，那是我們爺！」惠容一張小臉紅撲撲的，拍著手指著遠處那身影，周婷從窗子望出去，心想：這哪裡分得清楚？康熙兒子多，他們全都戴著護膝、手套，遠看都是一個模樣，她剛想要調笑惠容兩句，就瞥見了胤禛的身影，不自覺地挑起了嘴角。

太液池劃出一條條路來，有舞龍舞獅、划旱船的，也有像胤祥跟胤禛那樣比賽射箭的，胤禛站在他們當中，遠遠看上去比弟弟們要高一些也更瘦一些，周婷還沒打趣惠容呢，惠容就湊了過來。「嫂子笑成這樣，可是瞧見四哥了？」

周婷聽了，臉龐悄然飛上兩朵紅雲。

夜裡胤禛躺在床上，周婷坐著為他按腿放鬆肌肉，胤禛見她嘴角一直帶著笑意，拿手指勾勾她的下巴。「什麼事這麼樂？」

周婷抿了抿嘴。「今天瞧的那些冰嬉，還真有些意思。」她實在不好意思告訴胤禛，自己跟剛談了戀愛的小姑娘一樣，什麼「於萬人之中一眼認出你來」，光想都要起雞皮疙瘩。

「就這事情？」胤禛笑了起來。「等開年皇阿瑪恐怕還要點我一同巡塞去，這回妳就同我一起去，再帶妳見一回草原風光，免得妳連見個冰嬉都樂成這樣。」

「怎的，給你丟人了？」周婷重捏他一下，翻身躺下來，胤禛笑著拿手拍起她的背。

胤禛只帶那拉氏去過草原一次，巡塞的次數本就不多，他帶的還幾乎都是側室，她嫁給自己多年，就只那麼一次出過京城，想來當年在草原上的記憶已經模糊，才會導致現在看個冰嬉也開心。這樣一想，胤禛就側過身。「秋獮時我再帶妳去木蘭。」說著在她額頭上親了一下。

周婷心頭微動，伸手摟住他的腰。

每到這種時候，就會忘了他以後是要當皇帝的。周婷咬著嘴唇，把臉埋在胤禛身上，嗅他身上的味道。寧靜的時刻太過美好，她會覺得他其實就只是她的丈夫，她孩子的父親，不願去想他以後會登大位，會有後宮佳麗三千。

胤禛有一下沒一下地拍著周婷的背，手指順著她的長髮往下滑，燈光昏暗，被子裡又暖又香，合上眼睛就要入眠。懷裡的人動了動，他忽覺下巴上一熱——是周婷抬起臉來親了他一口。他的嘴角勾了起來，胳膊緊了緊，把她攬在懷裡。

勾引他時也玩情趣，如今她不用那些手段了，他竟也老老實實地待了那麼久。周婷愈想愈覺得眼睛有點濕潤，要是他能一直留下來，也許她真的會讓自己全心全意依賴他。

誰知她心口的暖流還沒擴散到四肢，就聽見頭頂上胤禛那帶著期待的聲音。「去草甸子那一路，有好幾處溫泉。」

周婷提腳想要踢他，又想要抱抱他，最後忍不住嗔他一聲，雙手收緊了臉貼著他的胸膛，拿嘴唇去吮他，只淺淺一下，就又規規矩矩地躺好。

胤禛累了一天還真沒力氣做點什麼，周婷拿舌頭一勾，他就覺得心口癢癢的，等了半天不見她有下一步的動作，就閉上眼睛入睡，這一覺，又沈又甜。

胤禛既然說要帶著周婷去巡塞，她就早早準備起來了，瑪瑙見她興致這麼高，直捂著嘴偷笑。這才一月天，要出發去巡塞，起碼得到四、五月呢。烏蘇嬤嬤心中很為周婷高興，自嫁人以來，她還沒有過這麼開心的時候。

不怪周婷興奮，她本來以為自己這輩子就要在這個院子裡度過了，往後頂多是從小院子換到大院子裡去，沒想到還能用公款跑去草原旅遊。

周婷這副興奮的模樣落在胤禛眼裡，頗有些不是滋味，他從沒想過去個草甸子就能把她高興成這樣。

「總要到五月才能走，妳這會兒忙個什麼勁呢。」胤禛見周婷翻著簿子勾勾劃劃，喉頭跟卡了塊細骨頭似的，悶了半天才湊過去。「這又是做什麼？」

「我不在也不能亂了禮數，五月出發到八月回來，這中間有多少禮要送？幾個兄弟、妯娌的生辰禮物不算，還有孩子們，尤其是大格格，年紀大了，總要準備些好東西為她攢著才是。」周婷從簿子裡抬起頭來。「我這回去請安時，聽說伯王狀況不大好，萬一……這些禮也該備下，省得到時別人說你失了禮數。」

胤禛拿過那簿子瞧了一眼，上頭密密麻麻寫滿了名字，連幾個兄弟家的孩子生辰都記錄在案，喉頭那根骨頭變成了細刺，扎得他發不出聲音來。

他坐到周婷身邊摟著她的肩膀，重重把她往自己胸膛一按，半天才啞著聲音說：「明年去南巡的時間更長，這些東西要怎麼辦？」

周婷也不知道胤禛又怎麼了，這是正妻要做好的頭一等大事，原本可沒見他這麼感動啊？她用手臂勾住他的脖子，嘴唇磨著他的耳朵。「耽誤不了事情的，你可別改了主意，又不帶我去了。」

「我若改了呢？」胤禛逗她。

周婷眉毛一豎，手摸到他腰上掐了一把。「那我在家這些日子裡，天天教大妞跟二妞叫額娘！」

胤禛笑出聲來，兩人正鼻尖碰著鼻尖，準備親親摸摸一下時，大格格來了。周婷趕緊鬆開手臂，坐正了繼續去翻她那小簿子，面頰微紅。

大格格沒想到胤禛也在，屈了膝蓋行禮。「給阿瑪請安，給額娘請安。」她捧著盒子的手指緊了緊，猶豫了一會兒，橫下心來。「女兒做了兩個香袋，想拿來進給額娘。」

周婷聞言有些詫異，大格格剛練針線時，做了好些東西給胤禛，也算是當女兒的心意。但自從進了正院，她就再沒有這樣過了，好像討好她父親會惹惱了周婷那樣，小心翼翼地跟胤禛保持距離，見胤禛跟兩個妹妹玩耍，她還有些不自在，怎麼這時候會突然做了東西送過來？

「拿來我瞧瞧。」周婷打開漆盒，先聞見一股茉莉花香。香袋做得很是精緻，兩隻角上綴了碧玉珠子，還拿鵝黃色搭配嫩綠色的絲條紮出花朵，周婷拎在手裡轉了一圈。「手藝果然見長了。」

大格格既然邁出了第一步，接下來的話就順溜起來。「原是女兒不小心把額娘給的香水灑在汗巾上頭，扔了著實可惜，就縫了個香袋掛在床腳，日日都能聞見香味，這才想著為額娘做兩個。」

說完這些大格格就站著不動了，周婷還在發愣，胤禛已經站了起來。女兒在屋子裡，他怎麼也不好意思再待下去。「我去書房，妳同妳額娘說說話。」

瑪瑙奉了茶上來，周婷把桌上的東西收攏起來，吩咐翡翠：「妳去拿幾樣蒸點心來，要有玫瑰絲的，大格格愛吃那個。」

大格格聞言抬起眼睛飛快地看了周婷一眼，目光停在那個漆盒上頭良久，挺了挺背說：「光是茉莉香聞久了也膩，女兒還配了些梅花冰片在裡頭，額娘仔細聞聞，可能聞出來？」

周婷拿起來湊近了嗅一下，嘴角含著笑意點頭，心裡卻愈發覺得奇怪。周婷房裡從不用香料，只拿了曬乾的玫瑰花瓣放在香爐裡烘出香味來，這些事情大格格都知道，夏天幾個屋子裡分發香料時，她就在正屋裡頭，還問過幾句，這回特地配了香料來，總不會是特地謝謝她吧?!

此時珍珠正巧進來向周婷請安，她見到周婷很是激動，身子一低就要下跪磕頭，周婷趕緊扶住她，拉著她的手仔細看她臉上的傷，只留下一條紅痕，拿粉敷住就看不出來。

周婷拍著珍珠的手問道：「若不是我這裡忙亂著要理東西，也不會讓妳這麼早就過來當差，看來這雪珠丸真有些用處。」這是周婷特地去跟宜薇要來的配方，特地找大夫配齊的，讓珍珠每日拿溫水化開一枚，厚厚地塗在臉上，對於淡斑去疤很有效果。

「多虧主子，我才能好起來。」珍珠掌管周婷的四季衣裳，翡翠剛剛接手，打點起東西來有些不順手，這才急著讓她回來幫忙。

周婷跟珍珠說話時，大格格就端坐在炕上聽著，她平時能少待就少待，如今竟看著她們兩個閒話家常，就連珍珠也不免多打量了她幾眼。

等珍珠開箱整理衣裳，大格格才拿起一個香袋來。「女兒把這個扣在帳子上頭，打個如意結子，可好看呢。」說著竟自顧自地要繫在周婷的帳子上。

翡翠見狀，趕緊放下手裡的活兒走過來攔下她。「這事奴才們來便罷了，哪裡需要大格格動手。」

周婷看著大格格的目光凝住了。她背是挺直的，可眼睛卻不敢跟屋子裡任何人對視，說起話來氣息也不穩。更何況……她做這些跟她會嫁什麼樣的人一點關係也沒，討好嫡母也罷，但做到這一步已經算是踰越。

然而大格格只是略略退了一步，就站在那邊看著翡翠把香袋掛在帳子上，手腳俐落地打了個同心結。等翡翠回轉身，大格格才紅著臉看了周婷一眼，勉強又說了些話才告退。

這些事若是大妞跟二妞長大了以後做，周婷一點也不會覺得奇怪，大妞還在她阿瑪身上尿過呢，周婷的床更是她們午睡的小天地，帳子一合兩姊妹就知道該閉上眼睛了。

大格格就算想要表示親近，也不可能做這種事，她又不是小孩子了。周婷捏著沒掛上去的另一個香袋看了珍珠一眼。珍珠走過來拆開，倒出好幾個香珠還有些白色的透明塊狀物拿在手裡一捏，抬頭回道：「是梅花冰片呢。」

本來大格格那裡的香料也全是周婷分發下去的，再不可能有別的東西，於是她把目光轉到了床上。既然不是香料，那就是床了？可她一個未婚姑娘家，盯著嫡母的床做什麼？

說起來大格格最近的言行是有些古怪，安靜慣了突然從背景裡跳出來，很難不引人注意。周婷睫毛微微一動，手裡撥著另一個香袋。「把這個也繫上去。」

胤禛是個很細膩的人，夜裡瞧見了，自然問道：「妳不是不喜歡這些，怎麼弄了這個？」

周婷不是原封不動把香袋繫上去的，她往那裡頭又添了好幾個香珠，瑪瑙拿線沿著針腳縫了起來，就跟沒拆過一樣，味道一時濃烈起來。

周婷一面笑一面幫他解衣裳。「怎麼都是她的孝心，這孩子平日心思多，我便不拘著她，橫豎她規矩好，並不用費心去教導，可這些天，爺就沒覺察出她不對勁來？」

胤禛神色一滯，轉頭見周婷臉上笑意不變，就問：「怎麼個不對勁？」

「她是大姑娘了，自然要開始相看人家，這些日子天天往我屋子裡跑，不過是想探聽探聽爺相看了什麼人。」周婷把胤禛的衣裳抖直了，疊好放在一邊，這才坐到妝鏡前拆了頭髮，拿梳篦細細梳起頭髮，梳子上頭抹了玫瑰頭油，梳了兩下就有玫瑰香味散發開來。周婷動了動鼻子。「往日不覺得，混在一處還真不好聞。」

胤禛剛還在想著女兒大了、起了要出嫁的心思，還沒能生出感慨來，就被周婷勾回了心神，他走過去握住一綹髮絲放在鼻尖。「還是這個更襯妳一些，那個太香了。」

周婷穿著一件淡雪青繡千瓣菊的寢衣，淺紫配著淡金在燈火下顯得她面色豐腴、目含流光。「我雖是她額娘，同她卻失了親近，這些話我不便說。」

還沒等胤禛皺眉，周婷就轉過臉，拉著胤禛的手把臉放在他手掌上。「爺不如細瞧瞧這丫頭怎麼就急成這樣子，今天硬是要親自為我繫上香袋呢。」

說到這裡胤禛才恍然大悟，周婷這麼含蓄，就是因為怕大格格對她有心結，到了年紀自然有父母主持婚事，大格格這樣行事倒像李氏。

一想起李氏，胤禛自然想到弘暉，周婷從沒苛待過李氏幾個孩子，這些胤禛全都看在眼裡，如今大格格這樣，是不是李氏在背後唆使？怕周婷不給她的女兒備足嫁妝？

真是小人之心！胤禛冷哼一聲，看周婷委婉的樣子，知道她是不好過分插手，免得真的落了李氏口實。想到這個他就心頭火起，抬手按住她的肩。「妳是什麼樣的人我很清楚，罷了，這事我仔細瞧瞧。」

有了這麼一句話，周婷的心就定下來，她也不叫人盯著大格格，該知道的胤禛總會打聽出來。更何況胤禛安排的那些人可是每個院子裡都有的，大格格有什麼，自然跟南院脫不了關係，她一點兒也不急。

胤禛發了很大的火，他一腳踢飛書房裡的炭盆，火花四濺，差一點把地毯給燒著了。蘇培盛拿正在爐子上熱著的山泉水澆滅了火苗，頭一低拿著水壺轉身就出去了。

小鄭子吐吐舌頭，壓低了聲音問：「爺怎麼發這樣大火氣？」

胤禛的脾氣原有些喜怒不定，這兩年愈來愈沈穩，好久沒有發這麼大的火了。蘇培盛瞪了小鄭子一眼，眼睛掃過小張子，小張子就拎著水壺借著續水的工夫找到了翡翠。

南院早已經不是鐵板，那些到了年紀想跳出南院的丫頭裡自然少不了李氏的貼身丫頭，石榴見人打聽，趕緊躲回屋裡稱病不出，一問三不知，葡萄卻把自己知道的一五一十全說了。她知道的並不多，但很清楚這事是宋氏起的頭。

上下串一串，胤禛很快就拼湊出了真相，宋氏以為自己做得聰明，捕風捉影不著痕跡，其實這些事全映在下人眼睛裡，略一問就竹筒倒豆子全出來了。

李氏還在那邊咳嗽呢，胤禛就邁著大步一臉陰沈地走進來。他瞇著眼盯住床上那個陌生的女人，她既能出手害死弘暉，這會兒弄些巫蠱之術也平常得很。

他已經留了她一條活路，她竟還不知死活地折騰！胤禛一個箭步上前，沒等李氏眼裡泛出驚喜來，就狠狠掐住了她的脖子。「妳好得很吶！」

李氏被掐得一口氣提不上來，眼神一片茫然，她伸手抓住胤禛的胳膊，還沒使力，胤禛就已鬆開了她。她伏在床上大口喘氣，嘶啞著聲音把一直以來在內心翻騰的話倒了出來。「爺，爺！福晉，福晉在害您啊，爺！」

這話換來胤禛一聲冷笑。「所以妳就讓妳的女兒翻找佛堂，還想把手伸到正房裡！」他冷冰冰地看著這個枯瘦泛黃的女人，他給過她寵愛和體面，卻沒想到這些會把她變成這個樣子。下一步她是不是會想著嫁禍？找不到證據，難道不會製造證據?!

「大格格是為了爺呀，爺去找一定能找出來的，一定能找出來的！」李氏一臉驚恐，狠狠咳了兩聲，吐出一口血來。她手指摳著自己的脖子。「是不是福晉反咬了妾，是不是她！」說完她又哀哀地哭道：「妾一片赤誠，天地可鑑呀！」

宋氏聽見外頭的響動，心頭一喜，但側過耳朵細聽，又覺得不像是喜事。她心頭一緊，抓著蕊珠的手。「妳去外面瞧瞧出了什麼事。」

蕊珠剛一開門，就見蘇培盛站在外頭，他見著宋氏，扯了扯臉皮。「格格老實待著吧，主子爺等會兒也要過來。」

第五十二章　南院沒落

南院鬧起來時，周婷也收到了消息，她心頭大震。就算再不關心歷史，也知道巫術什麼的向來都是皇家最忌諱的事，掉腦袋還算輕的，她手指頭都在發顫，怎麼也不敢相信李氏跟大格格會鬧這樣的事情出來，就算成功了，她們倆也絕對不光彩，更何況是這樣明顯的誣陷！

既然如此，她該怎麼在這件事裡得到最大的好處呢？周婷不想要算計胤禛，何況還是在這樣的情況下，她已經對胤禛有了情意，看他的樣子也是相信她的……可她一顆心就好像要從胸膛裡面跳出來似的，事到臨頭，還是止不住害怕。

忍不住深吸一口氣，她在心裡盤算了兩回，沈下臉吩咐道：「把大格格請到她房裡去，叫丫頭們看好了她。」說著歪在炕上一動也不動。

瑪瑙跟翡翠不敢叫她，珍珠想進去點燈還被周婷止住了。她握緊了拳頭，咬著衣服上的鑲邊，這個時候除了示弱，再想不出別的辦法來了。

胤禛進了正院，正屋裡是暗的，丫頭們全站在外頭廊下，藉著廊下的燈籠，胤禛瞧見翡翠跟瑪瑙都皺著眉頭，一臉焦急。

胤禛掀了簾子進去，周婷還歪在炕上，側著身子枕在大迎枕上，頭髮微微蓬亂，聽見腳步聲也不轉身。胤禛走過去伸出手摸摸她，周婷什麼話也沒說，半天回握住他的手，嘆出一口氣來。

此時胤禛頓覺手背一涼，一顆眼淚滴在上頭，很快就滑落下去，落在黑暗裡跌碎了。那種被細刺卡著喉嚨的感覺又回來了，胤禛張開手把周婷摟在懷裡緊緊護住，喉嚨又乾又澀說不出話來，一下又一下地拍著她的背，到了現在，他才算真正明白自己到底虧欠了她多少。

「示弱」對胤禛來說才是利器，周婷此時才發現自己對胤禛已經了解得那麼多了。她閉上眼睛，一直到胤禛把她抱到床上時才又張開來，他連外衣都沒脫就上了床，把她摟在懷裡，貼著胤禛的胸膛，周婷能清楚聽見他強健有力的心跳聲。

周婷一瞬間茫然了。她再比這裡的女人們見得多、聽得多、看得多，也還是個剛滿三十的都市女性，在繁華的城市裡，她這樣的年紀還未失去擁有愛情的資格，她也一直在期待著有一個人能夠跟她在夜裡相互依偎。就算剛穿越時的境況，讓她暫時打消了那些想法，然而胤禛在這段時間的表現，卻讓她心底深處的期待又活了過來。

周婷的身體擺出依賴的姿態，眼睛卻張大了盯住身邊的男人，她的目光描摹著胤禛衣服料子上織的暗紋，忍不住想要嘆息。就算她能不計較他的過去，牢牢守好他的未來，可是曾經發生的事情總會跳出來的。

三個孩子，不是三個木頭娃娃，擦洗乾淨了就能擺出來當裝飾。她其實並不怪大格格做出這種事，站在她的立場，大格格一點錯也沒有，畢竟是胤禛給過她美好的希望。

人只會看見自己想看見的東西，而不願意接受客觀現實。李氏的心裡恐怕是把胤禛當成丈夫，若沒跟胤禛琴瑟和鳴過，又怎麼會生下那麼多孩子呢？

那拉氏占著名人正統又怎麼樣，照樣被她擠得沒有地方待；就算弘暉一直健康地活著，將來太子是誰也一樣是未知數。她有那種想法很正常，電視劇裡不是常演些受寵的小妾陷害正房和正房的孩子嗎？歷史上也不是沒有這種事。

如果李氏聰明一點，就該把胤禛抓得再緊一點，而不是在自己的兒子都沒長成時就動歪腦筋，先占住胤禛的寵愛，再把兒子培養起來，胤禛的心總會偏的，那時候再做這些，成功的可能性還高一些。

黑暗的室內，胤禛一下一下拍著她的背，目光觸及還掛在帳子上的那兩個香袋，心底一片苦澀。枉他自以為慎獨，大格格是他的女兒，李氏曾是他的寵妾，回想起之前那段日子，他覺得自己給足了正院體面，其實在別人眼裡，根本不是這麼回事。

女兒給他的印象一向柔順，脾氣也很像他，曾是他唯一活過成年的親生女，卻不料做出這種事來。

妻子已經做得夠好了，原本大格格得的那些東西，胤禛都覺得是應當的，就算是在周婷剛生下兩個女兒之初，他也不覺得有什麼不對勁，直到瞧見周婷往宮中賞賜給大格格的東西裡加添首飾珠玉。

胤禛眼睛一掃就知道了差別，大格格那一份雖然本來就跟給兩個女娃的不一樣，可價值卻是遠遠不能比的，他這才恍然大悟。就算是那麼小的兩個女娃，在別人眼裡也跟大格格不同，怪不得他這一世打算把女兒嫁給原來的人家時，那家人並不像前世那樣熱絡。

他可以指責李氏不知分寸、慾壑難填，那麼自己的女兒呢？是李氏教養壞了，還是自己把她縱容壞了？整整十年她從沒有過比別人差的時候，直到兩個妹妹一出世，她才知道嫡庶的差別。

胤禛不禁想到他自己，原本他是養在當時身為貴妃的孝懿皇后身邊，身分上只比太子差了一些而已，大阿哥的生母也不過是妃。直到他十一歲時孝懿皇后故去，他重回母妃宮裡，才知道細枝末節的地方最是磨人。

胤禛長長吁出了一口氣，拿下巴磨了磨周婷的頭頂。「從明天起，就把她同大妞跟二妞區分開來吧。」他不開這個口，以妻子的性子自然不會去為難庶女，養了十年都是按嫡女的例，也是時候讓她明白現實了。

周婷還在盯著胤禛的衣裳發呆，聽見這話微微一怔，腦子還沒反應過來，嘴已經張開了，一開口就是無奈黯然的語氣。「到底疼了她那麼些年，她又到了這個年紀，冷不防吩咐下去，她還怎麼做人？」說到最後又是一嘆。

胤禛摟著她的手使了使力，幾乎把她按進胸膛裡，良久才隨著他胸腔的震動傳來聲音。「正是要教她怎麼做人，這事妳只管吩咐管事，南院那裡，妳也不必再管了。」

周婷睫毛動了動。「不必再管」是什麼意思？她很少操南院的心，一日三餐、四季衣裳都有人打理，她要做的就是提點下人別作踐了李氏跟宋氏，如今不管……周婷想到李氏曾經那樣風光無限，和後來青著臉、眼睛卻還明亮地盯著自己的模樣，沒來由的就覺得一切全是男人的錯。

「要我如何不管呢？」她反問胤禛，抓著他腰間的衣衫愈扯愈緊。「讓下人作踐她？我下不了這個手，她雖錯了，卻也並不是從沒原由的。」說著那愈收愈緊的手指一下子鬆了開來，她側過身，臉對著牆壁。「爺的意思我知道了，可我不是那樣的人。」

這段話聽得胤禛鼻酸。他自然知道妻子不是那樣的人，過了這麼久，李氏房裡燒的還是好炭，帳子上頭還是用金線繡花，顏色一看就知道是新東西。養在院子裡的孩子，還能當成她是不願被自己捉住把柄才對他們好的，那麼那兩個女人呢？

她真的一點兒也不恨李氏害死了弘暉嗎？還是說她恨，可她卻不屑用這樣下流的手段來折騰她？

周婷翻身，胤禛的手就跟了上去，身子貼上去摟緊了她。「我知道妳是怎樣的人。」靜默了許久才啞著聲音說：「是我對不住妳。」

周婷咬著嘴唇流眼淚，心口堵得慌，那拉氏若是此刻還在，會原諒他嗎？周婷想起那個流淚的魂魄，在心裡搖了搖頭——恐怕不會。如果是她受了那樣的苦楚，一定不會接受他的道歉。她雖然這樣想，卻抬起手來握住胤禛放在她腰間的手，兩個人都沒再說話，就這麼靜靜躺了一夜，將要天亮的時候，周婷才瞇起眼睛睡著了。

她還是沒下定論，到底要不要信任這個男人呢？

大格格等於是被軟禁在屋子裡了，山茶、茉莉跟著她一起守了一夜，兩個丫頭夜裡躺在牙床上瑟縮著發抖，大格格一個人縮在帳子裡抱著膝蓋，臉上看不出悲喜，等瑪瑙來傳話時，她才從帳子裡出來。

山茶跟茉莉差一點就要向瑪瑙磕頭了，大格格是正經的主子，再怎麼樣也不會有事，她們這些人要怎麼辦呢？

胤禛查出真相的消息傳來時，山茶手腳冰涼，事情既然已經露了痕跡，那她們就再沒有活下去的可能性了。茉莉抖得站不住腳，山茶臉上則閃過一絲苦笑。「讓奴才再為大格格梳一次頭吧。」

直到此時，大格格的眼淚才流下來。她紅著眼眶去見了周婷，屋子裡不獨她在，胤禛也在，他坐在內室裡，隔著簾子只能看到一個背影，大格格想喊，卻發現自己根本發不出聲來。

周婷見大格格請安，擺了擺手，抿著嘴唇看了她一會兒，心裡惻然。若不是胤禛，她做的這些事很可能把周婷推到火炕裡，可自己就是恨不起來。她從沒真正待大格格親近，給衣裳跟首飾不過就是抬抬手的事，任由大格格自己管屋子裡的丫頭，也不過是因為她不想跟大格格起衝突，在別人看來這已經是很寬和的嫡母，哪裡知道衝突的種子從一開始就埋下了。

「妳額娘那裡，不必再去侍疾了。」周婷也不再跟大格格客氣，指了指桌上一本小冊子。「這個妳拿回去，願意讓誰幫妳看著，就給誰吧。」

大格格絞了絞手指拿起來翻了一頁，這是記錄她吃穿用度、存了什麼東西的冊子，原本那拉氏管過，後來被李氏要了去，如今又轉到大格格自己手裡。

這意思是再不管自己了？大格格抬起眼睛盯著周婷的臉，她站起來去了內室，胤禛的身影動了動，卻終究沒有出來，大格格只聽見他說：「往後妳就守著庶女的本分吧。」

話是說了，卻根本提都沒提山茶還有茉莉的事，直到兩個丫頭扶著她回到屋裡時，才發現她出了一身的汗，裹在斗篷裡瞧不出來，伸手一摸全是濕的。

「阿瑪這是……再不管我了？」大格格茫然地抬起眼睛，一把抓住山茶的手。「妳去打聽打聽，額娘怎麼樣了？」

山茶看了大格格一眼，默不作聲，茉莉則拎了兩個小包裹來，兩人就這樣跪在地上向大格格磕了個頭。

大格格瞪著眼睛正要發問，就見瑪瑙領了一串人進來，為首的是個三、四十歲，看上去很嚴厲的嬤嬤。

瑪瑙微微一笑。「主子說了，院子裡到了年紀的丫頭都要放出去婚配，大格格這裡一下子少了兩個丫頭，恐怕忙不過來。這是戴嬤嬤，先來管著大格格的事務，後頭再把丫頭補上來。」

大格格的奶嬤嬤早就被周婷打發了，也沒想著再派個嬤嬤拘著她，現在既然要讓她安分，這些自然少不了。

「奴才給大格格磕頭了。」山茶跟茉莉拜了三拜，就被領走了。

大格格剛要掉淚，那嬤嬤就站上去。「大格格心裡不捨，賞幾兩銀子也算全了主僕情誼，卻不能放此悲聲。」

瑪瑙滿意地看了戴嬤嬤一眼，欠欠身出去了。大格格倒在椅子上，抖著嘴唇出不了聲，她還是不明白，事情怎麼就變成這樣了呢？

小太監們爬在梯子上，把南院廊下的玻璃燈籠取下來，一溜兒十幾盞，如今只餘下李氏和宋氏門前的。被關在南院的丫頭、婆子們巴著窗縫正在納悶，就見翡翠身後跟著一串人進了南院。婆子們搬了桌椅、板凳放下，翡翠裹著毛斗篷坐了下來，身後的小丫頭就從拎著的漆盒裡拿出筆墨來。

「主子說了，院子裡頭到了年紀該婚配的全都登個名字。」翡翠一揚聲，南院幾間屋子的門全都打開了，李氏這裡人多手雜，十七、八歲正要配的人丫頭有好幾個，有膽子大的湊了過去，翡翠只抬眼看一看，就說：「叫什麼名呀？」也不去細問年紀了。

關在南院裡眼看一輩子都沒生路了，當然是出去的好，翡翠身前一下子圍滿了人，磨墨的小丫頭粉晶跳了出來。「全都站好了，一個個輪到了再記！」

有年紀大的婆子，湊上去賠著笑臉訴辛苦。「翡翠姑娘，老婆子年紀大了，如今拎一壺水都手抖，再不能拿著月份銀子不辦事，求翡翠姑娘去福晉那裡說情。」半大的丫頭都能走，沒道理她們這些年紀大的要在這裡死熬。

翡翠笑咪咪地看了她一眼。「福晉向來體恤下頭人，我還沒說呢，妳倒知道意思了。輪婚嫁的排左邊，告老的排右邊。」

話一說完，很快地兩列隊伍就排好了。李氏禁足時她們還抱著希望，眼看沒指望了，誰還樂意留著呢？

石榴站在廊下緊緊咬著嘴唇，葡萄已經往前邁了一步，是她出賣了李氏，留下來也不會再有好日子過了，她咬牙往前快走幾步，排在左邊。

石榴心裡一涼，知道這是爺要收拾南院了，還沒點人頭呢，就把燈籠全拆了。她眼神一黯，回頭看了看正屋，若是沒了她和葡萄，李氏活不活得過這個冬天，就很難說了。

宋氏直接被胤禛斥為「口舌招尤」，縮在屋子裡再不敢出去，李氏那屋就跟死了人一樣靜，這個院子裡除了雪化的聲音，連腳步聲都漸漸聽不見了。此時外面出了那麼大的動靜，宋氏自然聽到了。蕊珠心裡意動，宋氏那裡只有她一個丫頭跟了過來，此時不出去，什麼時候有機會呢？

南院裡很快展開了最後一次熱鬧，打包的打包、告別的告別，石榴等所有人都走了，才站了過去。翡翠抬頭看她一眼，微微一笑。「石榴姊姊好。」

若在過去，正院裡一個二等丫頭哪能在她面前說話，可這時候石榴卻不得不低頭，任由翡翠將她打量一番，再把她的名字寫在末尾處。

樹倒猢猻散，周婷拿著那簿子掃了一眼，粗粗一數就知道南院沒留下幾個人了，院子裡面二十幾個丫頭跟僕婦散得乾乾淨淨，李氏那裡竟一下子找不出侍候的人。

周婷點了點石榴和葡萄的名字。「告訴她們，李側福晉那裡離不了人，要她們先把後頭的教出來再出南院，務必教好了侍候好側福晉。」

這麼做起碼能留李氏一條生路，一部分也是為了自己的私心。等胤禛封了郡王，就能有兩個側福晉了，留著李氏，起碼能占一個名額。

南院的綠漆大門整個關上了，原本還有個院落的樣子，如今就像被胤禛劃出去隔開來似的，燭火清冷，逢節慶日也再沒有她們的分，弘時生辰時，李氏更是連桌酒菜都沒能得。

周婷執壺為胤禛倒酒，正院一屋子人樂意融融，大妞跟二妞還不會說話就先被教著向哥哥拱手祝賀，弘昀也難得被抱了出來，細瘦的身子裹了厚衣裳。大格格坐在桌邊口角含笑，身邊站著戴嬷嬷，送了一身自己做的小衣裳給弟弟，一舉一動極盡規範，只是那雙眼睛熄了下去，再不見半點火星。

巡塞的名單裡果然有胤禛的名字，這一回同去的還有胤祥。惠容跟瓜爾佳氏這些日子以來在寵愛上算是平分秋色，但因為這一回跟著胤禛去的是周婷，胤祥便想也不想地就決定由惠容去，瓜爾佳氏撒了兩回嬌也沒成。

惠容藉口沒準備過出塞要用的東西，請完安就把周婷拉到自己屋子裡了，小院子裡一股藥味，周婷還沒進門就先皺起眉頭，她扭頭看向惠容嘴邊的笑意，忍不住也笑了笑，拿手指頭點了點她的鼻子。

惠容討好地衝著她笑，葡萄似的眼珠子水汪汪的，鼻子一皺說道：「虧她好意思，捧著心口跟我們爺哼哼了不知幾回，以為自己是西施呢。」她捏著瓜子咬出聲來。「這不就又稱病了？就算再病個十回，她這回也出不去的。」

周婷靠在炕桌另一邊。「快別再吃這些，過幾日就要起程，炒貨吃多了易上火呢，路上可不比在家裡，不能多喝水。」

民生問題這種頭等大事是周婷最關注的，火車、飛機上都有廁所，馬車裡就算有再精緻的夜壺，也不能一邊走一邊解決，就算車不快，那也有味道。

「這是拿菊花炒的，上不了火。」雖然這麼說，惠容還是拍掉了手上的瓜子殼，她拿過帕子擦手，嘴角邊噙著兩分得意的笑，耳邊垂著的明珠都要跟著晃起來了。

周婷斜歪在大迎枕上，懶洋洋地拿指尖點著惠容的臉頰。「傻妮子，這回有巡塞，下一回還有秋獵，秋獵過了也還有南巡，妳占了這一回，她就裝出這番傷心的模樣來，可不是擺明她吃了虧，直等著胤祥下回補給她呢！」

皇家的小妾們明明占著大便宜，卻總有本事讓男人們以為她們吃了虧。正妻做那些是應當的，小妾忍一下就是明事理，天底下哪有這樣的好事?!

惠容愣了愣，嘴邊的笑意凝住了，她絞著擦手巾咬住嘴唇，神色有些黯然。「哪能全占著呢，這回由我去，一是因為我從沒去過，二是因為四嫂也去，咱們爺一向同四哥親近，總不能帶著她跟四嫂交際呀。」就連大阿哥帶的都是繼福晉，哪有教小妾跟正妻同處一室談天說地的道理。

「妳知道問我準備些什麼，怎麼不問問她？」周婷偏過臉，朝側屋努了努嘴。「她不是去過嗎？既然她病得起不了床，那妳就只好多問問妳們爺了。」

周婷咬著重音一邊指點惠容一邊反手捶腰，幸好她的月事現在來了，要是一路走一路流，那還真受不了。

惠容也不笨，兩句話一說她就明白了其中的道理，拉了胤祥問的是正事，總比看著一個生病的側室更重要，問的時候還能提一提瓜爾佳早已經去過巡塞這樣的話。她咬著嘴唇朝周婷一笑，直往她身上歪。「我家裡六個姊姊，比不上四嫂這樣厲害。」

周婷瞪她一眼。「我這是賢慧，哪裡是厲害？她病了自然不好勞動她，我們家那個側福晉也病得起不了床呢，路上這幾個月該送的禮，可不是都由我打點好了，才能去巡塞？」

瑪瑙端了紅棗茶過來，周婷接過來慢騰騰地喝了半盞。話說一半，另一半就讓惠容自己去想。胤祥的脾氣很像是現代那種大眾情人，對每個女人全都疼惜愛護，這種男人抱著最基本的種馬心態，妻妾和睦、親親熱熱的才好，不把瓜爾佳的皮扯下來給他看，他不會明白的。

惠容噗哧一聲笑起來，她歪著腦袋，嘴邊泛出兩個梨渦。「怪不得呢……」說著一邊笑一邊搖頭。

周婷嚥下嘴裡的紅棗茶，問道：「什麼怪不得？」說著伸手掐了她一把。「跟我說話也露一句藏一句了？」

惠容不好意思地笑了。「十四弟那邊那個側室，姓舒舒覺羅的，聽說被十四弟鬧得沒臉，這些日子可也在熬藥呢，四嫂知不知道為了什麼呀？」

「這我怎麼會知道，恐怕是冬去春來，萬物滋生也易生病吧。」周婷把粉彩茶盅放在炕桌上，捏了塊玫瑰卷咬了一口。怡寧跟舒舒覺羅氏明裡暗裡不知爭了幾回，一直不分伯仲，這一回使了什麼手段？

「我聽說呀，是她不知禮儀，咱們十四阿哥的嫡親嫂子去了，竟然當面躲開不知道行禮！」惠容轉著眼珠，斜過身去看周婷的臉色。「嚷得好大聲哪，說舒舒覺羅氏規矩不好，再不能把小阿哥抱回去給她養呢！」

周婷微微一怔，這才明白過來。她白皙的面頰染上了胭脂色，耳垂上掛著的紅寶石輕輕晃動，抿著嘴不出聲。這是好久以前的事了，若是怡寧做的，肯定事情剛發生時就會去跟胤禎告狀，犯不著等這麼久。

那就只有胤禛了……周婷偏一偏頭，知道自己被打趣了，然而內心又有幾分歡喜，眼裡都透出笑意來。

惠容吃吃直笑，周婷也不惱。「我不過是瞧十四弟妹新嫁娘臉嫩，這才說幾句公道話，妳這裡這個，可要我幫妳也說上兩句？」

惠容聽了倒也不惱，只是搖了搖頭，依舊笑得開心。

從惠容屋子裡出來以後，周婷還是止不住臉上的笑意，又覺得有些新奇，胤禛竟然也被貼上好丈夫的標籤了呢。

第五十三章　出巡塞外

日子愈過愈舒坦，自從南院的大門關上之後，府裡面剩下的那些格格們，一個個比馴熟了的貓兒還要乖。她們這些人本就沒有見胤禛的資格，周婷不提攜，這輩子也就只能窩在院子裡一步不出地過日子了。

李氏跟宋氏都落到這個下場，她們自然不敢在老虎嘴裡拔牙。要說她們肚子裡沒埋怨是不可能的，再怎麼含蓄也要說一句「福晉手段了得」，可當著別人的面，卻是一個字也不敢吐露。

府裡不知怎麼流傳起李氏想讓父親再獲重用想到入魔了，讓大格格去求爺網開一面，把爺給氣著了，這才讓她待在南院自生自滅。

周婷知道這些話是胤禛叫人傳出去的，府裡瘋狂傳了一陣子，周婷聽見了也不讓人制止，總要讓人有些話可以說，橫豎這些八卦總有說膩的一天。

大格格若不是養在周婷這裡，恐怕早就被下人的閒言閒語給氣暈過去。胤禛親自吩咐往後府裡要分出嫡庶來，眾人只道大格格被連累而不復寵愛，屋子裡的丫頭有嬤嬤管著還很本分，不會亂說什麼，可大格格卻敏感地察覺到院外的丫頭、婆子們對她態度上的改變。

大妞跟二妞永遠好動且精力充沛，她們去了八阿哥府裡一次，就喜歡上宜薇養的大白貓，周婷不許她們把貓帶回來，兩個小傢伙鬧了好些時候，胤禛知道以後，不知從哪兒弄來一隻雪白的小狗，洗乾淨後穿上紅衣服給兩個孩子摸著玩。

府裡也曾有過狗，只是當初隨著李香秀一起進的那兩隻狗跟她的下場一樣，早早就被處理掉了，大妞、二妞和弘時從沒見過這樣的小東西，抱在手裡一下一下地摸毛，還咿咿呀呀地對牠說話。

大妞與二妞得了寵物，周婷也往大格格那邊送去一對鸚鵡，紅嘴綠毛、雄赳赳的模樣，腳上繫著細銀鏈子，餵牠吃雞蛋黃、喝山泉水，掛在廊下，專門撥了個小丫頭照看著。

第二天，派過去的小丫頭就去跟戴嬤嬤稟報，說大格格唸了一夜的詩，素著臉流淚，再細問下去就是什麼「不敢言」、「休借問」。

胤禛知道以後冷了臉、皺著眉，吩咐戴嬤嬤看嚴了大格格，不許她再跟南院有任何來往。此後就丟開手再不管她了，就連相看婚嫁的事也停了下來，周婷問了，他就找出本詩集來打開指給周婷看。

卻是一首宮怨詩，最後一句正是「鸚鵡前頭不敢言」，周婷不知道說什麼才好，胤禛對著窗戶外開滿花的玉蘭樹說：「宗室女的婚事都要由皇阿瑪來定，她的年紀只比大哥家裡的大女兒小一些，恐怕也要嫁到蒙古。」

就這麼一句話，把大格格的終身定了下來。

周婷默然不語了半天，把那詩集合上了。從此以後，不管宮中再賞下來什麼，她都直接差人拿去給大格格，她若要打聽大妞跟二妞得了什麼，下頭人也只管實話實說。到了這個分上還認不清現實，非要覺得自己受了委屈，那周婷是真的沒辦法再待她好了。

玉蘭花由盛轉敗時，周婷跟胤禛踏上巡塞的路，她一百個不放心女兒，就怕她不在時女兒沒被看好。烏蘇嬤嬤和顧嬤嬤擔起了重任，珍珠傷了臉怕往後傷疤顏色難看，不方便曬太陽，自然也留在家裡，有這三個人，周婷才安了心。

抱著兩個女兒親親她們的小臉，周婷拉過弘時的手，對他說：「阿瑪跟額娘要出門，弘時能不能看好兩個妹妹呀？」

弘時兩歲了，話雖還說不順溜，卻能明白意思，聞言就點頭，一手拉住一個，一副好哥哥的模樣。周婷很是欣慰，拍著他的小臉告別。

大格格站在門邊，直到他們要走了，才屈下膝蓋行了禮。「祝阿瑪跟額娘一路順風。」

公費旅遊很開心，可旅途卻一點都不歡樂。周婷坐在馬車裡昏昏欲睡，這樣單調的路程已經走了好一陣子了，一開始還有些鄉村田野之類的陌上風景可看，再走了幾天後就見不到村落了。

五月初的天氣已很悶熱，馬車雖大，隔熱效果卻不怎麼樣，周婷早早就在車裡擺上了冰盆，喝起了山泉水。還是剝削階級好，她這樣的都覺得腰痠腿麻，天天在外面當差的太監跟宮女可怎麼辦？

康熙車駕行走過的路上早早就有太監灑水掃塵，但等太陽高昇起來，照樣乾得快，周婷又是在隊伍中間那一段，這一長條隊伍要過，等輪到她的車，地面早已半乾，又有隨行的侍衛在旁邊騎馬，塵土照樣飛揚，她只好關著窗戶，在馬車裡少說少動。

胤禛天天在外面騎馬，大部分時間都陪在太子左右，偶爾才會在行路途中過來看看她。一開始幾天惠容跟周婷幾個還會湊在一起打幾局牌九，日子一久也沒了興致，各自窩在自己的馬車裡做做針線、睡個午覺。

周婷打了個哈欠摸過竹編籃子，拿起繡綳慢慢扎針穿線，之前看到惠容為胤祥繡荷包，周婷才想起來她還沒幫胤禛做過些什麼，過去那拉氏倒是常做，只不過胤禛沒放在心上，後來換了周婷，根本就沒想過要為他做衣裳或褲子，就是貼身裡衣，也是由專門負責針線活的人做的。

趁她現在清閒，正好重新拿起針線來幫他做點小東西，瑪瑙在旁邊幫周婷劈絲，各種鮮綠、品綠、碧綠、銅綠的線滿滿擺在小籃子裡，就算周婷針線活做得已經夠多了，看見這些還是頭皮發麻，怪不得繡娘不過半百眼睛就要瞎了。

她為德妃、太后、康熙都做過針線活，兩個女兒身上也穿著她裁的小衣裳，但如此精緻的繡件卻是第一次，早知道就不該繡竹子了。

隊伍剛停下來用過飯，周婷的睏勁兒又上來了，她勉強撐著扎了兩針就又把東西放在一邊，瑪瑙嘟起嘴。「主子這些天睡得也太多了些，這扇套趕著做出來才能為爺送去呀，難不成還等到明年夏天？」

周婷朝她揮了揮手，翡翠就湊過去幫她把頭上的釵環拆下來了，罩在外面的衣裳按紋路疊好了放到一邊，周婷歪在小榻上就睡了過去，瑪瑙跟翡翠靠著車壁細細喁語，不一會兒兩個人的腦袋也跟著點起來。

胤禛拉著馬找到自家的馬車，車隊行得慢，他從馬上下來往車裡去，瑪瑙來不及叫醒周婷，門就打開了。胤禛矮身往裡一鑽，就看見周婷散了頭髮靠在枕頭上，身上只穿著中衣。

瑪瑙與翡翠臉上一片緋紅，這當然是不規矩的，瑪瑙小聲解釋：「主子剛為爺做扇套呢，眼睛累了這才歇一歇。」

胤禛擺了擺手往周婷身邊一坐，伸手就要摸上她的臉，瑪瑙跟翡翠沒地方待，就掀開簾子出去把胤禛的馬牽好，然後肩並肩坐在馬車沿上。

周婷掀了掀眼皮，一個側身，手就摟住了胤禛的腰。多運動果然有好處，他腰上的肌肉更緊實，輪廓也更鮮明了。周婷拿手在他腰上掐了掐，滿意地偎過去靠在他身上。「這個時候怎麼有時間過來？」

巡塞是親近康熙很好的時機，雖然這回隊伍裡還有大阿哥跟太子，但胤禛也在康熙面前有了一席之地，時不時就會被叫去問問政事。

太子還算有風度，他以為胤禛是支持他的，還在大阿哥幾次為難胤禛時出面說過好話，胤祥跟胤禛本就親近，剩下兩個阿哥一個十三歲、一個十一歲，還是半大的小子，只知道跑馬瘋玩。如此一來，大阿哥等於被孤立了，氣得連著兩天打了身邊侍候的小太監，這下又被太子抓到了把柄。

兩人今天在康熙面前就吵開了，針鋒相對，誰也不肯退一步，康熙到底更偏向太子，把大阿哥罵了一頓趕出去，只留下太子跟他一起喝茶，恐怕還會背著他人再教導太子一番。胤禛得了空，正好過來看她。

胤禛從冰盆裡撈出塊毛巾來擦臉擦手，那是周婷專門冰著備用的，她抬眼看看他，嘖了一聲。「這才幾天，都黑了一圈了。」胤禛不算白皙，現在更是曬成了小麥色，看上去比平時更有男人味了。

「妳是沒瞧見十三弟，他跑得比我起勁，都快跟炭一樣了。」胤禛心情大好，扔下毛巾手貼在她背上。「這幾日先忍忍，等到營地，妳也能出去轉轉圈。」

「聽說還要跑馬射箭？」周婷好奇地看著胤禛，發現他的臉色有點不自在，周婷想起胤禛不擅弓箭，抿著嘴笑。「那你能不能帶我跑跑馬？」

「這怎麼成，營地裡頭都是人。」周婷的要求有些過頭，胤禛卻沒皺眉，反而摸著她露在薄被外頭的胳膊說：「妳要是想試試，等回了京去莊子上，到開闊的院子裡，我帶妳試一試。」

「好！」周婷笑吟吟地拿鼻尖蹭他，一點也不嫌棄他身上那股汗味。

胤禛看她的目光又柔和了幾分，摸著她絲緞似的長髮。「再幾天就到溫泉了，那地方能歇上些時候，夜裡咱們好好泡泡。」

一句話把周婷的臉都說紅了，這幾天夜裡雖然睡在一處，可白天趕路怕精神不濟，一直沒有機會做點什麼，他明明騎了一整天的馬，到了夜裡一躺下來卻還很有精神，在她身上磨磨蹭蹭的，蹭出來的火半天才能消下去。

老是這樣她也覺得麻煩，只好跟懷孕時一樣用手，只一回就被他惦記上了，老想著溫泉那事。

周婷內心憤然，他肯定已經在溫泉嚐過滋味了，這麼一想，手指頭就用力在他腰上掐了一把，從鼻子哼了一聲。

胤禛納悶地低頭看她，又不知道她在想什麼，只好問：「怎的，上回我說起來，妳不還說溫泉能解乏，很想泡一泡的？」

每到這個時候，周婷就會想起胤禛是個N手貨，他提出來的說不定早就跟別人試過一回、二回、三回了。

這倒是真的冤枉了胤禛，他再想試一試，身分也擺在那裡，妾室雖然在那方面很配合他，但他實在不好意思放下顏面。直到跟妻子水乳交融，他才發覺夫妻之間的妙處，他們倆做點什麼，都是天經地義的。

胤禛眼饞了那溫泉好久，他跟周婷在水裡有過一回，浴盆就那麼點大，施展不開手腳，溫泉池子卻不一樣，想到她在水裡映著波光的肌膚他就意動，把手伸進她裡衣中。

他一面享受一面跟她說話。「本想要妳同曹佳氏親近，既錯過了小選，等訥爾蘇成婚以後再走動也成，夜裡十三弟要同他喝酒，我也要去。」

周婷任由胤禛抱住自己，軟綿綿地靠在他身上，冷不防聽見「小選」兩個字，一下子愣住了。之前日子過得太愜意，她又忙著準備各色節禮和巡塞用的東西，根本忘了小選這回事，而且這次她也沒去德妃那邊說項。

周婷咬了咬唇，萬一他們一回家，就多了新人過來拜門，那可怎麼辦？原本那些人待在後院裡無聲無息，要是來了個姿色好的，讓他起了色心怎麼辦？

胤禛察覺到周婷身子微僵，心思不在他手上，兩隻常年握筆、帶著薄繭的手微微用力。掌下的人細喘一聲，蹙了眉頭抬眼睛看他，胤禛低頭含著她的耳垂，不下車她自然不會在耳朵上掛東西，一口就被胤禛吸住了，拿舌尖勾她的軟骨。

「我忘了安排屋子，後院裡也沒個能管事的，這回可怕出亂子。」周婷半是懊惱半是沮喪，一偏頭把耳朵空出來，把臉埋進胤禛的胸膛裡。這廂柔情密意還沒完呢，她就猛然想起後頭還有一串小老婆等著他的雨露恩澤，心情突然變壞，悶著頭不肯把臉抬起來。

胤禛愣了一下才明白周婷說的什麼，眼裡隱隱有了些笑意，這還是她第一次表現出醋意，讓他的心熨貼得像是大熱天裡吃了酸梅冰盞。他把她摟起來，手指頭往下探索，周婷扭著身子不肯，挨來擦去把胤禛的火勾了上來。

「別動。」他壓低了聲音，拍著周婷的背說：「我跟母妃說過了。」

周婷驚愕地瞪大了眼睛，胤禛把她摟過來抱著，這時候也顧不得熱了。「院子裡才清靜下來，就不必添人了。」

這話剛說完，就看見她面頰染成了胭脂色，巴著他的肩膀爬上來壓在他身上，目光柔得能滴出水來，兩片紅唇張口欲動，舌頭刮開了他的牙關，主動吸住他的舌頭。

胤禛身體輕顫，說不清楚哪裡湧上來的熱流經過他的心口，只知道把手臂緊緊箍住，翻身把周婷壓在下面。

這一聲響動瞞不過外頭貼門坐著的瑪瑙跟翡翠，兩人互看一眼，全當什麼也沒聽見。車輪滾滾碾過黃土，馬蹄聲蓋住了車裡的響動，她們兩人一會兒看雲，一會兒看樹，彼此不說一句話，但嘴邊都含著笑。

周婷伸手撫上胤禛的臉，靜靜看著他，目光膠著在他的臉上。胤禛剛才一時激動壓住了她，但知道不能在車上做點什麼，此時被她這樣一看，心裡就起了掙扎，等會兒還要跑一下午的馬……

綢緞滑到手肘處，周婷露著兩條蓮藕似的嫩胳膊蹭著他的耳朵，昂起頭來把嘴唇印在他的鼻子上，內心的歡喜像從山頂上奔流下來的清泉那樣跳躍著。

胤禛訝然，感受著一個接一個的輕吻印在自己臉上，從眼睛、鼻子到下巴，身體不禁微微震動。周婷伸出舌頭尖在他喉結處打了個圈，濕濡溫軟。他一隻手撐著身體，急急想把腰帶解開來，周婷卻突然按住了他的手。

明明不是夜裡，她的眼裡卻像含著星光那樣閃亮，她伸手抽下他掛在衣服上的荷包玉飾，解開繫在腰上的繫帶褪到大腿根部，拿手指頭刮他腰上的肉，兩隻手掀開了簿被，解開裙帶，摸索著羅裙，一點一點地拉高到腰間。

胤禛伏下身，把頭深深埋在周婷胸口，哧哧地喘出粗氣來……

草甸子上很是涼快，剛一下馬車，周婷就被風吹得緊了緊衣裳。瑪瑙早早準備好了薄斗篷，趕緊拿過來為她遮風。這裡的天氣，還是很適合泡一泡溫泉的。

周婷帶足了一車東西，薄的、厚的衣裳都裝在箱子裡，就怕一冷一熱的沒有衣服替換。出京城時已經穿上了軟綢衫，到了半路又得套上件比甲，等到了目的地，竟然要穿起秋天衣裳來了。

帳篷早已搭好，一層層圍起來，康熙住在最中間，其他皇子們的全都設在東面，周婷一下來自然有小太監引往她跟胤禛的帳篷去。剛進帳篷還沒坐定，周婷就開始打點起行李來，瑪瑙盯著小丫頭搬箱子，翡翠則絞了帕子讓周婷擦手擦臉。

將近一個月的路走得周婷腰痠腿麻，背都挺不直了，這會兒也來不及打量帳篷裡的陳設，就站在油氈子上反手捶腰。「把那個裝藥的箱子拿出來，我記得帶著薄荷油的，拿出來備著。」

今年天氣偏熱，往常會拖上一個月的路程，這次稍微加快速度，早到了幾天，但整個隊伍走了這麼久，早已疲乏，胤禛等會兒要跟兄弟們一起去跟蒙古諸部的王爺們喝酒，精神不濟可不行。

「把多備的那一份為十五阿哥跟十六阿哥送過去。」不是周婷多事，而是她出門時王貴人從德妃那邊託到周婷跟前的。她這兩個兒子已經指了婚，但其實大的那個才十三歲，由周婷這個嫂子多照顧些並不踰矩。

本來周婷還有些顧忌，大阿哥的福晉雖是繼室，到底占著第一的順位，就算太子帶的是側室無法相託，也還有大福晉排在前頭呢。

可既然王貴人已經託到周婷面前，她自然要應下來，不僅要應下來，還得辦得好才行。十五阿哥可是跟太子妃的嫡妹訂了婚的，夫妻一體，胤禛現在擺出一副親近太子的模樣來，周婷也不能沒有表示。

恐怕這裡頭也有太子妃的意思在，她自己不主動出面幫忙，反而看王貴人走德妃的門路，估計是看不上繼大福晉，這才睜一隻眼閉一隻眼地默許這看上去不太規矩的事。

周婷知道大阿哥將來會倒楣，可她還是問過胤禛才肯做這件事，萬一她幫他卻反而招了不自在，豈不是自己的過失了？

胤禛聽了卻很滿意地點點頭。「她既然請了母妃來託給妳，妳就多擔著些，十五跟十六常跟著皇阿瑪活動，許多事情妳不過是幫忙罷了。」

「可還有別的事要做？點心要不要拿一些過去？」瑪瑙拿出小匣子，十五跟十六阿哥那裡未必沒有點心，卻是一定要送過去的。

「把咱們帶的南點心送過去，他們倆自然有人在跟前侍候著，冰片粉也帶一些去，撒在帳篷角落裡好防蚊蟲，再囑咐兩聲夜裡別吃太油也別貪嘴吃冰碗，明天還要跑馬呢。」周婷叮囑道。

王貴人這兩個兒子很得康熙喜歡，時常帶出來走動，可他們的母親就是待在貴人位上不動，康熙這個人還真是穩得住。

他跟王貴人生三個兒子了，看起來也很喜歡她，卻硬是忍了這麼些年沒提她的位分，連自己兒子的婚事也不能插手。周婷內心覺得康熙這樣的男人才是真狠，他喜歡妳沒錯，但不合規矩的事就是不肯為妳做，寧可給兒子結一門實惠體面的親事，也不肯悖了規矩把妳提上去。

胤禛當初還因為寵愛李氏幫李氏的爹求官，王貴人那一家子卻硬是一個能拿出來說的都沒有，要是愛新覺羅家的男人都跟康熙一樣就好了，起碼不會有那麼多小妾鬥起正室來。

五福晉至今還在當背景，被一個側室排擠得在五阿哥面前連句話都說不上；九福晉眼看九阿哥一個個女人往家裡拉，自己還一個都沒懷上，康熙卻還覺得這是正常的；而難得愛老婆的八阿哥，卻因為妾室落了胎，康熙一氣之下把他從巡塞名單裡踢了出去。

周婷一面暗自分析康熙為人的微妙，一邊指揮丫頭收拾東西，正吩咐著，胤禛就過來了，身後還跟著一個拎了食盒的小太監。他一見周婷就笑說：「妳先歇一歇，這些東西晚些再打點也一樣，皇阿瑪賞了咱們冰碗吃。」

康熙那裡剛佈置好，他們兄弟就過去了。這回跟來的兒子裡面只有十五跟十六既沒有母親跟著，也沒有正經妻妾幫忙打點庶務，按康熙那事事細心的性格自然會過問，回話的小太監就把周婷送藥油、送吃食的事情給回了上去。

康熙滿意地看著胤禛點頭，大阿哥一張臉都綠了，太子倒是多看了胤禛一眼，胤禛就不疾不徐地說這是太子妃相託的。這下子大阿哥鼻子都氣歪了，太子臉上卻含了笑意，在他看來太子妃不找老大的老婆，偏找上老四的老婆，真是聰明又合他的心意。

連胤禛也很滿意這樣的效果，年紀大些的兄弟現在再拉攏已經來不及了，不如從年紀小的開始著手。十五跟十六兩個既得皇阿瑪喜歡，又有一半漢人血統，對他是一點威脅都沒有，不如好生照顧著，不僅讓王貴人欠了周婷一份情，這兩個弟弟也會記著他的好。

「略嚐兩口便罷了，夜裡還要喝酒呢。」周婷坐到炕上，瑪瑙打開食盒把冰碗放到炕桌上，下面還有一碟子糖耳朵，這兩樣周婷都很喜歡卻不敢多吃。

胤禛拉著她的手輕拍她。「這是皇阿瑪單賞了妳的。」

周婷眨眨眼睛，不解地看著他，她還以為所有人都有呢！

胤禛微微一笑。「妳吩咐人去十五跟十六那兒了？」

小太監早被小張子帶出去喝酸梅湯了，他們做奴才的一天不知得跑多少趟，熱得淌汗，一聽有酸梅湯喝，口水都要流下來了。瑪瑙跟翡翠也早就站到外面去，她們養成習慣了，這兩主子一路上都在打情罵俏，她們倆自然不能老跟著。

「受人之託，忠人之事，母妃那裡我回去了也好交代。」周婷一聽就知道康熙這是獎賞她，她拿銀籤子戳起塊糖耳朵起來咬一小口，飴糖裹得厚厚的，一口咬下去牙都黏住了。

胤禛坐過去看著她想把那小塊糖舔下來，他一面往她耳朵裡吹氣，一面說：「我幫幫妳。」說著就含了上去，飴糖那甜一直往心裡流進去。

桌上的冰碗胤禛一個人吃了大半，周婷本不想讓他吃那麼多，按住他的手阻止，還拿了薄荷油讓他聞。他那火氣卻一直下不去，最後只好由著他吃冰，把由下往上冒的那股火給制住了。

第五十四章 忽聞噩耗

夜裡前面熱鬧歸前面的，後面一堆女眷自己樂自己的。出門在外沒了那些教人煩心的側室，惠容連臉色都紅潤了幾分。「我聽八嫂說，上回他們來的時候人多，能開兩桌摸骨牌呢，偏這回只有咱們倆。」

大福晉推說身體不適，用了飯就早早回去歇著了，太子那邊的又是側室，湊在一起說說話都不自在，更別說玩在一處了，而兩個小的都沒娶親，只有惠容跟周婷能在一起聊聊天。

「看看草原景色也好，我從小到大幾乎都待在北京城呢。」周婷晚膳時吃了一塊烤羊肉，雖沒有後世撒上各種香料那麼好吃，肉卻是真的香，端上來時她直嚥唾沫。飽餐一頓後，瑪瑙還泡了菊花茶給她解膩。

惠容拿了塊窩絲糖慢慢吃著。「我也都待在北京城，這回出來折騰得要命，也不知道坐船會不會好些。」

「到時候若暈船就更難受了。」周婷喝了口菊花茶。「怎的，妳們爺答應了？」瓜爾佳氏裝病也沒撈到好處，可見惠容學精明了。

惠容臉頰一紅，沒了瓜爾佳氏，她撒起嬌更是得心應手，胤祥沒兩天就被她哄住了。她摸摸自己的肚子，打定主意要趁這幾個月趕緊懷上，一口氣生個兒子。

「去南邊有什麼要緊，我姊姊嫁到那裡，年年都要通節禮的，我就想著這一回若能懷上一個就好了。」若說她有什麼比瓜爾佳氏差的，那就是沒孩子，瓜爾佳氏只是生了個女兒就這樣拿喬，要真是生下兒子來，那還不知道怎麼鬧呢！

大妞跟二妞差不多周歲了，周婷也想過再懷上一胎，現在又沒了小選的壓力，時機看來不錯。說起來這是他們第一次一起出來玩，勉強就算是度蜜月了，要真是在這時候懷上一個，起碼她不用擔心胤禛會去找別人。

晚上胤禛回來時，周婷異常熱情，她趴在胤禛身上扭來扭去，朝他耳裡輕輕吹氣，把胤禛勾得來不及說正事就把她壓在身下了。

他嘴裡噴出一股酒氣，醺得周婷面頰發燙，上面解著衣裳，下面就把他的褲帶給扯了，胤禛一面動一面還說：「回去的路上再經過那溫泉池子，妳可得聽我的。」

周婷紅著臉趴在枕頭上呻吟，兩人出了一身的汗，到了第二回胤禛才記起正事來。「皇阿瑪為大妞跟二妞賜了名，大妞叫福敏，二妞叫福慧。」

周婷怎麼也沒想到兩個女兒能讓康熙賜名，各家格格裡頭也就只有太子家的三格格有過這樣的待遇，那可是正經嫡出的，在康熙眼裡已經貼上固倫公主的標籤了，他怎麼突然就幫大妞跟二妞取名字了呢？

身上的胤禛正動到關鍵時刻，周婷一分心就被他一把掐住了腰，她嬌呼一聲以後兩條腿夾起來，胤禛往裡面用力動了動，喉嚨裡發出滿足的低喟聲，翻倒在床上，汗濕的胳膊壓在周婷肚皮上。她轉個身勾住了胤禛的肩膀，好半天才回過神來。

「皇阿瑪怎麼想幫大妞跟二妞賜名？」周婷神色疲乏，眼神卻亮。

胤禛扯過放在桌上的乾毛巾為她擦汗，手在她脖子上、背上抹了一遍，又把毛巾遞到她手裡去，自己則側過身把背朝向她。

周婷抓著毛巾為他擦掉背上沁出來的汗珠，草原夜裡風大，床上還鋪著毛褥子，若不擦乾了再睡，很容易著涼。

「原是皇阿瑪問起家裡的小輩。」胤禛臉上浮現出笑意來。康熙問了，他自然要挑兩件趣事說一說，而他腦子裡能想到的就只有兩個最小的女兒，弘時也是不久前才親近起來的，哪有什麼趣事可說呢。

大阿哥跟太子的兒子開蒙的開蒙、指婚的指婚，讀了什麼書做了哪些文章，說起來都差不多。輪到他時，就揀些小兒女的趣事說給康熙聽。

「大妞也不知道像了誰，脾氣倒真像是當姊姊的，從弘時手裡搶塊糕還要分半塊給妹妹。」胤禛想起家裡的女兒就一臉笑意。「牙還沒長幾顆哪能啃得動，原是她們額娘特地叫人做硬了給孩子磨牙用的，她們明明咬不動，還捏在手裡不肯扔。」

康熙偏偏喜歡聽這個！也許是因為年紀大了，身體不像年輕時那樣健壯扛得住，一經了風雨就要咳兩聲，顯出老態來。他自己也知道這些，要不然也不會為王貴人的兒子定下石家的女兒，繞著彎子跟太子扯上關係，就是希望自己走了以後太子能多照顧小一些的幾個弟弟。

愈是像他這樣的老年人，愈容易為了這些小事開心，開蒙、領差、辦事辦得好的男孩子，家裡還真不缺，反而是這些小孩子的事能讓他覺得溫馨安慰。

見康熙露出一臉興味的表情，胤禛知道自己說對了，繼續帶著笑往下嘮叨。「小的那個話還不會說，就知道自己是妹妹了，最會哄人，一見了我必要膩過來。她姊姊不肯讓，她就撒嬌跟她姊姊討饒，也不知道這點像誰。」

康熙哈哈大笑，興致一起也說了兩句：「聽太后說起過你家這兩個雙生的，她老人家直說福氣是一塊來的，兩個孩子生得結實白胖，可有名字了？」

胤禛原本是想等到女兒過了周歲再取名的，翻著《說文解字》圈了好些個字，還是沒定下來，聽見康熙問，只好回答說：「兒子先定了個福字，底下的還沒選出來呢。」他還是覺得福字好些，這一世尤甚，他嫡出的女兒怎麼會沒福氣呢？

康熙一聽就點頭。「你母妃也說這兩個孩子生得像姑姑呢。」提起溫憲公主，他嘆了一聲。

他手指一動，大太監魏珠就心領神會，快手快腳地把紙筆鋪在案上，康熙拿起狼毫毛筆沾了墨，略想一想，先寫了個「敏」，接著又寫了個「慧」字，指給胤禛看。「就這兩個字吧！女孩家還是靈秀些好。」

胤禛自然高興，趕緊低頭謝恩，卻不知怎地想到他跟年氏生的那些孩子。年氏身體太弱，生下來的孩子全都弱得跟貓兒一樣，哭都哭不大聲，一抱出來給他看，他就怕她的孩子養不活。起名時他費了些心思，甚至沒排弘字輩，全都拿個福字給鎮著，卻偏偏一個都沒活下來，現在一想，恐怕是年氏本身福氣不夠，所以她生出來的孩子也壓不住這個字。

但大妞跟二妞不一樣，她們是正經的嫡出，往後就是固倫公主，還有哪家的女兒能比他跟周婷生的更有福氣呢？

胤禛點起油燈下床，把那紙拿出來給周婷看。「這兩個字寓意都好，皇阿瑪喜歡聰明的孩子，五妹妹就很得他喜歡。」

周婷抿著嘴笑，兩個女兒就算不帶進宮去，周婷也會挑些趣事特地講給太后和德妃聽，這兩個人見到康熙時就再說一說，能得康熙的喜歡最好不過，再不濟能留下個印象也好。

康熙的兒子排開來有二十多個，各自成婚生的孩子更是一串一串，女孩子不比男孩金貴，前些時候還鬧出教養嬤嬤苛待皇家格格的事，惹得康熙震怒，他連自己的親生女兒都不一定照顧得過來，更別說是孫女兒了。

周婷根本沒想到康熙會賜下名字來，她趴在胤禛懷裡笑瞇了眼睛。要是兩個女兒的婚事由胤禛做主，她自然有辦法讓他不把兩個女兒嫁去蒙古，但等他坐上皇位還有好多年呢！現在能得康熙喜歡，自然更好些，溫憲公主不就沒嫁去蒙古嗎？嫁進佟家那是面子、裡子都得了，只可惜命不長。

周婷摟著胤禛笑，然後又疑惑地問他：「我沒見過五妹妹小時候的樣子，真那麼像？」

「女兒長得自然是像我。」胤禛得意洋洋地伸手捏了捏周婷的下巴，打趣她一句：「當著皇阿瑪的面我不能說，大妞跟二妞這性子可不是像足了妳？」

周婷握拳捶了他一下，兩隻手往他身上一巴。胤禛摟住她晃了兩下，周婷歪在胤禛臂彎裡，聽著草原上的夜風呼呼刮過帳篷頂的聲音，一顆心突然寧靜下來，微微笑著扭過頭在胤禛臉上親了一口。

直到眼皮上下直打架，迷迷糊糊即將睡著時，周婷才聽見胤禛悄聲在她耳邊說：「大妞護食，二妞慣會撒嬌，那個不是像了妳？」

周婷輕輕哼出一聲來，閉上嘴不回應他，覺得心口一下子灌滿了蜜，嘴角一勾模模糊糊地笑出來，額頭被胤禛印上一個吻，很快就睡了過去。

這樣平靜安穩的日子沒過上幾天，京裡就遞了信過來，李氏熬過了冬天與春寒，卻偏偏在天氣熱時熬不下去了。

胤禛捏著信紙看不出悲喜，周婷帶著笑捧了盞酸梅湯過去，他接過玻璃盞一口喝盡了才把信紙遞到周婷手上，語氣冷淡地說：「李氏恐怕不好，妳把該交代的寫個明細，叫人帶信回去安排。」

周婷怔住了。李氏自失寵以來就一直躺在床上，以往天氣熱起來時甚至還得過褥瘡。她一直躺著，一開始半是躲羞半是裝病，後來就是真的沒力氣站起來了。太醫倒是說過該讓她起來走動走動，然而石榴跟葡萄寧願她躺著，李氏又覺得心灰意冷，連躺了三個月，身上的紅斑一塊一塊地長出來。

眼看李氏要不好了，家裡卻偏偏沒一個能做主的人，石榴跟葡萄想盡辦法求到大格格面前，周婷走的時候把該打點的都打點了，卻沒料到李氏會熬不下去，還好最後大格格託了顧嬤嬤進宮找德妃，這才向胤禛送信過來。

李氏是上了玉牒的，就算周婷不在也能請太醫過來，可眼看著不行了，家裡的事還是得周婷來拍板。德妃信裡只略提了兩句李氏的事，說大妞跟二妞平時的吃睡小事還要更多些。

回到自己的帳篷，周婷放下信紙嘆了口氣，瑪瑙走過去幫她揉肩。「咱們在外頭，也不知道喪事辦不辦得好。」

翡翠也皺起了眉頭。她們不知道胤禛已經跟德妃說定了不指人進來，她跟瑪瑙想的都是同一件事，萬一李氏死了，這回的小選會不會又送一個過來？

翡翠看著外頭灑進來的陽光扁了扁嘴。「這事兒須得早辦呢，天兒可一日比一日熱起來了。」

周婷皺著眉頭，啜了口冰鎮酸梅湯，李氏要是真的不好，肯定不能像鈕祜祿氏那樣裝裹了出去，在寺廟裡唸幾卷經就算了解。她的身分很是尷尬，既不是正經的主子，卻又是上了玉牒的，就是那拉氏的記憶裡，也沒有參加過這樣的喪事，辦重了怕胤禛不高興，辦得輕了又怕幾個孩子怨懟。

「咱們沒經過這樣的事，又隔得這麼遠，一個側室總也不好勞動母妃……」難道真要叫幾個下人發送了？大格格又還是個孩子，頂不了事，還真挑不出人來辦。

此時惠容到了帳篷口，瑪瑙迎了她進來，她見周婷發愁，問了一句，聽完她的煩惱就笑了。「這有什麼，橫豎妳在外頭，就是下面人辦得不好，四哥難不成還會尋妳的不是？」

周婷不由得埋怨起康熙來，位分要給這些側室，就連平日的供給也定了下來，怎麼偏偏沒有喪儀呢？她在腦子裡盤算了一回，京裡還真沒哪個皇子的側福晉已經過世了的，一個個都活得很滋潤呢，只有一個李氏長年臥病，這時候去了，胤禛又是一句「看著辦」，她是該看著誰辦啊?!

皇子、福晉的喪儀倒是有，按規定什麼親王、世子、多羅郡王、奉恩將軍全都要致哀，可一個側福晉，還不是得了寵愛的，要怎麼算？

周婷想得頭疼，揉著額角撐在炕桌上嘆氣，惠容連聲寬慰她說：「這原是沒定下例來，就是辦得差了，也不能怪四嫂呀！更何況家裡又沒個能主事的，就是要引幡讀文，算起來也不合規矩呢。」

不管弘昀跟弘時如何，大格格原本就算不怨她，經了喪事恐怕也要怨。周婷提筆寫了酒、羊兩字又劃掉，惠容見她心煩，幫她出主意。「合該問問四哥，畢竟李氏也是有孩子的人。」

話雖如此，周婷也無法放任自己不管，她雖先放下筆跟惠容喝茶、吃點心，然而等惠容離開後，她又拿起紙筆繼續琢磨起來。

等胤禛夜裡回來時，周婷還在紙上用功，她見到胤禛，皺了皺眉頭。「原本京裡倒是辦過親王側福晉的喪事，我想按著這個減了等級，又怕不合規矩。」

胤禛一怔，這才想起來此時皇子側福晉的喪事得看皇子的身分來辦。他如今還是貝勒，想著就提起筆來寫了兩句，交到周婷手裡。「就按這個辦吧！」說完就進內室沐浴去了。

周婷拿起來一瞧，跟在他後頭唸了兩句。「這也太薄了些。」

只許一祭，又無祭文，大格格知道以後不知道會怎麼恨她呢，人死都死了，原本活著時她就沒苛待過李氏，死了就更不必了。

「親王側福晉不過按此例來，這已經是踰了矩了。」胤禛兩三下解開衣裳泡進桶裡，周婷挽起袖子拿布為他搓背。

胤禛拿熱毛巾蓋在臉上，聲音悶悶地傳出來。「我瞧皇阿瑪已經有這個意思了，若她能再拖上些時候，說不定還真按這個例葬了。」

周婷垂下眼睛，心裡知道自己不應該覺得胤禛涼薄，卻還是覺得他對李氏太輕描淡寫了。說到底，弘暉畢竟不是她以這個身分生下來的孩子，如果是，恐怕她現在也跟胤禛一樣冷淡了。

胤禛把毛巾扔進桶裡，轉回身面對周婷。「怎的？」他抬起濕漉漉的手，把周婷散在鬢邊的一綹髮絲塞到耳後去，滴得她前襟全是水。

「只是覺得不忍罷了。」周婷也不知道是為了誰嘆息。她一開始是不喜歡李氏恃寵而驕、沒事找事，後來對胤禛有了感情，李氏更是她心頭一塊疙瘩，可她真的要死了，周婷又可憐起她來。

胤禛眼裡的光芒一閃而逝，兩隻滴水的大掌捧起周婷的臉來，仔細看她的眼睛。李氏是個什麼樣的女人，他已經很清楚了，弘暉那事她沒做滿十分也有八分，可妻子的嘆息和傷感卻是真的。

周婷馬上反應過來，扯了扯嘴角露出個笑來。「孩子總是無辜的。」說著拍掉胤禛的手，示意他轉過身去。「還有半邊沒擦呢。」

「前頭也要擦。」胤禛一點也沒有背過身去的意思，他袒著胸膛等周婷為他服務，周婷嗔了他一眼，毛巾絞得半乾為他擦起前胸來。蒸氣薰得周婷額角、鼻尖沁出汗來，胤禛一直盯著她的臉，突然抬起手來摟了摟她。

周婷嚇了一跳，半幅裙子都被帶出來的水給澆濕了，正想要罵他兩聲，就看見他溫情脈脈的眼神，她不禁紅了臉，把毛巾一扔。「再不給你擦背了。」說著就背過身捂著臉走出內室。

胤禛見了，坐在浴桶裡，嘴角直翹。

信送到京裡時，李氏還強撐著一口氣，大格格這時候也顧不得規矩，日日在病床前侍疾，周婷跟胤禛不在，烏蘇嬤嬤不好出這個頭，只好叫戴嬤嬤跟丫頭們看牢了她，定時讓她吃飯睡覺。

儘管如此，大格格還是很快就清瘦了下去，原來就不圓潤的下巴更顯尖細，新裁的夏衫腰間空出了幾寸，一雙杏眼含著水，時不時就要掉下淚來。

戴嬤嬤是胤禛指派給大格格的，新分進來的丫頭都由她調教，她雖是胤禛親定，也怕主母不在時大格格有個什麼不好，只好讓兩個丫頭日夜守著勸她。

兩個大丫頭被大格格賜了名，一個叫冰心，一個名玉壺，她們都知道若是周婷回來見大格格這樣，她們就會倒楣，因此時時黏在大格格身後，每見她落淚，便柔聲勸她說：「大格格千萬保重自己才是，若是大格格再給愁病了，要怎麼為側福晉侍疾呢？」

這些話大格格聽得耳朵都起了繭子，悲傷卻怎麼都止不住。兩個丫頭猜中了她的心思，萬一她倒下了，旁人不精心侍候李氏怎麼辦？這麼一想，大格格只好咬牙把廚房送來的湯水灌進喉嚨去，天天這樣滋補著才沒拖出病來。

太醫來的時候，大格格躲在屏風後頭看著他為李氏診脈，此時也顧不得什麼體面了，石榴掀開帳子讓太醫瞧了瞧李氏的臉色，他眼睛微微一合，轉頭就婉轉地暗示該準備起來了。

當著大格格的面沒人說起，她卻知道府裡已經開始為李氏準備後事。她拿帕子按住眼角止淚，哽咽著吩咐冰心：「去要幾疋素緞子來。」

冰心應下，奉上茶轉頭出去告訴戴嬤嬤，戴嬤嬤眉頭一皺，掀了簾子進去。

冰心跟玉壺兩個坐在廊下，玉壺悄聲說：「大格格說了要幾疋素緞子？」

冰心眼睛往廊外一溜，見沒有丫頭走過，輕輕點了點頭。「可不是嘛！」

「妳怎麼不勸勸呢？」就是按著親王側福晉喪儀，不過戴一日孝，當日就該除服，大格格一下子要好幾疋素緞子，難不成想穿重孝？

「咱們是後來的，前頭那兩個勸了還不聽呢，咱們要怎麼勸？」冰山跟戴嬤嬤沾著親，知道些舊事，她扯了扯玉壺的衣袖。「妳也別犯這傻，戴嬤嬤是主子爺給的，有事自然該由她去勸大格格，咱們千萬別插手。」

玉壺垂著頭，用手絞著壓裙角的小香包，嘴裡喃喃道：「大格格待咱們挺好的，我瞧她也是真的難過呢。」

冰心年紀大些，聽到玉壺這麼說，跺了跺腳，點一點她的鼻子。「告訴戴嬤嬤才是為大格格好，福晉回來了哪有不問的，到時候教她知道大格格有這心思，咱們怎麼辦？」

大格格是主子，真要硬頂著來，家裡有誰能壓住她？可這不合規矩的事要是辦了，倒楣的還不都是下人！

戴嬤嬤進屋後也不問素緞子的事，只說：「主子爺同福晉都不在府，只好由奴才來向大格格說說喪儀上頭的規矩，雖不知到底按什麼樣的規格來，大致上卻是錯不了的。」

大格格再難受也知道李氏挨不了幾日，於是坐直了身子聽戴嬤嬤細說，待聽見側福晉連祭文也無，喪事一天辦了就算完，連百日周年都不再祭時，眼淚撲簌簌地滾落下來，明白了戴嬤嬤的言下之意。

她原本並沒想過要穿重孝，但也該多做幾身孝服，好為李氏多守幾日，聽見戴嬤嬤的話，那剩下一半心也涼透了。

「旁人便罷，我同弟弟們總該服孝才是。」大格格從臨窗的炕上站起來，死死盯著戴嬤嬤的臉，眼淚順著眼眶滑進衣領裡。「那是我的親額娘啊！」

戴嬤嬤上前一步板住臉。「大格格慎言，切不可再說這樣的話。」她被胤禛派給大格格時，胤禛只說要她教一教大格格規矩，本來她以為只不過是些細微處的小節，畢竟千嬌玉貴長大的格格，言行舉動差不到哪兒去，誰知道主子爺是真的要她來「教規矩」。

廊下周婷送來的那對鸚鵡撲著翅膀，讓戴嬤嬤想起大格格流的眼淚來。福晉送的一對鳥兒，竟讓她一副當著鸚鵡的面有苦不能訴的委屈樣子，戴嬤嬤差點絕倒，這哪裡是庶女該有的模樣?!

這個大格格琴棋詩書都通一些，人也很是清雅，就是不知道最基本的規矩。嫡庶之別如同雲泥，再受寵愛也不能把這個根本給忘了。

福晉出的格格再小也比她尊貴，不說別的，單說往後出嫁時的封號跟嫁妝就不相同。若是大格格一直得寵，許還能讓主子爺請封一個郡主給她，可大格格已經失了寵愛，若還不知道守本分，往後誰還會管她呢？

戴嬤嬤見大格格的眼淚愈流愈凶，眼睛盯著自己的臉一刻也不放過，皺起了眉頭。她為人最是板正，再這樣下去，不用一些狠話大格格是不會醒悟的，可她卻得守著奴才的身分，只能提點不能棒喝。

想著戴嬤嬤就把心一橫，既然要讓大格格規矩起來，她就只能把差事辦好得到主子爺的肯定。興許這一回李氏死去的重錘，真能把大格格這面悶鑼給敲響。

戴嬤嬤嘆息一聲，換上了柔和的表情，看著大格格道：「大格格再不能說這樣的話，福晉才是您的額娘，先平郡王的側福晉過世，也一樣是當日就除了服。大格格的衣飾素淨些便罷了，服孝是斷斷不可能的。」

她有心說兩句軟話，無奈一直方正慣了，一開口還是規矩道理。大格格怔怔地看著戴嬤嬤，眼淚打濕了裙襬上的繡紋。

戴嬤嬤只好把大格格當成三歲娃娃那樣把道理掰開、揉碎了跟她說：「大格格身上吃的、用的哪一件不是福晉給的？宮裡擺宴吃席，若沒福晉，大格格哪可能單獨進宮門？大格格往後的前程跟嫁妝，哪一樣不指望福晉？」

大格格聽了，眼底卻是一片迷茫。戴嬤嬤不禁在心裡埋怨起李氏，不知身分只會害了自己的子女，能抬成側福晉出身也不低了，怎的不明白這個道理？

「放眼整個京城，也沒有像大格格這麼自在的，大格格可曾見著五福晉進宮時帶著家裡的庶女？」五福晉無所出，只要她不肯，五阿哥也不能逼她帶著庶女進宮赴宴。

戴嬤嬤冷眼瞧得清楚，福晉原想帶著大格格去看冰嬉，偏偏大格格一半是不肯，一半是身子真的不舒坦，所以就給推了。放到別家，那可是求都求不來的！

再受寵愛的側室，也沒去寧壽宮請安的資格，更別說這些庶子、庶女了，皇帝的兒子跟女兒還分等級，大格格這種又算得了什麼！戴嬤嬤垂下眼簾，大格格並不笨，不過是被李氏哄迷了眼，清醒過來就好了。

「可，這是我的分例呀！」大格格摸著身上拿金線描邊挑繡的淡紫色蝴蝶荷葉裙，剛剛還理直氣壯的聲音弱了下來，她的屋子裡的東西，就是太子嫡出的三格格，也只有讚好的。

此時葡萄忽然衝了進來，滿臉是淚。「大格格快去吧，主子不行了！」

大格格聞言打了個冷顫，從心底泛起寒意，腳還沒邁出去，人就一陣暈眩軟了下來。

屋裡頓時亂成一團，冰心拿了薄荷油往大格格鼻下搽，她幽幽回過神，眼淚從眼眶裡湧了出來，掙扎著起身去南院。

第五十五章　臨時返京

正院裡的大妞、二妞和弘時剛吃完午飯就犯起睏，周婷不在，烏蘇嬤嬤也一樣把他們領到正屋裡去歇晌，她聽見後面喧鬧，便派珍珠出去看。

珍珠一見是大格格，知道李氏已經差不多，回話給烏蘇嬤嬤後，就攙扶著大格格去了南院。珍珠自己不進門，到了以後就把扶人的活兒交給冰心，順道使了個眼色給她。

南院裡除了李氏跟宋氏住的兩間，其餘全是空屋，再多的綠意也掩不住淒涼，宋氏那裡剛提上來的小丫頭站在門口探頭探腦，李氏屋子裡斷斷續續傳出哀哭聲，大格格那句「額娘」還沒喊完，就被戴嬤嬤堵住了嘴。

珍珠肅手立在門前，眼風掃過宋氏那邊的小丫頭，那小丫頭趕緊把腦袋縮回去。

過了一會兒，宋氏從屋子裡出來，眼圈已經是紅的了，她拿著帕子不斷擦拭眼角，一面往李氏屋裡走，一面哽咽。「苦命的大格格。」

珍珠的眉毛差點皺起來，她按捺著內心的不快立著不動，也不去攔宋氏。戴嬤嬤是跟著大格格一起進去的，自然會把這些話都說給爺聽。

原本在戴嬤嬤的勸說下，大格格已經略微止住哭聲，宋氏這話一出口，她又撲到李氏身上哭起來。

宋氏走上前去摟住大格格的肩頭，一口一個可憐、一句一聲苦命，戴嬤嬤聽得額角直跳，珍珠則立在門邊瞧宋氏跳梁唱這齣戲。

大格格淚濕了一條帕子，小丫頭機靈地又抽出一條遞給她，宋氏拍了拍大格格的背，勸她道：「大格格快別哭了，別讓妳額娘走得不安。」

珍珠忍不住了，跨過門檻肅著張臉。「大格格千萬節哀，爺的信已經來了，事情得趕緊辦起來呢。」

大格格哭得幾乎背過氣去，戴嬤嬤往前兩步把宋氏擠到一邊，幫大格格揉著心口，嘴湊在她耳邊提點她。「大格格千萬不能這時候犯糊塗，側福晉的事宜早不宜遲。」

大格格才十二歲不到，哪裡知道這些，她抬眼就往宋氏身上望去。宋氏眼裡的喜色一閃而過，她等的就是這個。

側福晉過世，須經手的東西也不是幾個奴才能定下來的，她這邊剛要順水推舟把事情給攬過來，珍珠就搶過了話頭。「大格格且寬心吧，爺在信裡面都已經安排好了，央了德妃娘娘來接手這事，大格格不必擔心咱們這些下人亂了規矩。」

珍珠說著就拿眼角睨了宋氏一眼，將她的心思看得清楚。不過就是想藉喪事的理由撈些油水，珍珠心裡微微一哂，她還真以為主子不在就沒個能頂事的了？

宋氏聽見這話，臉色立即不好看，若是德妃從宮裡派出人來指揮，那就真沒有她插手的分了。她咬牙看了躺在床上、用薄被子蓋住臉的李氏一眼，拿出主子款來。「若是娘娘派出人來就再妥當不過，只是咱們總不能一點忙都不幫，我還記得那些庫裡的東西歸置在哪邊，也好幫忙收拾。」

「不勞宋格格憂心，東西早已經備齊全了。」珍珠皮笑肉不笑，看了冰心一眼。

冰心跟玉壺兩個人趕緊把大格格給架起來。「大格格，您這身該先換了才是。」

珍珠不再理會宋氏，她快步上去攙了大格格一把。「衣裳料子福晉已經來信指定了，首飾也是現成的，就是小阿哥們也要繫白腰帶。」

大格格只是悲痛卻不傻，原本宋氏流淚時她還當她是為了李氏過世感到傷心，一聽她把話繞到了操持喪事上頭，就明白了她的意圖。她半邊身子歪在冰心身上，聽見珍珠這麼說，就點了點頭閉上眼睛，不再看宋氏。她不想在李氏跟前再聽宋氏攀扯，便任由冰心把自己扶回去。

宋氏臉上紅一陣白一陣，兩隻手絞住帕子還想再說，戴嬤嬤就先指了指石榴跟葡萄。「妳們倆也去換了衣裳再來。」她們倆倒是能為李氏穿孝。

戴嬤嬤這邊話還沒說完呢，正院的小丫頭已經送了衣裳過來，戴嬤嬤心中暗暗點頭，福晉是個明白人，她這差事還真得好好辦下來。

素服已經擺在炕上，大格格還呆呆的，冰山為她解下裙子，換上白綾衣裙，兩件衣裳都在袖口裙襬上鑲了淡藍色的滾邊，玉壺幫她拆了頭髮，重綰起來簪了銀嵌珠的素面首飾。

「福晉待大格格真是周到。」冰心把大格格原本穿過的衣服收起來，此時糊窗戶的白紗也送了過來。

玉壺見大格格還呆坐在妝鏡前，整個人眼睛紅了一圈、臉色慘白，但還是忍不住低聲說：「這就已經夠素了，旁人家裡，哪能這樣穿呢？」

周婷要珍珠準備的衣服已經沒有半點花紋，跟正經守孝差不了多少了。

大格格早已收了淚，聽見玉壺的話，扭頭去看炕上剛拆下來的杏黃色繡梅竹帳子，心裡第一次明白自己錯在哪裡。若不是福晉鬆口，她連這樣的衣服都不能穿，更別說其他的。她不是不懂道理，只是不願意去想，如今李氏逝去，她連最後的倚仗也消失，在這後院裡頭再也沒了著落。

大格格一直感嘆親娘沒了寵愛，她就如飄萍一般，現在才真正知道什麼是嫡庶。心頭湧上無盡的惶恐，她做了那樣的事，往後的日子該怎麼挨呢？

簾子一動，大格格抬頭瞧見已經換了衣裳的戴嬤嬤，她嘴唇微微嚅動，喚了一聲：「嬤嬤……」

戴嬤嬤將她的神色看得分明，心裡一嘆，走過去勸道：「大格格往後就將福晉當成親額娘一樣待吧。」

四貝勒府裡亂成一片，草原上卻熱鬧得緊，李氏的事雖然讓周婷心裡不舒服，但她病了這麼久，大家都已經有心理準備。連胤禛都不在意，她除了嘆息兩聲，也沒別的辦法，至於大格格那邊，只好等她回去再處理。

要辦喪事，周婷最擔心的還是兩個女兒，小孩子要是瞧見什麼嚇壞了可怎麼辦？她雖憂心，卻不能跟胤禛明說，只在信裡再三囑咐烏蘇嬤嬤看好幾個孩子，不許在靈堂裡久待，由嬤嬤抱著做個揖就出來，燒冥紙的事自然全交給大格格。

惠容知道李氏的事，卻對周婷一臉愁色不解得很，她就是後嫁也聽了許多四福晉跟李側福晉的恩怨，但看周婷的神色又不似作偽，心裡便嘆她太過厚道。

即便如此，惠容的嘴角卻有掩也掩不住的笑意，摸著肚子笑嘻嘻的。

「真有了？」周婷展顏笑開來。

惠容滿臉喜色扭著衣角，耳朵都紅了，她伸出一隻手指頭放在嘴唇上做了個噤聲的動作。「還沒個準兒呢，我想等日子長了再叫太醫診一診脈。」

她一隻手疊在小腹上，一隻手把散在鬢邊的頭髮塞到耳後去。「萬一不是，豈不白教咱們爺高興了？」

說著惠容又有些擔心，她小日子剛遲了幾日，內心高興但又算不了準，實在憋不住了，只好找周婷說一說。她咬著荷葉輕聲細語道：「四嫂可先別說出去。」

周婷抿著嘴點頭。「就是詐胡也該讓十三弟知道，總歸妳有了這個心思。」男人很吃這一套，那天她不過隨口說了一句再生一個，胤禛就折騰得她差點下不了床，第二日一整天都在克制自己別當著他人面前捶腰，就怕露出疲態來被人嘲笑。

對古代男人來說，「要孩子」大概跟「我想要」是差不多的意思，全部等同於「勾引」的詞彙了。

惠容一聽就明白，她的臉更紅了，鼻尖上頭沁出汗珠來，剛想拿起玻璃盞掩一掩窘態，就被周婷攔下來。「妳這會兒還敢喝這麼涼的？快去換杏仁茶來，那東西才補身子呢。」

「還不一定呢！」惠容嘴上這麼說，手卻縮了回來。

瑪瑙應了一聲，出了帳篷去張羅茶水，惠容歪在靠枕上頭，拿手摸著鈿花，露出滿足的笑。「四嫂怎不趁這機會再懷上一胎，兩個姪女也快一周歲了。」

「哪有那麼巧的，我也想呢。」周婷上回說想要個孩子，胤禛就真的開始配合起她來，可李氏的事一出，她就有點猶豫了。那邊剛死了人，她這邊就懷上了胎，總是大格格心頭一根刺。

再說如今在塞上，回去的路上雖不太顛簸，時間卻漫長，若是懷了孩子，不知怎麼難受呢！最好是在回去之前懷上，到了京裡才剛有反應，也不那麼折騰。

「還是出來的日子更好過些。」惠容接過瑪瑙拿來的杏仁茶，周婷吃著山藥棗泥糕，微微一笑。

自然是跟出來舒服，只有此時才能享受一夫一妻的待遇，出門一趟夫妻倆的感情上升不止一個臺階，惠容笑得比在宮中時多了。沒了瓜爾佳氏在胤祥面前時不時來個溫柔解意，她跟胤祥兩個愈發親密無間。

「我聽說十三弟為妳畫了幅畫？」周婷拿指甲蓋撥著戒指上的紅寶石問道。

惠容呵出來的氣都甜滋滋的，她點了點頭。「我原想騎一回馬來著，咱們爺知道了，就把我畫在馬上，我也不知道自己穿上騎裝竟是這個模樣。」

胤祥院子裡全是瓜爾佳氏這般溫柔的女子，恐怕也覺得惠容這個念頭新鮮得很。周婷望著惠容面龐紅潤的樣子，心裡替她高興。十三跟十四這樣已經算是待老婆好的了，五阿哥獨寵妾室，五福晉的日子難道就不過下去了？

還是得趕緊有個孩子才行，周婷看著惠容有意無意扶住腰的樣子，拿帕子掩住嘴角。「我懷身子時，瑪瑙一直跟著侍候，等會兒叫她跟妳身邊的丫頭說一說禁忌。」說著湊到惠容耳邊。「那事，只要不過了頭，也不是不行的。」

「呀！」惠容驚叫出聲，不知是羞怯還是驚訝，臉紅到了脖子根，見周婷雲淡風輕地朝著她眨眼睛，臊得說不出話來，心裡卻很好奇，直到前邊的宴席將散，她要回去時，才扭扭捏捏地問了一聲：「當真？」

周婷點了點頭，忍著笑把她送出去，瑪瑙向惠容的丫頭檀香交代孕期禁忌，屋子裡只留翡翠侍候著。沒多久，胤禛就跌跌撞撞、滿身酒氣地掀了門簾進來，周婷趕緊過去扶他到床上歇著。

「快去調盞蜂蜜水來給爺解解酒。」翡翠一出去，周婷就皺起眉頭埋怨他。「怎麼喝了這麼多，明天該頭痛了。」說著幫他解開前襟的扣子，肚子搭上一條薄被，絞了毛巾為他擦汗。

胤禛頭重腳輕的，眼裡卻一片清明，嘴裡還能清楚地回話，他先是笑了兩聲，接著反手握住周婷的手。「妳如今可是郡王福晉了。」

周婷被他的樣子給逗笑了，從貝勒升到郡王就這麼高興？她一面幫他把手從衣裳袖子裡褪出來，一面打趣他。「給爺道喜了，恭喜爺升官發財。」

翡翠正好聽見這一句，噗哧一聲笑了出來，見胤禛沒聽到她笑，趕緊放下杯子轉身出去。

周婷叫住她。「讓人送水來。」他這一身的酒氣，不好好洗洗可不行。

胤禛靠在枕頭上，由周婷幫他餵蜂蜜水，他一口氣喝乾了一盞，砸了砸嘴，搖頭晃腦地問周婷：「怎的這麼甜，改喝桂花酒了？」

這副模樣真是千年難得一見，他平時在周婷面前再隨意也絕不會露出這個樣子來。胤禛眼裡泛著光，定定地盯著周婷，抬手晃了兩下才摸到她的臉。

他是真的高興，原本他是在康熙四十七年才晉了郡王，如今早了兩年，怎不教他欣喜？更難得的是，在太子也在的場合下，皇阿瑪破天荒地誇獎了他。

上一回皇阿瑪大概提點了太子一些道理，這回見胤禛被稱讚，太子倒很能繃得住，整個宴席都不見妒嫉之色，還先敬了他一杯。

外頭小太監抬了水來，胤禛瞇著眼睛順從地讓周婷為他脫衣服。他其實還有力氣，卻偏想要逗一逗她，一條腿支著，半個身子靠在妻子身上，還沒走到浴桶前，周婷就已經出了一身汗了。

胤禛被剝光了衣裳推進浴桶裡，周婷抬手抹抹額頭上的汗，拉著領口搧風，反正這裡也沒別人，胤禛又醉成這樣，她乾脆把自己脫到只剩一件寢衣，袖子一捲就為胤禛解起辮子來。

胤禛坐在熱水裡合上眼睛，就跟睡著了似的，周婷卻累得手痠。本來他還能動手為自己擦個身，現在上上下下全要周婷來，要不是他還坐得好好的，周婷都要以為他已經睡著了。

被蒸氣一薰，周婷身上那件玉白色的寢衣黏在身上，汗珠從脖子裡直接滾進裡衣內，寬大的袖子時不時滑落下來。她頭一扭，看見胤禛沒有睜眼的意思，乾脆把寢衣脫下來搭在架子上，上身只穿一件白底金線粉花肚兜，下身只有一條抹色水紅褻褲，光著兩條胳膊、裸著背為他搓洗頭髮，汗珠一道道從她背上滑進褻褲裡，濺出來的水花打在身上，已分不清是汗還是水。

他的頭髮是洗乾淨了，周婷自己卻出了一身汗，她拿著毛巾為他擦前胸，順著小腹剛要滑上來，就被胤禛握住手往下。她的手指尖在燙熱的水裡碰到個硬邦邦的東西，甫一抬頭就見胤禛目光灼灼地盯著自己，也不知看了多久。

周婷紅著臉嗔他一眼，把手掙出來拿水潑在他身上。「抬手。」

胤禛胳膊下面還沒洗，也不知道出了幾層臭汗，他聽了周婷的話，沒有抬手，而是整個人站了起來。浴桶裡湧出來的水濕了地面，他兩隻胳膊用力把周婷抱進澡盆裡來，不等她驚叫出聲，嘴唇先堵了上去。

褻褲被他剝下來，濕淋淋地帶著水扔到地上，而上身那件肚兜濕掉大半，拿金線挑繡出來的花紋正裹在她胸前兩團軟綿綿的脂膏上頭。胤禛藉著酒勁，兩隻手按住她不許她掙扎，兩人在小澡盆裡摟得緊緊的，一上一下地動。

周婷紅著臉輕哼，肚兜全濕透了，她伸手想脫掉，偏胤禛不准她脫，只扯掉一邊帶子，就這麼半掩半遮地貼在她身上。

周婷渾身發燙，也不知是因為情動還是被熱水泡的，胤禛愈動愈有力，兩隻手握牢她的肩頭，腰板用力往上頂。

水聲嘩啦嘩啦不絕於耳，周婷整個人掛在胤禛身上，好一陣子氣喘不休。燈色迷離，她迷迷糊糊中被他擦乾了抱到床上又來一回。

第二天早上兩人才來得及說些正經事，周婷坐在鏡子前頭篦頭髮，胤禛站在後面繫腰帶，神色有些赧然。早晨起來時，周婷白嫩的胳膊上頭清清楚楚印著暗紅色的手指印子，他昨晚是太孟浪了些，見周婷從鏡子裡看他，不禁抬手握拳輕咳一聲，走過去揉揉她的肩膀。

「疼不疼？」

鏡子裡的人面若桃花橫著眼嗔他，胤禛幫她捏了兩把，眼見狀況實在尷尬，他只好找話說。「晉封聖旨這幾天就要下來了，咱們在外頭，衣裳之類只等回了京再給送來。府裡也要按照規格擴建，剛好我覺得正院小了些，福敏跟福慧目前在一個屋子住著，等大些總要分開來，往後還要添人，不如先把院子給擴大，再把東院那些用不著的併一併，等內務府擬好了圖紙，我再拿來給妳看。」

周婷先還不理他，聽到「還要添人」時眉頭便鬆開了，再聽他說把那些用不著的院子併一併時，嘴角都忍不住翹起來了。她扭身抬臉看著胤禛，拉過他的手，拿指甲撓他的掌心。「下回輕一點兒。」

外面蘇培盛咳了一聲，胤禛臉上帶著笑。「夜裡再幫妳揉揉，皇阿瑪還等著，我先去了。」

夜裡之約沒能實現，待在京城暫理政事的三阿哥胤祉傳來書信，比原本多拖了兩年多的福全，看樣子拖不完第三年了。

康熙與他的二哥福全感情深厚，留在京裡的幾個阿哥得了康熙的旨意，密切關注福全的病情，太醫的診斷和藥方全都抄錄了副本送到御案前，不論怎樣貴重的藥品全都為他用上了，眼看拖不下去，胤祉便聯同幾個弟弟寫了信過來。

康熙捏著信紙久久不語，最後點了胤禛快馬回去代他看望福全。大阿哥自康熙二十九年征戰噶爾丹推福全出來為他背了大黑鍋之後，跟這位伯王就一直不睦，儘管明珠再三勸說，他還是不肯放低身段去賠個不是。康熙知道要是派了這個兒子去，恐怕福全最後一程也走得不愉快，想了半天還是點了胤禛。

胤禛這幾年給康熙留下的印象就是辦事妥當，他跟太子走不開，自然第一個想到了胤禛。康熙想著就嘆了口氣，胤祉雖然沒有明說，但這藥方上的用量愈來愈重，不過是拖著一口氣，好讓他能下一道明旨過去。

「你代我回去看你伯王，他有什麼要說的、想辦的，你全替他處理。」康熙說著合上了眼。

他年紀大了，眼裡有了些濁色，眼淚就這麼滑進鬍鬚。他強忍著悲痛繼續吩咐道：「告訴你伯王，我會善待他的子孫，叫他不必憂心。」

胤禛面露戚容，點頭答應下來，轉身就回去整理行裝，他邊走邊在心裡把上輩子的事盤算了一遍。大阿哥、太子全被皇阿瑪留在身邊，喪事自然由他一手操辦，三阿哥被削去郡王的原因就是在敏妃的喪儀上頭不盡心，既然已經在皇阿瑪那裡掛了號，伯王的喪事自然不可能交給他辦。

上輩子伯王去世前還幫胤禩說了好話，皇阿瑪肯定聽了進去，這輩子算是被他趕上了。伯王是個厚道的老實人，他只要盡心盡力，伯王自然不會一句都不提，就算他等不到八月聖駕回朝，只要喪事辦得漂亮，他一樣能在康熙面前再進一步。

「已經定下了？」周婷皺著眉頭。他要快馬趕回去，自然不會把她一道帶回去，周婷咬了咬嘴唇，跟著聖駕自然不會吃苦，可她擔心的是有人趁虛而入。

沒了周婷鎮在後院，說不定就有小妾趁主母不在往胤禛跟前湊，萬一他那根黃瓜沒忍住，等她回去時又弄出個懷孕的妾室來，那這日子她真就不想過下去了。

「已經定下了，伯王恐怕挨不到秋天。」胤禛吩咐下頭人去準備，自己坐在炕上喝茶歇息。「今天就要走，愈快趕回去愈好。」

除了要在福全面前留下最後的好印象之外，他還得看一看到底是誰把他的命多拖了三年，若是伯王自己，那他定然不知最後奪位的結果，若是別的人……胤禛在心底沈吟，那倒要好好籌謀一番了。不論如何，這一回他定不能讓伯王替老八說好話！

周婷從櫃子裡理出胤禛路上要穿的衣服，說是快馬，連夜趕路有個八、九天的工夫才能回到京城，雖說聖駕七月出頭就起程，但怎麼樣都得再一個月左右才能到，這個空窗期，也不知道會出多少亂子。李氏沒了，宋氏定然不會甘心默默待在南院裡。

她心中煩亂，疊好了的衣服又抖開來重新疊，兩、三次之後胤禛發現了，他自然不知道周婷愁的是什麼，還以為是自己要走了，卻留她一個人下來，有些害怕。

他站起來走過去摟住她的肩。「這回是真不巧，若是事情早了，我就回來。」

周婷勉強笑一笑。「可不能說這話，就算是，也得服百日孝，你既然接了手就要辦好，伯王那裡照顧好了，也好跟皇阿瑪交代。」

胤禛摟著周婷的肩膀環住她。「妳不必擔心，我不過先回一步，皇阿瑪的意思是讓我去瞧瞧，若真是不成了，幾個兄弟都要回去的。」

周婷點點頭，往他身上一靠。「正好，月底就是大妞跟二妞的生辰，有了伯王的事兒不好開席，抓周卻是不能省的，你記得來信告訴我。」

想了想，還是得拿兩個女兒的事纏住胤禛，讓他愈忙愈好。「還有一樁，大妞跟二妞得了皇阿瑪賜名，可大格格還沒名字呢，你起一個，等回去一道公開，她面上也好看些。」

胤禛一怔。李氏雖是咎由自取，但大格格總是他的女兒，周婷為她想得這麼周到，讓他心頭一暖。胤禛抬手摸著她的頭髮，把她扳過來親了一口。「既然定了福字，就一應都是這個字吧，不如叫福雅？」

周婷點點頭。「她跟爺喜好相仿，是很雅緻呢。」她把頭靠在胤禛肩膀上，兩隻手搭在胤禛手掌上，拿指尖輕輕摩挲他的手背。「爺可記得時時寄信過來，別教我空等。」

她的話說得纏綿，胤禛一時心動，摟緊了她歪在榻上溫存一番，周婷緊緊摟著他的腰，臉貼著他的脖子不肯分開來，纏得胤禛捨不得，還沒起程就不想把她單獨留在這裡。

周婷緋紅著一張臉，眸子含著水光，胤禛親了親她的額頭。「我去找十三弟，我不在的時候，讓弟妹多陪陪妳。」懷裡的人輕輕應了一聲，拿鼻尖蹭著他的心房，手指交纏著不肯放開。

只是她再不想放開他，他也得去跟兄弟們打招呼，周婷趁這個空檔把蘇培盛叫了進來，蘇培盛彎著腰站在外間，隔著紗簾子只看到一個影子。

周婷拿著玻璃盞啜了口酸梅湯，裡頭盛的冰珠子打著轉發出輕響，她含了一個在舌頭上，壓下心頭的煩躁感。

蘇培盛聽見聲音，把頭垂得更低，他猜得到周婷要吩咐些什麼，很是為難。還沒等他想明白，裡頭就傳來了周婷的聲音，透著十足的慵懶味。「蘇諳達。」

諳達在滿語中的意思，就是「盟友」、「朋友」。蘇培盛一聽這稱呼額頭就沁出汗來，還沒等他說不敢，周婷接下來的話就把他給震住了。「諳達跟了爺多少年了？」

「奴才自小侍候爺，算來已有二十個春秋了。」隔著簾子蘇培盛也不敢抬手擦汗，只嚥了口唾沫，等著周婷的吩咐。

「諳達一向精心，這一回跟著爺，我自然也放心。」周婷的笑意隱約從簾子裡透了出來。「諳達那個姪子也極是聰明肯學，人也誠實得很，我手裡頭有間鋪子，倒是想叫他去當個二掌櫃。」

蘇培盛先是一喜接著一僵，許以重利，是要他做什麼呢？他不敢接這個口。

周婷接著輕輕笑了一聲。「這回趕著上路，天氣這麼熱，爺那裡須諳達更盡心力。」

蘇培盛嚥了嚥唾沫，腦子飛快地轉動起來，這天上掉下來的餡餅，不咬上一口著實不甘心，可他卻不能保證福晉不在的這些日子裡，爺能不偷腥。

「只要做好了本分就是，我不過再多囑咐一句罷了。」周婷繼續說。

瑪瑙幫周婷捶腰，翡翠則為她揉腿，見蘇培盛不敢搭話，翡翠輕笑一聲打破了沈默。

「蘇公公也太小心了，我們主子向來放心公公。」

蘇培盛打了個冷顫醒悟過來，他原本就做過這種事，鈕祜祿氏、宋氏往前院探頭探腦的事，不就是他直接間接捅到周婷面前去的？這時候要裝傻也已經來不及了。

想著鋪子裡那滾滾而來的銀子，蘇培盛不由得心動，把腦袋一點。「福晉放心，奴才原來怎麼侍候爺，如今就還怎麼侍候爺。」

周婷向瑪瑙使了個眼色，瑪瑙會意地掀了簾子出去，把手中的匣子交到蘇培盛手上。

「這是福晉理出來的藥匣，爺一路快馬難免有不適的時候，薄荷油、霍香水這裡頭都有。」說著點了點盒子。「還有一封給烏蘇嬤嬤的信，勞動公公提早交給烏蘇嬤嬤。」

蘇培盛鬆了口氣，知道周婷只不過託他及時報信給烏蘇嬤嬤，就像原來報信給她一樣，趕緊行了個禮。「奴才曉得，定不會誤了福晉的事。」

周婷用指甲摳著玻璃盞上頭的雕紋，抿緊了嘴想起胤禛的好來。她總是在依賴和防備的邊緣掙扎，最後還是選擇為自己留一條路。想著想著她就嘆了口氣，要到什麼時候她才可以不再擔心任何事，完全信賴胤禛呢？

第五十六章 錯估形勢

福晉沒回來爺卻先回來的消息，被烏蘇嬤嬤瞞得死死的。

一般情況下，主子回來自然有人先一步到府裡通知主事的人，家裡也好先安排起來，可直到胤禛進了府門，東院那些格格們還一點風聲都沒聽到。

胤禛八、九天連夜趕路，早就困頓不堪，這時候就是有人攔路也不會引起他的興趣。他一回家直接去了正院，丫頭們早就燒好了熱水擺在房裡，小張子侍候他沐浴。烏蘇嬤嬤和蘇培盛兩個對視一眼，就又轉過身去各自吩咐下人，內院要準備吃的、喝的，外院也要把裕親王的事情趕緊理一理。

胤禛讓小張子擦乾了頭髮躺倒在床上，被子提前一天薰了玫瑰香，開著窗子一吹，整間屋子裡全是若有若無的淡淡馨香，胤禛一下子就想起了周婷，那味道繞在鼻尖，好像順著呼吸縈上了心頭。

帳子是他們離開之前換上的，淺綠色的紗幔上頭細細繡著一朵又一朵的凌霄花，身下的象牙席還是去年他特地差人找出來給她用的。

再一側身，妝鏡匣子開著，一個個小盒子盛著的胭脂、髮油排了七、八個，還能瞧見周婷慣用的黃楊木雕花梳子，貼著海貝殼的黑漆首飾盒半掩半合，裡頭瑩光一片，不用看就知道是她喜歡的珠玉。

胤禛翻了身面朝牆壁，第一回覺得這床太空了些。

「爺一個人回來的？」宋氏手裡的針一抖，指尖上沁出一顆血珠，她顧不得去吮，瞪大了眼睛問道：「妳瞧見的？」

兩個小丫頭都是不久前指到宋氏屋子裡的，雖跟管事嬤嬤學過規矩，但還沒正經侍候過主子，傳話、吩咐事情都還欠妥當。宋氏往日埋怨她們做事不著調，此時又慶幸這兩個丫頭是剛進來的，若是蕊珠，恐怕早早就閉了嘴瞞住消息。

想到蕊珠，宋氏不免又在心裡恨她不顧主僕情誼，一抓著機會就打包溜了，若是她在，李氏喪事上的事情也沒那麼容易被珍珠三言兩語給定下來。有些話她不好說，蕊珠卻能幫襯一二，一唱一合地更容易騙大格格來央求她，到時候誰還能說她名不正、言不順呢？偏偏那時跟在身邊的就只剩下這兩個不頂事的小丫頭。

這兩個丫頭一個叫五兒，另一個叫六兒，正跟宋氏一起坐在榻上劈絲，她到底還是走了大格格的老路，準備繡一幅佛經，但不是給周婷的，而是準備燒給李氏的。

宋氏畢竟跟了胤禛這麼多年，知道他回來之後必定要去看大格格，若能趁這個時候讓大格格念著她的好，那她就出頭有望了。

宋氏緩緩抬起手來吮住手指頭，眼珠子打轉，還有什麼比這個更好的機會呢？福晉不在，正院就是無主的空城，只要她能找到法子進去遞個東西，還愁見不著爺嗎？聖駕怎麼都得到八月初才回來，這一個半月的空檔簡直是天賜良機，後院如今能排得上號的，也只有她了。

宋氏抬手理一理鬢髮，往生咒不過百字，她本想等胤禛回來前幾天繡好了送過去給大格格，沒想到他會那麼早回來。宋氏捏了捏針，問兩個丫頭：「妳們哪個會繡？」

五兒、六兒才十一、二歲，往日做的最多的活計也就是打打絡子，針線刺繡還等著進了院子讓上一輩的姊姊們教呢，聽見宋氏這麼問，都搖了搖頭。

宋氏著急地皺起眉頭，眼睛看向那繡幅，還差一多半，若是趕個兩天也能繡出來了。她熬幾個日夜，等見到胤禛，還能表現出自己有多用心，這麼一想，她就說：「把燈油加得足些，今天夜裡再繡五個字。」

五兒跟六兒不敢發問，只好站起來把燈盞拿得近些，拿起油壺為燈添了些油，六兒眼睛轉了轉。「要不要奴才換些粗蠟燭來？這個燈芯不夠亮呢。」

宋氏點了點頭。「也好，妳再去生個小爐子燒燙了水，給我沏一壺釅茶來。」說著把繡繃又湊近了一些，眯著眼睛往上頭扎針。

五兒跟六兒放下絲線出去了，提著燈籠往小廚房那裡去，廚房裡頭只有一盞燈，半個人影都沒有。本來南院就已經封了院，裡頭就留了兩個看門的、兩個粗使的、兩個灶上的，這時候她們都已經睡了，五兒只好挨個兒去敲門，只有一個粗使婆子起來。

她聽見宋氏要用水，嘴裡嘟嘟囔囔個沒完，一面打哈欠，一面去生火抬爐子出來，往地上一擺，然後扭頭回去闔了門，任五兒在後頭怎麼喊都不再搭理了。

兩個丫頭嘆了口氣，合力拎起銅壺燒水，好不容易熱了拎回去，就見宋氏瞪著眼睛發作。「妳們這是去哪裡拎水了，我這裡壺都乾了！」

五兒委屈地抱怨道：「廚房裡都沒人了，是咱們喊人起來才開了爐子。」

宋氏咬著嘴唇氣得發抖，原本李氏在的時候，因為得到正院的吩咐，不許短少東西，廚房裡還真不敢怠慢，若是一不小心有個萬一，她們全沒好下場。如今李氏已經死了，宋氏這邊又不會因為少了一杯茶就嚥氣，自然懶怠許多，好些事情都要三催四請才能辦了來。

宋氏捏著針憤憤不平，等她再得了爺的眼，看誰還敢這樣待她?!這南院沒了李氏，倒真是一處好院落，若她爭口氣趁這段時間懷上，就是福晉回來了，也只能好聲好氣地待她。

眉毛一挑露出笑意來，宋氏下針愈發精心，往日裡繡一個字的工夫如今只能繡出半個來，五兒跟六兒習慣早睡，時間到了，腦袋就點個不停，宋氏自己也睏，卻強撐著要繡出五個字來。她當初為了醒目好教爺一眼瞧見，就準備繡幅大的，現在只覺得後悔。

愈是犯睏愈是見不得別人瞇著眼睛，宋氏拿針刺了五兒一下，五兒「啊」了一聲捂住了嘴，六兒也驚醒過來，兩人對視一眼，重新分起線來。

這麼熬了三、四天，宋氏的臉都熬得青白了，她原想著養兩日把臉色養回來了再去尋胤禛，卻又怕被別人捷足先登，於是一繡完就開櫃子挑了好幾件衣裳。

五兒拿了件月白絞紋掐邊的衣服，六兒拿了件嫩黃色上衫配柳葉綠裙子的新裳，宋氏比對了一下，挑了那件嫩黃的。等妝都上好了才想起來，她這是去送經書，若被人瞧出來底下的心思，定要恥笑，只好把衣服換下來，打扮得素淨些才往正院去。

周婷不在，禁令卻沒廢，宋氏還沒到門口就被看門的婆子迎上來給攔住了，她臉上賠笑朝宋氏擺手。「格格這是要去哪兒？可千萬別為難咱們下頭人呀。」

宋氏喉嚨一噎，臉上倒還能繃得住。「我與李側福晉要好了十多年，她這一去，我心裡空落落的，點燈煎蠟地繡了幅往生咒，想著總該給大格格瞧瞧，多唸上兩遍，再去李側福晉靈前燒掉。」

宋氏完全沒提自己要出門，那婆子雖然一直在笑，腳步卻沒移開過。「格格真是善心人，且叫六兒姑娘跑一趟吧，天氣這麼熱，這大日頭底下易著了暑氣。」

那婆子連攔帶說地把宋氏防得死死的，宋氏知道今天不能成事了，便轉頭將手裡包著的錦緞交給六兒。「妳送去給大格格吧。」

費了許多工夫做出來的，總不能就這樣白費，宋氏背著那婆子使眼色給六兒，六兒卻不知道該點頭還是搖頭，只好眨了眨眼睛。

宋氏到底不放心。「妳見著了格格，告訴她，我一面繡一面唸了一百八十遍的經，讓她也唸幾回。」

沒能親自送到大格格面前，也不能親口跟胤禛說明自己的辛勞，宋氏怎麼也不甘心把用心做的東西就這樣送出去，但又不好跟婆子攀扯，她一直跟到了門邊，見六兒走沒了身影，才退了回去。

哪知事情根本沒那麼容易，冰心早得了戴嬤嬤的吩咐，大格格自己也不想見到宋氏，如今在她眼裡宋氏可惡百倍，至少周婷沒藉著李氏的喪事博得胤禛的好感，而宋氏除了那一回當著她的面說了那些話，還讓小丫頭來了好幾次，話裡話外都是沒個主子主事，李氏的喪禮不可能辦得體面。

大格格心頭暗恨，卻拿她沒辦法。當冰心把錦緞呈上，她冷哼一聲翻了開來，冰心則退到一邊垂著頭。

原本大格格的性子最好拿捏，最近卻愈來愈冷情了，冰心嚥了口唾沫問道：「六兒還在外頭等著呢，主子可要叫她進來？」

「嬤嬤怎麼看？」大格格知道戴嬤嬤不是周婷的人，如今她也只能依靠她。

「在奴才看來，宋格格倒是有心，這東西定是連趕了好幾天做好送過來的。」戴嬤嬤微微一笑。「幅做得這麼大，原本怎麼都得繡上一、兩個月的，宋格格勞累了。」

大格格在心裡冷笑，原來宋氏打的是這個主意！她臉色一沈，吩咐冰心道：「把阿瑪送來的藥材拿一些給她，就說她辛苦了。」

冰心屈了屈膝蓋退了出去，大格格咬咬牙。「按嬤嬤說，我該不該管這個？」論理阿瑪房裡的事怎麼也輪不到她插手，可如果能在周婷面前賣個好，總勝過就這麼無聲無息。

戴嬤嬤的笑容比剛才更盛。「大格格不是做得很好嗎？把這繡經收起來，等福晉回來了，讓福晉派人為大格格做主，現在爺正忙著，大格格什麼時候奠祭都行。」

大格格暗忖一番，低頭摸了摸袖襬。不光是衣飾，她房裡的帳子、被褥、鋪蓋全換了素色的，若沒周婷首肯，她就連這些事也辦不到的，不如大大方方地拿這繡幅去問她。額娘已經沒了，只要她做好了本分，前路總不會太艱難。

六兒無功而返，宋氏氣得肝顫，她熬了那麼些時候，怎麼能一點收穫都沒有?!夏天不似冬日那樣把門全緊閉著，總是開著院門灑水通風，乾脆不要考慮什麼好看不好看了，李氏還有個女兒幫著穿孝，她有什麼?只能抓緊機會了!

五兒時不時往院門口張望，宋氏乾脆藉口院門那邊搭了個凌霄花的架子，比房裡涼快，拿了針線就坐在架子底下扎兩針，盤算著胤禛什麼時候路過。

福全的確病重，卻還有幾天好拖，胤禛既然回來了，就不可能只忙一樁事。看顧病人不是一句空話，他還得跟福全的兒子保泰多套套交情，省得他阿瑪一死，他馬上就跟胤禩結黨。福全手裡好歹捏著一個旗呢，他上位後不知費了多少心思才把保泰給拔除，就是因為他心裡向著老八，他怕他們不安分。

無奈老八也在，他說起漂亮話來可比胤禛有水準多了，擺著一副和顏悅色的臉跟保泰兩個人說些福全的事，明明兩人都沒怎麼相處過，偏偏他還能說得有鼻子有眼睛，把保泰一個大男人說得眼眶泛紅差點要哭。

巧言令色！胤禛忍著不發作出來，這兩人說話，那他就辦事，事無巨細樣樣過問。他精於細務，連靈堂裡用冰的事都先想在前頭，等老八套完交情，胤禛已經把事情全做完了。

保泰啞然，這個冷著一張臉的四阿哥，還真是個幹實事的，裕親王府哪裡真的缺冰，卻難為他能想得到。他對著胤禛沒有那麼多的話，只是道了謝，但從神色之中還是能看出來他是真心感激。

胤禛疲憊地回到家裡，正抬手揉著額角，那邊宋氏就衝了出來。她已經坐了一整天了，婆子們知道她的打算，又不好當面說破，畢竟她還有個主子的身分擺在那裡。吃了晚飯，婆子剛想把門給關了，勸宋氏進屋去，卻正巧遇上了胤禛。

宋氏冷不防出現，把領路的蘇培盛給嚇了一跳，他一見宋氏那樣就明白了，想到周婷那些話，他尖著嗓子做出失態的樣子驚叫一聲，趁胤禛定睛看的時機趕緊跪下來。「給主子爺道惱，奴才罪過！」

胤禛見他這模樣也知道是宋氏嚇著了蘇培盛，他眼睛往宋氏那兒一掃，就皺起了眉頭來。

燈下看美人自然愈看愈美，可宋氏熬了幾天的夜，又僵著身子枯坐一天，不論是臉色還是身段都差強人意，眼睛底下的青黑是遮也遮不住，身上還穿得那麼素，往凌霄花架子下一立，顯得一點精神都沒有，嘴裡還細聲細氣地說話：「妾給爺請安。」

宋氏也被蘇培盛嚇到了，但她此時不好理論，只屈著膝蓋向胤禛行禮。「妾見著了爺總不能不請安，妾也有事要稟告給爺呢。」

胤禛不耐煩地揮了揮手。「有什麼事去尋顧嬤嬤，福晉不在，後院裡她做主。」說完他轉身就要走，卻突然看見那架子上的凌霄花，跟正屋帳子上繡的一模一樣。

宋氏一滯，抓緊最後的機會開口。「原是妾為李側福晉繡了幅往生咒，送去給大格格，好讓大格格幫李側福晉化了去，只怕福晉不在，沒人做這個主，大格格面嫩，只好由妾為大格格求一求。」

胤禛的臉沈了下來，剛才的不耐煩已經轉變成冷厲。他看了宋氏一眼，哼笑一聲。「原聽人說，往生咒唸上三十萬遍就能親眼見佛，妳既有為李氏著想的心，就在她靈前唸上三千遍吧。」說罷，拂袖而去。

宋氏當場傻住，她原本以為胤禛氣她不過是一時的，後來一直不見她，也是因為周婷進了讒言又關著她的緣故，是以一直覺得只要自己抓住機會，胤禛就會原諒她，想起她往日那些好來，卻沒想到他竟連看都不願再看她一眼了。

胤禛一面袖手往正院走，一面緊抿著嘴角。宋氏做的那些事，他不是不知道，只是不好把巫蠱之說給鬧大。該死的不獨李氏，還有宋氏，她竟還能面不改色地在自己面前賣乖……

這麼一想，他就轉頭吩咐蘇培盛道：「南院裡如今只有宋氏一個，怎麼還有那麼多侍候的人？全給革掉一半，院門不許再開，讓她為李氏好好唸往生咒！」

正屋裡已經擺上了冰盆，炕桌上早早就備好用井水浸過的瓜果，胤禛洗過澡，拿銀籤子叉起一塊香瓜咬進嘴裡，滿口香甜，窗縫裡吹進來的夜風把絲帳吹得像水波一樣一層層漾開來，胤禛心頭一動，想起周婷的笑臉來。

「蘇培盛，備幾筐香瓜，讓人快馬給福晉送過去。」

第五十七章　以婚布局

「主子，瓜片好了。」瑪瑙拿了冰盆上來。

周婷翹著嘴角咬了一塊，又甜又香，瓜心都已經酥了，一咬就是滿口冰涼涼、甜津津的蜜水直沁入心肺。「都送出去了？」

「都送出去了，奴才聽小張子說萬歲爺午膳過後用了一瓣。」瑪瑙一臉喜意，爺在家裡辦事還沒忘了給主子送鮮果來，可見是心裡真有了主子。

原本她們全都提著心，爺這一走雖說是去替萬歲爺辦事的，辦的還不是什麼喜事，可若是有人趁福晉不在，把爺給絆住了或是懷上了身子，依現在福晉這性子，恐怕兩人往後就只能當親戚相處了。主子雖然瞧上去比過去和氣了不少，瑪瑙卻知道她的心性只有比以前更高。

瑪瑙心裡唸了一聲佛，嘴上自然哄著周婷開心。「爺這回送來的瓜真是甜，十五阿哥跟十六阿哥那兒賞了小張子好大塊銀錁子，剛還瞧見他掰著指頭數數兒呢。」

小張子是胤禛特地留下來給周婷使喚的，他人機靈又知道分寸，周婷用著很是順心，蘇培盛也似對他十分滿意，若是能拉攏過來，以後她在正院就又多了一雙眼睛，小張子這樣的可比蘇培盛更容易打動。

「這就把他高興壞了？」周婷的笑意從眼裡透出來，她指一指瑪瑙說：「那十三福晉那兒也叫他跑腿吧，讓他再拿一封賞。」

翡翠手裡捧著白玉碟子盛的櫻桃進了內室。「這是前頭萬歲爺賞下來的，叫後頭的女眷們嚐嚐鮮。」

「是誰送來的，給了封沒有？」周婷拿銀籤子撥了撥碟子裡片開的香瓜，籽清得乾乾淨淨，她隨手叉起一瓣來送進嘴裡。

「是魏公公送來的，我瞧他後頭還跟著好幾個拎著食盒的小太監，竟是第一家就來了咱們這邊呢。」翡翠把碟子擱在炕桌上頭，那櫻桃紅豔豔的，上頭還帶著水珠，瑪瑙揀了個玻璃碟子擺在一邊讓周婷吐核。

既然是魏珠送來的，那肯定是沒給紅封了，胤禛不在周婷也不好露面，誰也沒那個身分打賞他。像他那樣的大太監，出了御帳就先來她們這邊，偏還有意無意地繞過了大阿哥，畢竟兩家的帳篷離得並不遠。若按過去的形勢，魏珠定要先去大阿哥那兒再到這邊來的，看來胤禛的身分的確是水漲船高了。

周婷從貝勒福晉升職當了郡王福晉，自然早早收到了惠容的恭賀，她長嘆一聲，內心又有些擔憂，這可比三阿哥胤祉還要早加封了。雖然三阿哥原本就當過郡王，是後來被削成貝勒的，可在別人眼裡，卻只會覺得胤禛更受康熙寵愛。

不知道胤禛以後的路會不會像現在這樣順利？周婷皺了皺眉頭，就又鬆開了。就連她都知道如今太子跟前站著一個大阿哥，鷸蚌相爭，漁翁得利，現在那些弟弟們都還沒形成足夠的勢力，像八阿哥那樣的又不討康熙歡心，胤禛的確很有一爭之力。

打定了主意，周婷自然要做得面面俱到，胤禛送來的那幾筐香瓜，她全按輩分送了出去，就連平郡王訥爾蘇也得了，藉口就是胤禛差人送香瓜來時帶了信，一一指明了叫她給的。胤禛的確說過，但自然不會這麼仔細，周婷全幫他做足了。

寫信時周婷一個字不漏地全說了進去，她用閒話家常的口吻，看起來就不像在邀功。接到信的胤禛看到的都是妻子為他設想周到，他人不在跟前，她還為他做足了人情。

難得得空，胤禛還去看兩個女兒。大妞跟二妞愈來愈好動，身上穿著的衣裳很快就汗濕了，小孩子的屋子裡不能放太多冰盆，只好帶她們去水榭，開了玻璃窗通風透氣，她們也能涼快一點。

二妞的臉蛋紅得像是年席上的福果，額前細茸茸的頭髮汗濕了，一縷縷貼在額頭上，奶嬤嬤正拿帕子幫她擦。她一抬頭看見胤禛來了，就扔開手裡的布偶，張開了手要他抱。胤禛抱起她，接過奶嬤嬤手裡的帕子為她擦汗，有些意外地看到大格格正在跟大妞一同玩耍。

手心手背都是肉，到底是疼愛過的女兒，雖說下了決心讓她明白嫡庶之別，但還是親自為她挑了嬤嬤過去，就怕她受了什麼委屈，此時見她跟兩個小妹妹玩在一處，臉色柔和下來，抱著二妞問大格格：「近來身子可好？」

大格格屈著膝蓋請安，聽見胤禛問話，微微一笑。「女兒很好，這些日子時常來跟妹妹們待在一處，倒覺得精神了些。」

烏蘇嬤嬤睜一隻眼閉一隻眼，她原本還奇怪大格格怎麼突然就變了樣，但很快就想明白了。大格格這是沒了念想，只好一門心思對著周婷示好，她也樂得給大格格作臉。「大格格為兩個小格格做了許多玩意兒呢。」

胤禛笑著朝她點頭，很是愉悅。「這才像是做姊姊的樣子。」

二妞見胤禛不理她，覺得受了冷落，抬手就拍了拍她阿瑪的臉，嘴裡叫了一聲：「啊。」這一聲把大妞的注意力給吸引過來，一見是胤禛，她就扶著奶嬤嬤的手站了起來，還沒站穩就撒開腿往胤禛那邊跑。

胤禛在她跌倒前一把接住她，大妞抱著他的胳膊不撒手，大格格就捏著帕子笑。「兩個妹妹跟阿瑪真是親熱。」因胤禛朝她點了頭，她就坐到榻上，一隻手搭住了二妞的肩膀。

胤禛抱不動兩個，二妞既然抱過了就放在炕上，她這幾天已經熟悉了大格格這位姊姊，倒沒有把她推開，反而扭頭朝她笑了笑，大格格見狀更高興，褪下手腕上的佛豆玉逗她玩，大妞還賴在胤禛身上哼哼唧唧，這副模樣教胤禛想起了周婷，心裡微微一動，打量起大格格來。

她對二妞的神色不似作偽……胤禛心底微一沈吟，就有了主意。「妳也大了，名字我定為福雅，大妹妹叫福敏，小妹妹叫福慧，妳額娘不在，妳要時時過來瞧她們。」

胤禛有好些時候沒這樣和顏悅色地同她說過話了，大格格微微一怔，知道胤禛嘴裡的「額娘」指的是周婷，笑著點了點頭。「額娘這麼照顧我，如今她不在府裡，我照顧兩個妹妹也是應該的。」

烏蘇嬤嬤看了戴嬤嬤一眼，見她眼裡含著笑意很是滿意的模樣，內心跟著點了點頭。原本周婷對大格格不可謂不好，她卻總是一副小心翼翼的模樣，看在胤禛眼裡自然不如現在這樣言語帶笑來得親熱，不管是不是戴嬤嬤提點了她，只要周婷能夠省心，那就是樁好事，胤禛也更能看見周婷的好。

胤禛聽大格格這麼說，更加開心，他抬手捏了捏大妞的臉，大妞一把抓住他的指尖，軟軟的手指頭讓胤禛根本不敢用力去扯。「妳兩個妹妹將要周歲，妳額娘不在不好大辦，就正院裡開一席，讓烏蘇嬤嬤幫襯著妳，由妳來辦吧。」

大格格聞言心裡一驚，趕緊站起來。「我怕辦不好呢。」

「有烏蘇嬤嬤跟戴嬤嬤在，妳在一旁瞧著就是。」這個女兒的身分現在是有些尷尬，前一世結了親的那一家，如今並不看重她，胤禛讓人探回來的口風，竟是那家已經準備跟別人結親了，既然如此，大格格的婚事只好另做安排。

年初時大阿哥家的大格格嫁給了科爾沁的台吉濟色稜，她後頭還有三個妹妹，聽皇阿瑪的口風也是要將她們嫁到草原，而太子家裡還有個跟大格格年紀相仿的嫡出女兒，科爾沁哪來那麼多適婚的男兒？難道真要讓女兒等到十八歲？

正紅旗的那拉家不肯，不知道妻子娘家有沒有合適的……胤禛打了這個主意，就覺得要提起這件事來，得先讓周婷對大格格滿意，她若是能跟周婷拉近關係，他就更容易開口了，往後抬舉起妻子的娘家，也更方便。大格格日後就是正經的公主，除了烏拉那拉家的大房跟四房，二房或三房娶她過去，只會覺得再好不過。

大房的五格襲了爵位，四房的星輝也是副都統，二房跟三房卻只有虛職在身。原本他並沒特地抬舉過那拉家，等他百年之後那拉一族應是就此凋零，現在他卻不願意這樣了，多抬幾個人上來，他以後辦起事來也不會太吃力，他的兒子也能得到一個更有力的外家。

幫福敏跟福慧辦周歲生辰交由大格格來辦一事，胤禛拍了板，烏蘇嬤嬤再吃驚也只能應下來，轉頭就寫信去給周婷。

周婷不知道胤禛的意思，只以為他是心疼女兒，微微一笑就擱了下來，主事的總歸是烏蘇嬤嬤，大格格從來沒接觸過庶務，又知道什麼呢？

胤禛大概是覺得女兒可憐，又不想叫她嫁去蒙古了，所以就有意幫女兒作臉，如今還是些小事，往後可能會要自己領著她出門交際。

瑪瑙忖著周婷的臉色，見她不像是在生氣，但還是低聲勸她：「大格格如今只有靠著主子，再不會生出別的心思來了，就是爺，也斷斷不容。」

周婷輕笑一聲，指了指翡翠。「福敏跟福慧出生時，惠容送了針線，我想幫她做一雙虎頭鞋，妳裁了紙來。」顯見沒把這事放在心上。

瑪瑙吐出口氣，剛幫翡翠拿了軟緞子來，又聽見周婷說：「我上回託了爺，為妳同珍珠相一門好親，這回名單送了過來，妳想要個讀書人，還是想要能幹事兒的？」

瑪瑙一下子臊紅了臉，輕呼了一聲扔下軟緞子，捂著臉出去了，翡翠手一抖，那鞋樣就描歪了，她忍不住笑。「瑪瑙姊姊害羞了呢。」

「這有什麼好羞，等妳回去見了她，探探口風，我可是要風風光光嫁了她的。」瑪瑙與珍珠跟在周婷身邊時間最長，就算是為了過去的那拉氏，她也要厚待這兩個丫頭，周婷抿著嘴一笑。「妳也得想好了，是要讀書的，還要是能幹事兒的？」

翡翠偏一偏頭。「奴才不喜歡光會讀書的。」她轉了轉眼珠子。「我看瑪瑙姊姊平時那樣，卻是得挑個秀才姊夫呢！」

「秀才是不能了，雖是白身，卻也是有學問的，爺這單子上頭的人我全給妳們留著。」這是胤禛早就答應好的事，珍珠傷了臉以後，周婷託他找個合適的人，他竟然列了一串出來，等她回去以後，再叫小張子幫忙打探打探。

周婷這裡籌劃起珍珠與瑪瑙的婚事，想為她們挑一個合心意的丈夫，胤禛那裡則開始擇起那拉家裡的適齡男孩。星輝的副都統是武職第三階正二品，他年紀大了，兒子卻可以往上挪一挪，再等一段時候，胤禛就能幫他把這個副字給抹掉。五格是世襲的一等公又兼任佐領，這兩房的根基擺在那裡，大格格如今的身分還差了些。

二房的富昌就不一樣了，他在兄弟之中本就不顯，年紀老大也不過是個三等侍衛，還是靠著費揚古的軍功才有這飯碗，否則他頭上恐怕連這個三等侍衛也沒份。大格格若是要嫁，就只能嫁進這一房。

弘時如今不過是個肉團子，胤禛心裡還有其他考量。只要他一有嫡子，就會早早把嫡子的身分抬高，未來弘時自然不會再生異心。大阿哥身邊若不是有一個明珠捧著，斷斷不會起那樣的心思，如今李文輝早早就被削了官職，弘時就算同過去一樣當上七、八年的獨子，只要有了嫡出的兒子，他照樣能明白自己的身分。

這事情雖是為了妻子打算，但也要問過她才行，若是她肯，就該由她去打聽打聽富昌家的情況，目前看來，他似乎有兩個兒子還沒婚配。

蘇培盛小心地上前掀開玻璃燈罩，換上一枝整根的蠟燭，把那燒了大半的換下來，他眼睛掃到胤禛手裡捏著的是今天下午剛從草原上送來的信件，腦袋一低退了下去。

「蘇培盛。」胤禛叫住了他。「研墨。」

周婷的信上全是些家常，卻是有用的家常：大阿哥跟誰喝了酒、皇阿瑪又送了什麼東西過來，就連平郡王那裡也提了一、兩句。胤禛滿意地撫著信紙，他不在那邊，她也能撐起日常交際，該做的一樣都沒落下。

胤禛低頭看著信紙上一個個端正的小楷，她的性格就是這樣，面對他時姿態再軟，骨子裡的性格卻不會變，她的人跟她的字一樣方正。

一封信翻到最後一張才是問他家裡如何，從福敏一天喝了多少水到福慧有沒有把「阿」字後面的「瑪」給吐出來。

就是因為這些不間斷的信件和細微繁瑣的問題，胤禛才會在百忙之中每天都要問一問女兒的情況，愈是問就愈是上心，烏蘇嬤嬤每日都有趣事報上來，胤禛也每天都有事可寫。

他會心一笑，執起狼毫筆沾了墨，蘇培盛把裁好的信紙遞到胤禛手邊，他就抬筆寫下——「福敏抓周拿了把弓箭，福慧抓周拿了靶鏡……」一面寫一面笑，思念不斷加深。原先這些都是他疲勞一天回來之後，周婷邊揉他的額角邊告訴他的，現在輪到他來跟她說了。

默默在心裡再算了回日子，聖駕已經起程，天氣愈來愈熱，太醫們不敢再讓伯王用蔘了，如今只拿紅蔘吊著，切了片讓他時時在嘴裡嚼，連嚥都嚥不進去了。

按腳程算，現在應該已經到了溫泉那邊，胤禛還能清晰地記起那天裹著她上身的那件衣裳，拿金銀二色繡線繡出來的蓮花一瓣瓣盤在她身上，燈火一跳一跳地令人暈眩。胤禛放下筆等墨跡全乾，蘇培盛進來回話：「正院送了冰盞來，爺可要用一碗？」

七月天，夜裡還是一樣燥熱，胤禛點了點頭。那冰盞是周婷去年夏天弄出來的，加了牛乳分外香甜，胤禛含著碎冰渣子把心頭剛起的那點火給壓了下去，一碗用盡以後他才站起來，把剛才寫完的信封好，同要送給康熙的信歸在一處，抬腳走了出去。「回去。」

蘇培盛彎著腰跟在後頭，一路上後院都靜悄悄的，風吹過竹葉發出沙沙的聲響，正走到夾道拐彎處，那裡人影一晃，俏生生分明是個女人的影子，蘇培盛心頭大驚，趕緊上前兩步，狀似探路，實則擋住了胤禛的目光。

然而胤禛還是看見了，他皺著眉頭往那邊掃了一眼，朝蘇培盛使了個眼色，蘇培盛別無他法，只好快步過去低聲喝斥：「誰在那兒?!」

出來的果然是個女子，將近子時了還是一副剛剛才打扮過的模樣，腰肢擺得如同柳條，玻璃燈下纖毫畢現，一陣風吹過來帶了滿身香粉味，聽見蘇培盛喝問，那雙眼睛似含著水光，肩膀微微抖動，目帶期盼地看向胤禛。

「拖下去。」胤禛的臉色沈了下來，還沒等那女子答話，便甩袖離開。

竟做起這下流勾當來，簡直無恥！

胤禛的聲音像冰塊一樣砸了過去，蘇培盛定睛一瞧，才認出那是跟死了的鈕祜祿氏一同進府的劉氏。他向小鄭子使了個眼色，要他跟著胤禛，等他們都走遠了，他才開口：「格格請回吧。」

劉氏抽了一口氣，抬手摸了摸自己的臉，知道這次無望還惹了胤禛厭惡，只得咬牙往西院去，卻聽見蘇培盛在後頭又加了一句：「這事，奴才是要回給福晉的。」

劉氏腳下一滯，轉頭哀求。「爺可是誤會了什麼？我不過是夜裡太熱睡不著覺，出來走動走動，瞧見燈火時已想要避開了。」

蘇培盛眼皮抬都沒抬，不冷不熱地嗤了一聲。「格格從西院繞了這麼大一圈，想必如今總該睡得著了。」

說完他就讓手底下的小太監送劉氏回去，自己則一刻也不停地進了正院。胤禛還在生氣，蘇培盛跟烏蘇嬤嬤把事情交代完，就進去為他寬衣。

烏蘇嬤嬤暗暗咬牙，幸好福晉已經在路上了，不過一個月的工夫，這些牛鬼蛇神就一個個鑽了出來。她冷哼了一聲，既然她們以為福晉不在正院就是空城，那就讓有本事的進來闖一闖，於是轉頭吩咐珍珠：「明天妳去西院一趟。」

胤禛翻身躺在床上，心裡止不住起了一陣厭惡，帶著周婷香味的被子搭到身上，他才覺得自己鼻子裡的香粉味淡了些。

回去的路不似來時那樣悠閒，康熙心裡惦記著福全，提前出發返京，除了夜晚休息，其餘時間都在全速行進，周婷坐在馬車上頭不似原來安穩，連水都不敢多喝。好在胤禛時時有信來，烏蘇嬤嬤那邊雖不方便寫信給她，但每隔五日也要帶一封來，主要是說幾個孩子的事。

周婷原以為胤禛是一時心疼大格格，畢竟是他的親生女兒，對他來說如果福敏跟福慧是手心肉，那大格格就是手背肉，剜了哪一塊都是疼。

然而周婷卻萬萬沒想到胤禛會來信問這個問題，讓她捏著信紙好一陣猶豫。瑪瑙看出她心神不寧，輕悄悄為她倒了杯酸楊汁。「主子不喝，好歹也沾沾唇，天太熱了。」

周婷應了一聲，眉頭還是輕輕擰在一起，翡翠往那玻璃盞裡頭放了兩顆冰珠子，周婷這才拿起來抿一抿，伸出舌頭舔了舔嘴唇，暗忖：胤禛是怎麼想到要把大格格配給那拉家的？難道是他怕自己待她不好？沒道理呀，李氏在的時候她都沒做什麼，更何況現在李氏沒了。那是大格格自己去求的？還是胤禛自己起的意？

不管怎麼看，大格格嫁進那拉家都是一樁好歸宿，胤禛沒當皇帝之前她就是宗室女，就算是當了皇帝，公主也是要配蒙古的。胤禛如今已經是多羅郡王，大格格這個庶出女兒封了多羅縣君之後，也會像大阿哥的女兒那樣嫁一個蒙古台吉，只怕不能是科爾沁的，或許是博爾濟吉特。

周婷咬著嘴唇，臉色沈了下來，自己親生的兩個女兒是絕不會往那地方送的，大格格鐵定要去蒙古。一家就只有三個女兒，哪有別人全送出去了，他們家一個都不出的道理？胤禛原本也是這麼想的，怎麼突然就改了主意？

看這信裡的意思，是要將她配給那拉家的二房。富昌並不是那拉氏的同胞兄長，向來都不親厚，但畢竟是一家人，前年他的兒子才剛提到二等侍衛上來，如今他自己正閒散在家，小兒子也還沒領上差事呢！

「主子？」瑪瑙見周婷久久不動，一顆心提到了喉嚨。她跟翡翠兩人交換了一個眼神，內心直打鼓，不知是不是信裡夾了什麼壞消息來。

周婷吁出一口氣來，她就算心裡有再多個「為什麼」，現在人也還在路上，這些事情不如等回去之後再仔細詢問。

原先胤禛讓大格格跟在烏蘇嬤嬤後頭操辦福敏與福慧的周歲宴，她還只以為是胤禛心疼女兒，想讓大格格跟自己和兩個小女兒親近一些，如今看來，是不是他不滿意自己只像供著佛像一樣供著大格格，卻不教她理家？

宗室女都晚嫁，若是胤禛問起來，周婷也能用大格格年齡還小來搪塞……她心如電轉，最後還是撇開了這些細枝末節，繞回嫁娶的問題上。

胤禛以後是要當皇帝的，大格格的額駙怎麼也不該比溫憲公主的額駙差，溫憲公主的額駙可是出身佟家。儘管如此，這件事若是成了，對她的益處只有比對大格格的益處更大，娘家娶了公主，不是嫁給德妃那邊的烏雅氏，而是她的那拉氏，怎麼看都算是隆恩了。

可胤禛從來沒有像康熙寵愛溫憲公主似地寵愛過大格格呀！難道是李氏的死一下子勾起了胤禛的慈父之心？不嫁去蒙古，還是嫁進妻子的娘家，若說是要抬舉那拉家也罷，但胤禛並不像她知道他以後會當皇帝啊……

周婷在心裡估量了幾回，這事她不能隨隨便便地應下來，就算是那拉家得到好處的時機在後頭，她也要先把這一局給拿捏住。

第五十八章 各有盤算

聖駕回朝，阿哥們自然要先迎駕再奉著康熙回宮，胤禛是被他派回來盯著福全病情的，他怎麼都得等到御前問完話了才能回來。

周婷雖說不上風塵僕僕，也是一路上都在腰痠背疼，珍珠搭著她的手往正院裡去，一路上帶著笑、壓低聲音揀最重要的幾樁事跟周婷說了一回。

不管周婷再怎麼著急，到了家還是得先把家事理起來，連好一陣子不見的寶貝女兒都先擺在後頭。

草原之行也得了些東西，胤禛回京時輕車簡從，這些物品全由周婷帶回府，東西倒是早早都分配好了，只是今天得全送進宮裡去。太后、德妃自然少不了，幾個沒去的妯娌們也各有禮物，由瑪瑙一一貼上簽子，她做這些事情周婷向來放心。留了瑪瑙跟翡翠打理東西，周婷把珍珠帶進了暖閣裡。

小丫頭打了溫水來，珍珠絞好帕子遞到周婷手上，她來不及擦臉就先問：「把李側福晉跟大格格的事說一說。」

周婷臉上難掩倦色，每日在車裡坐上四、五個時辰，是人都受不了，她抖開毛巾蓋在臉上，任由熱氣舒開毛孔。

珍珠一頓，她不知道胤禛想把大格格嫁進那拉家的事，滿心以為周婷回來會先問爺的起居，再問兩個小格格的周歲宴，卻沒料到她先問了大格格。在珍珠心裡，大格格還真沒什麼事，李側福晉都已經死了，大格格還能做什麼呢？

雖然心裡覺得奇怪，珍珠卻還是把事情理了一遍報給周婷。「李側福晉發喪的事是德妃娘娘託顧嬤嬤辦的，顧嬤嬤為李側福晉在潭柘寺裡點了盞燈，其他全是按著例來，不曾踰越過。大格格原有些哀慟，戴嬤嬤勸了以後方好了些，如今時時來瞧瞧兩個小格格呢。」

珍珠見周婷扯下毛巾還皺著眉頭，內心有些不安，她走上前去接過毛巾，輕問一聲：「主子憂心什麼？」

周婷擺了擺手，她還不知道這件事是大格格籌劃的，還是胤禛臨時起意……不會，若是大格格有這樣的腦筋為自己安排好歸宿，就不會跟著李氏瞎胡鬧了，還是……李氏臨終前總算顧念了女兒一回？

「先換衣裳吧。」周婷換了身半新的家常衣裳，心裡一面想著大格格的事，一面指點珍珠。「先把素色衣裳拿出來，再開庫去拿些衣裳料子出來備著。」

裕親王福全不知道挨不挨得過這陣子，不管康熙有沒有吩咐，家裡上下都要做出樣子來。

「等小格格醒了把她們抱來。」去過草原才真實地知道那裡的生活狀況，她這回去還見到了和碩端敏公主，按輩分，周婷得叫她一聲姑姑。

和碩端敏公主深受太后喜愛，她的生母為太后一母同胞的親姊姊，而後又被帶入宮中成為順治的養女，因此她們血緣上是姨甥，禮法上是母女，她還嫁給孝莊太后的娘家孫輩，一直盛寵不衰。嫁進草原這麼多年了，她就是不適應那裡的生活，一直還保持著在紫禁城裡的習慣。

瑪瑙捧了茶進來，托盤輕輕擱在炕桌上，周婷回了神，微微一笑。「妳跟翡翠都乏了，下去歇著吧，這裡有珍珠侍候就行了。」

瑪瑙低聲應是，走的時候朝珍珠使了個眼色。珍珠知道周婷心神不寧的癥結在大格格，卻不清楚是為了什麼。

烏蘇嬤嬤先去福敏跟福慧的屋子，這時候才過來，周婷一見她就問：「這幾日裡，爺可有問過我娘家的事？」

「是曾問過，單問了二爺的事。」烏蘇嬤嬤跟著過來多年，早已不熟悉那拉家的事了。「爺問奴才二爺家裡有幾個少爺。」

這問的自然是嫡出了，大的德福已經領差成了婚，兒子都有了，小的德祿年紀卻是真的還小，差了大格格兩歲呢。

可若宗室女十八歲嫁，德祿到時也已經十六了，放在外頭正是結親的年紀。周婷咬了咬嘴唇，還沒等她琢磨透，烏蘇嬤嬤已經掩了口。「爺這是……」說著往大格格屋子的方向看了一眼。

周婷無奈地點了點頭，烏蘇嬤嬤眼裡差點冒出火來，之前那些事單拎出哪一樁都夠把大格格扔得遠遠的，眼不見為淨才好，爺怎麼會起了這樣的心思！

「李氏過去的時候，可曾跟大格格單獨說過話？」周婷問道。

「不曾，奴才緊緊瞧著呢，冰心跟玉壺兩個也不敢瞞著不報。」回話的是珍珠，她明白了事態的嚴重性，看了烏蘇嬤嬤一眼。怪不得爺會讓大格格日日過來跟妹妹們玩耍，又讓烏蘇嬤嬤教她操持家事。

既然不是李氏，那就只有胤禛了。不獨周婷，烏蘇嬤嬤也想到，她眼睛一紅流下淚來，咬著牙，聲音都哽咽了。「這可怎麼成！」

見她反應這麼大，周婷才知道，對烏蘇嬤嬤來說，這事根本無法接受。胤禛既然知道李氏做過那些事，為什麼還一定要把大格格嫁進那拉家？他真有這麼疼愛這個女兒？

「主子萬萬不能答應啊！」烏蘇嬤嬤抽出帕子拭淚。「奴才都忍不下，爺這是要剜主子的心啊！」

「這話先別傳出去，瞞得緊一些，不能教大格格聽到風聲。」若是被她打蛇隨棍上，坐實了這件事，那可就沒有轉圜的餘地了。到底該怎麼做她得好好想清楚，還要再看看胤禛對這事有幾分堅定。

「奴才明白，主子可千萬教爺打消了這心思。」烏蘇嬤嬤為周婷傷心不已。「再說，也沒有合適的呀。」

這是在幫周婷找藉口了，她點了點頭。「點個安神香吧，我乏得很，想歇一會兒。」說著她就把頭靠在枕頭上。

珍珠拉上簾子，拿了香出來點上，退到門邊，和烏蘇嬤嬤對視一眼，默然不語。

胤禛先跟眾兄弟一起接了聖駕，康熙還沒回宮就先去裕親王府，胤禛跟隨左右，從藥方、藥理說到早上福全吃了幾口粥。康熙一路細問，暗暗點頭，心道：把這事情交給胤禛是對的，他果然樁樁件件都辦得妥當。

一進裕親王府，保泰就紅著眼圈迎了上來，哽咽著叫了聲「皇上」就再也說不出話來，康熙拍了拍他的肩膀，跟著他一路往後院去。

屋子的角落裡擺著幾盆冰，幾個丫頭正拿著羅扇輕輕送風，福全既受不了熱也禁不得寒，身體一動就是一陣猛烈的咳嗽。康熙一進屋子直往榻邊去，福全的眼睛已經混濁了，努力掀開眼皮看向他。

康熙緊緊握住福全的手，半天張不開口，福全一直挨到現在才等到康熙，心底鬆了口氣，聲音反倒比平時響亮了些，他的目光在保泰的身上轉了一圈，接著又看向後面跟著的一眾阿哥。

康熙知其心意，揮了揮手。「你們出去，讓我同你們伯王說幾句話。」

胤禩一直跟保泰站在一處，福全自然先看見了他，他勉力撐著精神交代完了身後事，就說起這些阿哥來。他老實本分了一輩子，這是最後能夠跟弟弟暢所欲言的機會。「保泰就託給皇上了，他性子同我一樣，恐怕還要皇上護著他。」

康熙連連點頭。「你的子孫就是我的子孫，我定會好好護著他們。」說著忍不住哽咽，摸著福全枯瘦的手心中戚然。

「八阿哥是個好孩子，一向溫良……」福全還沒說完就猛地一陣咳，康熙扶著他拍他的背，好半天才緩過來，話頭卻止住了。「他與保泰倒一向交好。」

福全說了這幾句話，就已經沒了力氣，躺在床上喘了半天，又加上一句：「還有四阿哥，原先我倒不知道他竟是個面冷心熱的。」

他說完這些就再張不開口，只知道喘氣，康熙默默聽著，眼裡含著淚，有心想要餵他喝一碗藥，卻連一口都送不進去。

阿哥們在外頭等了許久，大阿哥、太子都面無表情，福全沒有選邊站，在他們看來就是個不相干的人了，而這個不相干的人又對康熙有這麼大的影響力，現在沒了倒好。

康熙扶著另一個大太監梁九功的手出來，抬眼一看，保泰自是悲痛萬分，而太子跟大阿哥這兩個他最看重的兒子，卻偏偏不見傷痛。他內心失落，步伐也萬分沈重，拉著保泰吩咐兩句，得到「四阿哥都已經安排好了」這樣的回答，他衝著胤禛點了點頭，搭著梁九功的手慢慢走出去。

胤禛此時無事要回，按排序站在三阿哥身後，皇阿瑪看上去比上一世那次還要悲傷，許是年紀比之前那次更大，伯王的死給他的感觸更深。胤禛深知保泰的性格，就算福全來不及說，保泰也會上摺子把他操持的事項一樁樁說清楚的，這一局怎麼樣都不是老八獨勝。

除了這點，胤禛還找到裕親王多拖了三年的原因。太醫院那些太醫他並不完全記得，為伯王看病，幾乎動用了所有德高望重的太醫，裡頭就有一個以平民身分考進太醫院外教習的唐仲斌。

胤禛是繞了好幾道彎才把他找出來，唐仲斌在太醫院做了三、四年的頂補，好不容易有機會升上來當了學生，跟著太醫學經典，常有驚人之論，就是他提出用罌粟止伯王的痛。

太醫們但求無過，哪裡敢下這樣的決定，更何況他還是外教習廳的學生，就算是太醫，也得三、五人一起研究藥方再定下結論，一個人並不敢作如此重大的決定。

太醫院打壓了唐仲斌幾回，他竟沒消沈下去，還想盡辦法直接找到保泰，也不知用了什麼方法說服他一試，試了之後的結果是福全全身的疼痛果然緩解許多。這樣又過了兩年工夫，他連跳三級，從教習學生升到了醫上。

再有能耐，太醫院還是規定的升遷制度一步一挪，他也沈下心來，專門研究起罌粟，這可是康熙明令禁止的。然而若不如此，胤禛還真不會注意到這個小小的醫上，為伯王看病的怎麼都得是院判太醫，這些人小心謹慎慣了，哪敢做這麼大的改動？

胤禛藉著詢問病情把唐仲斌叫過來一次，話倒是說得滴水不漏，人也圓滑得很，恭敬裡還帶著討好，胤禛並沒看出什麼異常來。這一世的事是與上世有些微不同，既然這人有些用處，就留他在太醫院裡慢慢往上爬。

出了裕親王府，把康熙送進宮裡，胤禛這才往家裡去。周婷早已梳洗過了，換了一身清爽衣裳領著幾個孩子在屋子裡玩，胤禛還沒進屋，就聽見福敏跟福慧的笑聲，一掀簾子，果然幾個孩子都在；弘昀看著還是瘦弱，弘時跟福敏爭東西時，他只敢在一邊看著，倒是福雅一直把他摟在懷裡。

周婷不在這段時間，福敏、福慧跟胤禛愈發親近，一見他進來就鬧著要他抱，福慧巴著胤禛的脖子不肯放，口水全蹭在他前襟上了。

胤禛也不惱，逗弄她兩回才抱著她坐到周婷身邊。「路上累不累？」

「去的時候倒好，回來時每日趕路，倒真有些累了。」周婷應道。

福敏一往胤禛那邊去，手上的玩意兒就鬆開了，弘時摔在軟綿綿的坐褥上頭，雖然不疼，也扯著嗓子撒起嬌來，周婷忙把他抱過來哄，福敏跟福慧兩個掛在胤禛身上，理都不理弘時。

「真是，見我回來都沒那麼親。」周婷摟住弘時，低頭香一口他的臉蛋，弘時就笑了起來。

胤禛抱著兩個女兒，見弘昀坐在大格格膝蓋上，靠著她正在說悄悄話，心裡不由一軟，朝弘昀點頭。「身子可好些了？」

弘昀只知道點頭，卻說不出話來，胤禛心中嘆息，大格格卻替他答道：「跟著弘時和兩個妹妹活動了兩回，倒比過去能多喝半碗粥了。」

話雖如此，弘昀身子依舊很弱，別的孩子穿上薄紗夏衫了，只有他禁不得涼，坐得離冰盆遠遠的不說，還得往身上再罩一件。

周婷衝著大格格還有弘昀微笑，弘昀一來身子不好，二來搬過來時已經曉事，對周婷一直都不親近，周婷也不強求，三個庶出的只要有一個向著她，旁人就沒法說嘴。「弘昀的身子還是要溫養，芝麻、核桃、杏仁這些都換著吃，今天弘昀吃了什麼呀？」

周婷問話，弘昀倒是不怕，他捏著大格格給他的木頭船，軟軟地說：「今天吃了核桃露。」

一句話把胤禛的關注又拉了回來。「我瞧他臉色也好多了。」

「是呢，過去不敢叫他多動，怕過了暑氣寒氣，如今倒是能在院子裡走一圈了。」周婷看著弘昀纖弱的肩膀，這哪裡像是六歲的孩子？

她想著就說：「也該開蒙了，偏他著了涼，如今爺瞧瞧尋個先生來，日日送到他前院讀書才是正經。」

身子再弱也要讀書了，六歲多的孩子再不開蒙不合規矩。

大格格心頭一緊，滿懷期待地望著胤禛，胤禛微微一頓，他竟把這個給忘了。「是該讀書了，妳說怎麼安排？」

「我想著，不如等過了夏天，秋日裡天氣舒爽，一開始上半天課，等弘昀習慣了再加。」周婷看了看大格格。「正好，我這裡三個小的，就把弘昀交給福雅，讓她先為弘昀講一講書。」

胤禛對這樣的安排非常滿意，既然事情已經定下來，他就去逗那兩個小的，兩個女兒雖然不會說話，說什麼卻都能聽得懂，胤禛問她們：「誰是姊姊呀？」福敏便伸出一根嫩嫩粉粉的指頭指向自己，讓胤禛樂此不疲。

周婷見他們玩成一堆，就走到大格格那邊去，吩咐瑪瑙拿出小孩子用的文房四寶，下頭人早就由周婷授意做了書包，如今全翻了出來。弘昀是識字的，只是識得不多，他身體太弱，一換季就要病一場，哪能好好學字？周婷把東西全交給了大格格。「到秋天還有一小段時間，叫弘昀日日去妳房裡學幾個字，也好有些底子。」

大格格感激不已，摟著弘昀要他說謝謝額娘。周婷微微一笑，給大格格事做，讓她不得閒，她也就無暇去想別的了。

小別勝新婚，兩人自有一番濃情密意。周婷從珍珠那邊知道了劉氏的事，內心直發笑，胤禛這樣的男人，用這樣的手段是斷斷不行的，她有些滿意自己不在的時候，這根黃瓜始終乾淨。

「我叫下頭人先把豔色的窗紗換了下來，素衣裳也叫人趕著做出來，伯王這一回是不是不大好？」周婷還說著正經事呢，胤禛一面嘴裡應著，一面就湊過來摸她的臉。

瑪瑙正端著托盤想進來送玫瑰鹵子調的蜜水，見兩人靠得這麼近，趕緊退了回去。周婷嗔他一眼，站起來往床那邊走去。

胤禛咳了一聲清清喉嚨。「如此也好，皇阿瑪必要我們兄弟幾個一起穿孝，我既守著，家裡也不能太熱鬧。」話說得一本正經，手卻已經摸了上去。

周婷被他擠到床邊，滿臉緋紅啐了一口，壓低了聲音。「這還早呢。」說著指了指外頭的天。

天邊泛著的那一片胭脂色，讓胤禛起了心思，張口就問：「今天穿了什麼色的？」

周婷忍不住拿手指刮他的臉皮，胤禛卻不在乎。他忍了這麼些日子，此時肉就在面前，哪裡還能忍得住？

夏天的衣衫薄，沒兩下他就先解開周婷襟前的琵琶扣，一隻手伸進去摸起她的脖子來，周婷知道他忍得久了，她心裡也有些想念他，於是抬起胳膊摟住他，兩人斜靠在枕頭上，身子貼在一起。

一開始還只是親親摸摸，可來不及說些別的，舌頭跟舌頭就纏個不休。胤禛吸得出聲，周婷則早已經閉上眼睛，頭枕在胤禛一條胳膊上，微微張開的嘴裡吐出熱氣。

很快的，額頭、鼻尖就沁出細密的汗珠，周婷咬著帕子不讓自己出聲，身上的衣服被胤禛解開掀上去，兩人愈滾愈裡面，胤禛一用力就把她身上裹的肚兜帶子扯開來，把那軟綢做的雪青色小衣揉在手裡往鼻尖湊去。

滿滿是她身上的玫瑰香味，胤禛深吸一口，感覺熱流從鼻尖一直湧到下身，他往窗外頭瞧了一眼，啞著聲音湊到周婷耳邊。「如今可是一個色的了。」

天邊的胭脂色餘暉漸漸暈成淡紫色，胤禛口中的熱氣噴在周婷耳裡，讓她微微顫了一下，縮著脖子想要躲開。

胤禛一口含住那粉白的耳垂，周婷輕哼一聲側過臉任他舔弄，又細又白的兩條長腿絞在胤禛腰上，柔軟的小腹死死地壓著胤禛那滾燙的堅硬。她輕輕喘氣，一股燥熱從心底湧上來，身上一空，雙峰晃動著被胤禛抓住了，一隻手捏住一個弄起來。

「還沒擺膳呢。」一句話說得斷斷續續，周婷脹紅了臉吐出這幾個字來，胤禛正用舌尖來回撥弄，哪有空回她的話。

瑪瑙眼看著玫瑰蜜裡的冰塊化成了冰珠，裡頭卻還沒有動靜，只能紅著臉站在外頭。簾子早早拉了下來，輕薄的青色紗簾層層掩住了裡頭的人影，瑪瑙把托盤放在桌上，繼續等待。

烏蘇嬤嬤哄福敏跟福慧吃了飯，剛進來就察覺出了不對，嘴角的笑蓋也蓋不住。「爺還在裡頭？」

瑪瑙咬著嘴唇點點頭，她是未嫁的姑娘，心中再為周婷高興也不能露出來，只紅著臉問：「等會兒可就要擺膳了。」

烏蘇嬤嬤拉了瑪瑙往外走兩步，珍珠剛從大格格那邊過來，往裡頭一探腦袋就又縮回來，她忍著笑意吩咐小丫頭說：「妳去廚房告訴碧玉，這會兒爺同福晉正說話，晚些再擺膳。」

夏末的夜晚風涼，廊下散了暑氣，點著玻璃燈籠倒也亮堂，瑪瑙為兩個小格格做起了鞋子，小孩子正是長身體的時候，幾乎一日一個樣，最費鞋子。巡塞時周婷做了兩雙，回來一看全小了，瑪瑙只好重做。

珍珠畫好了鞋樣子，瑪瑙拿著剪子借著燈火剪下來，丫頭們見她們倆坐在欄杆上，全都立得遠遠的，有的拿著扇子搧風，有的湊在一處說悄悄話。珍珠拿出簿子指了指。「繡個蓮花跟蓮藕吧。」

瑪瑙搖了搖頭。「主子說小孩費鞋子，不繡花樣，只讓咱們拿綿布綢緞做得柔和些，不硌腳就成了。」

「那怎麼行，到底是小格格呢，就是進宮也要有兩雙好看的，妳做鞋子好，就做得精細些，我來繡花吧。」珍珠翻著簿子找到纏枝花樣的。「這上頭能綴小珠子，小格格肯定喜歡。」

兩人在廊下選花樣，屋子裡靜得一點聲音都沒有，等珍珠找了兩個合心意的，天已經完全暗了下來。

剛派去廚房的小丫頭帶著一身油煙味回來了。「碧玉姊姊問什麼時候擺膳。」

瑪瑙與珍珠往裡面看了一眼，同時搖了搖頭。幸好是夏天，拌菜比熱菜多，不然等裡頭吩咐擺膳了，廚房才真是忙亂呢。

周婷的頭髮都汗濕了，她嘴裡咬著胤禛的辮子，身體一起一伏地喘著氣，胤禛腦門上全是汗，汗珠順著鼻尖滑下來打在周婷身上。

他正動到緊要處，周婷嘴裡唔唔出聲，身體裡的歡愉一層層泛上來，細白嫩滑的皮膚此刻泛紅發燙，兩人像失了水的游魚一樣張大了嘴，喉嚨裡發出意味不明的聲音來。

剛才溫存了一回，周婷本已覺得夠了，正面朝下趴在緞被上頭喘息，胤禛那隻手就又搭了上來，摸在她背上往下探，摸到半圓的弧度，他還捏了一把。「坐了這半個月，像是比原來大了些。」說著兩隻手揉了一會兒，一根手指頭就往下面作怪。

那裡剛經過寵愛，濕潤溫暖，胤禛存了兩個月的慾望哪那麼容易就全發洩出來，他把腰一挺，腿架到周婷身上，周婷從鼻子裡哼出聲來，聲音又嬌又懶。「腰還痠著吶。」

接下來兩人就跟打了場架似的，周婷明明腰痠到不行，偏偏兩腿愈纏愈緊，不肯把他放開來。胤禛愈動愈得趣，直到周婷求饒了，他才快動幾下，猶自不足。「先把妳餵飽了，夜裡咱們再來。」

傳膳的聲音一傳出來，瑪瑙就放下了針線，烏蘇嬤嬤攔住她們，隔著簾子問：「爺有什麼吩咐？」

周婷的手指頭都不能動了，趴在胤禛身上，臉頰緋紅一片，手腳貼在沒被汗浸過的綢緞上頭，冰冰涼涼的，相當舒服。一聽見烏蘇嬤嬤的聲音，她連眼皮都掀不起來。

這副模樣叫她穿衣梳頭是不可能了，胤禛捏著她胸前的紅蕊說：「拿了膳桌進來，擺在臨窗的炕上。」

這些事小丫頭自然不能做，全由烏蘇嬤嬤端進去，桌上還放著剛才調的玫瑰蜜水。等飯菜都擺上了，烏蘇嬤嬤才退出去，瑪瑙跟珍珠就站在簾子外頭，簾子一掀起來，裡頭的暖濕香味就透了出來，教人臉紅。

烏蘇嬤嬤在心裡悄聲唸佛。「保佑主子懷上個小阿哥。」

周婷拿毛巾胡亂擦了擦身上的汗，剛想拿衣裳套上，就被胤禛止住了。「妳就穿這件紫綢子的。」

他手指挑著她身上剝下來的那件肚兜，周婷不理他，他就扭著她的手腳不讓她下床，最後周婷如了他的願，在身上搭了件衣裳，不扣扣子坐在膳桌前。

身子飽了，肚子就不太餓，周婷拿銀筷子挑了幾根拌菊花菜，咀嚼好幾回才嚥下去，胤禛卻吃得多，還喝了一碗苦瓜湯，把周婷吃不下去的半碗飯全掃到自己碗裡就著胭脂鵝肉全吃了。

「當心積了食。」周婷的臉粉白紅潤，就跟喝了仙湯一樣容光煥發。她斜著身子靠在迎枕上，衣裳滑下來露出圓潤的肩頭，引得胤禛飯還沒吃完，就坐過去把她摟住。

肉吃完就該談正事了，胤禛少有這樣放鬆的時候，敞著衣襟、扣子都不扣地坐在周婷身邊，他眼裡帶著笑意。「我信裡提的那樁事，妳覺得如何？」

周婷微微一頓，笑了起來。「爺可真是的。」說著靠在他身上，讓他瞧不見自己的臉。「既然是為了她好，該尋個更好的才是，我娘家二哥可是庶出呢。」

她抬起頭來掃過胤禛的臉，見他擰起了眉頭，趕緊繼續往下說：「嫁到我娘家去，我哥哥嫂嫂自然會待她好，可爺如今已是郡王，福雅雖是庶出，出嫁時也是有封號的，德祿比她小了兩歲不說，領差事也要再等些時候呢。」

胤禛原先還想反駁，往後那拉家就是皇后娘家，更是嫡子的外家，到那時只有尊貴，大格格哪裡還會委屈？可這些全是之後的事，現在就訂下來，門第委實低了些。至於大房跟四房，他則是想好了要留給福敏跟福慧其中一個，若有合適的就嫁進去，若沒合適的，還有富察家。

富察家有十二阿哥的嫡福晉，她的堂妹原本是弘曆的嫡妻，如今沒了弘曆，倒是可以把原本不存在的女兒嫁過去。

趁他默然，周婷再接再厲：「這回見著大哥家的女兒，一樣的封號，她可是嫁了台吉。德祿怎麼也不好先越過哥哥，如此一來就只能領個三等侍衛，這般豈不是委屈了福雅？」正經的多羅縣君，嫁給一個三等侍衛，實在說不過去。

周婷想了半天只能拿這個當切入點，如果胤禛真是為了大格格考慮，怎麼也得先想到這個，她的手在胤禛胸口來回撫動，愈摸愈往下。「原來爺是貝勒，現在可是郡王，福雅的婚事只能往高處找，爺不若再相看相看？」

不光是大阿哥，以後三阿哥家、太子家的女兒都要嫁給台吉，四阿哥的女兒只嫁一個三等侍衛，說出去也不好聽。胤禛心裡轉著念頭，只覺得時間太短，由不得他慢慢來，若是現在他有這個能力把那拉家整個提起來，哪裡還有什麼配不配的話？女兒嫁過去是結親，若讓她覺得受了委屈、心底不平，就不是結親而是結仇了，到時外頭的傳言也不會好聽，為難的還是妻子。

胤禛在心裡感嘆，低頭見周婷還是一臉笑意，又覺得愧對了她，還要她來為自己想得這麼周到。「妳放心，以後福敏跟福慧兩個，定有一個嫁到妳娘家去。」

周婷的笑容一下子僵住了。

第五十九章　再度有喜

胤禛見周婷怔忡的模樣，抬起手輕拍她的背，語氣愈發溫和。「我如今已是郡王，能說得上話的地方更多，妳娘家兄弟怎麼說也兼任佐領副都統，趁福敏跟福慧還小，先把他們提上來，到時有合適的對象，也不算委屈了她們倆。」

一個就已經教周婷頭大了，怎麼還能嫁兩個！周婷的默默不語讓胤禛以為她是感動，攬著她肩頭的手緊了緊。「往後這些事妳都不必擔心，我自有打算。」

說得好聽，他的打算就是想把大格格嫁進那拉家！周婷深深吸了口氣，臉上還維持著剛才的笑容，眼裡含著光，仰起臉來看向胤禛，聲音打顫。「嫁一個已經難得了，咱們家總不能一個女兒都不往草原送吧？」

周婷咬了咬嘴唇，長眉微蹙。「爺先回來了，沒見著端敏姑姑，她那樣尊貴的身分也嫁去了草原，大哥家裡後頭那三個也是預備好往蒙古發嫁，咱們家真能一個都不出？」

胤禛馬上想到兩個粉團子般的女兒，這麼軟、這麼嫩，皮膚拿手一碰都似能掐出水來，他拿握筆的手抓女兒的小手腕，她們都要哼個半天，這樣嬌氣，怎麼能往那地方去？可妻子說得也有道理，福敏跟福慧還這麼小，等她們長大能議婚時，大阿哥幾個女兒恐怕科爾沁、博爾濟吉特都嫁一遍了。

如今只嫁一個，就讓太子拉長了一張臉，見著大阿哥把女婿叫來喝酒，就在帳篷裡頭摔筆發脾氣。這些蒙古王爺奸滑異常，除非他先拿出誠意來，不然就只能隔岸觀火，然而，往後這些年裡，總不能連一個支持他的草原勢力都沒有。

原本他就只有大格格一個活到成年的女兒，怎麼也捨不得把她外嫁，橫挑豎挑為她找了戶人家，大格格還是沒能過完二十二歲的生日就去了，若是嫁去蒙古，只怕去得更快。雖說隔了許多年，他對大格格的感情早已經淡了，可畢竟是他的骨肉，原來也曾一心為她打算過，此時把她拋出去，實在於心不忍。

只是自己眼瞧著一點點長大的兩隻肉團子更讓他捨不得，蒙古的態度一向晦暗不明，他們就只會忠於坐上大位的那個人，到時把女兒嫁過去，難道要讓他的寶貝們跟那些台吉周旋？

胤禛皺起眉頭。「也罷，我也不須用女兒來換這些。」

前世他沒有蒙古勢力的支持照樣登上了大位，這一世他已經占得先機，不如想想怎麼幫女兒挑個合心意的夫婿。「妳娘家一個，富察家一個。」

周婷打了那麼久的主意，被胤禛一句話給定了下來，她先是一喜，接著又是一僵，臉上的笑都快掛不住了。「還早的事，爺怎麼如今就盤算起來了？總還有個十年呢，到時京裡誰家子弟出色也不一定，不如先把福雅的先定下來。」

等到那個時候，她總有辦法把這門婚事給推了，胤禛的好意不能不受，他也的確有為她打算的心意，既然如此，嫁出去不如娶進來。

弘時在她身邊長大，李氏身邊的舊人都已經清了個乾淨，大格格再不敢對弟弟胡說什麼。福雅這個孩子似親生又沒血緣，若要抬舉娘家，自然是娶一個那拉家的女孩更好些。周婷一面在心裡盤算，一面暗下決心，如果胤禛非堅持給她這個體面，那麼那拉家就只能包辦一次婚姻了。

這是不得已的辦法，在胤禛提出結親這件事之前，周婷壓根兒沒往那方面想，明白胤禛的意圖後，她的腦子才往那邊轉過去。她原本就打算好了，如果她真的倒楣到一直不生兒子，那弘時就必須得扶起來，若要鞏固關係，哪還有比給他一個同樣出身自那拉家的妻子更好的辦法呢？

李氏是漢人，弘時頂天也就封個王，可是只要他在，不管後來是不是還有滿族大姓女子能為胤禛生下兒子，弘時就是她的保障了。福敏跟福慧若能由著她們自己找喜歡的對象自然好，要是實在不行，也要擇根基穩固的人家聯姻。

周婷想到這個，就靠在胤禛身上發起愁來。按說生了兩個女兒也有一年了，她除了開頭的幾個月刻意避過孕，後面就沒有了，可偏偏到現在還沒消息。明明月事很準，胤禛也沒少努力過，怎麼還沒有呢？

胤禛把京裡幾大家族在腦子裡掃過了一遍。「既然定了打算，妳也在母妃那裡透些意思出來，看看母妃那邊可有能結親的。」

周婷在心裡嘆息，剛剛還擔心兩個女兒嫁了近親，現在又要擔心德妃那邊的人選，無奈這事皇家出得多了，根本引不起重視來，她只好先應下。「正好明天要去給母妃請安。」說著拿眼溜他。「可不許再弄了，我腰都要抬不起來了。」

一句話就又把胤禛的火給勾了起來，剛想把她壓下去，周婷已經滑下炕往床裡一鑽，胤禛跟在後頭剛抬腳上床，就聽見周婷向外揚聲：「進來撤了膳桌吧。」

胤禛聽了，趕緊把簾子攏緊了，她那一條白嫩嫩的腿正夾在錦被上頭，臉上帶著笑意，拿手指刮自己的臉頰，惹得胤禛捉住她的手指啃了一口。

外頭烏蘇嬤嬤帶著小丫頭進來了，她沒料到他們兩人還躺在床上，面皮一紅。後面跟著的兩個丫頭才十一、二歲，還不十分解事，眼睛也不敢往床那邊打量，只在心裡暗猜，難不成爺同福晉兩個是在床上吃的不成？

烏蘇嬤嬤手腳飛快地撤下碗盤，一大一小兩碗燜的胭脂米飯吃得乾乾淨淨，連菜也去了大半，可見兩人都餓了。烏蘇嬤嬤按下嘴邊的笑意，飛快掃了那簾子一眼，簾子正在微微顫動，上頭繡的凌霄花搖曳，如同吹了夏夜晚風。她低下頭退出去，眼睛瞇了起來，這一回主子肯定能再生個小阿哥了。

第二天周婷在寧壽宮外頭遇見了王貴人，兩人彼此點個頭笑一笑，等到了德妃宮裡，那邊就送來了禮物。德妃知道這是康熙特地賞賜給胤禛夫婦的，很滿意周婷的作為，拉著她的手朝她點頭。「這一回胤祥媳婦可是懷上了，妳那兒可有消息？」

周婷臉一紅。「還沒呢。」

德妃有些失望，不過一個轉瞬又笑了起來。「這樣也好，走回來那些路上，惠容吐了個天昏地暗，偏遇上開府這樣的大事，妳正好能過去幫個忙。」

兩人一坐上炕，周婷就瞧見桌上擺著些小衣裳，德妃說：「妳弟妹要也就在這幾天了，妳瞧瞧，這些做得可好？」

怡寧其實早就該生了，卻遲遲沒有動靜，雖然怡寧跟胤禎、德妃都急得很，太醫卻說還不要緊，他們也就耐住性子繼續等。

這是胤禎第一個嫡出的孩子，德妃自然看重，周婷也笑著湊趣。「我那邊也備下了呢，只不知這一胎是男是女，上回十四弟還嚷著要抱福敏跟福慧，偏偏這兩個都怕他，不肯讓他抱。」

德妃一聽就樂了。「他那個猴子樣，再不敢讓他抱，小子便罷了，姑娘且小心著，萬一磕破了一點兒……」

「要是磕破了，讓她們十四叔出嫁妝。」周婷扯著帕子就笑。

德妃也開懷起來。「怎的去了草原一趟妳這嘴反而利起來了？」

昨天夜裡胤禛怎麼也不肯放周婷睡，非拉著她又來一回，她這一說一笑，腰後頭那根骨頭裡就泛起痠意來，忍不住抬手撫了一下，就這一下被德妃看出了端倪，她抿嘴笑著拿起一件男式的小衣裳。「這個我可是先給妳備好了，妳什麼時候來拿？」

周婷說不出話來，只往德妃懷裡鑽，親近得好似一對母女。「總歸讓母妃抱孫子就是了。」

德妃拍拍她的手。「若能坐下胎來，我就安心了。」她這裡也換上了素淨的擺設，連屏風都換成綠竹圖樣的。

「明天我要玻璃鋪子單為母妃燒一個芍藥的，只取意態不取顏色。」周婷知道德妃是為了裕親王的病才改了擺設。

德妃伸出手指點點她的額頭。「就妳這孩子貼我的心呢。」

從德妃那裡出來，周婷又去看了兩個孕婦，怡寧肚子老大，一動就出汗，周婷勸她再熱也要走兩圈。「我才知道肚子裡有兩個，太醫就要我多走動，說是腿腳有力生起來容易。」

怡寧一張臉瘦得只剩巴掌大，捂著肚子皺眉頭。「四嫂瞧瞧我這胎是男孩還是女孩呀，我心裡沒個準兒，七上八下的呢。」

舒舒覺羅氏可是生了個兒子，這幾天惠容也常來看她，她院子裡只有一個女兒，胤祥又哄著她說生個像她一般的女兒好好寶貝，因此惠容雖然著急，卻比怡寧好一些，瞧她臉色發白的模樣，也捧住了自己的肚子。

周婷噗哧一聲笑了出來。「誰說是個女孩，十四弟就不喜歡了？妳瞧瞧我們爺寶貝那兩個丫頭的樣子就知道了，她們如今瞧見他可比瞧見我親多了。」

周婷安撫著怡寧，其實自己也很緊張，什麼時候她才能懷上，懷上了又到底是男是女？先前已經有了福敏跟福慧，後頭再生女兒只怕胤禛就要忍不住了，明明已經這麼久了，怎麼還會沒動靜呢？

雖然心中納悶，周婷嘴上還要關心十三跟十四出去開府的事。「妳們懷著身子，這事我能幫就幫，總歸母妃吩咐了我，我也要盡心的。」又叮囑兩個孕婦。「這日子正好碰上伯王生病，東西也該提前備下了，妳們如今不比過去，切不可太過忙亂反傷了身子。」

嘴裡叮嚀她們，周婷的眼睛卻盯著這兩人的肚子。難道是因為次數多了，反而不容易懷上？

心中存了事，周婷後來就有些茶不思飯不想，碧玉變著法子為她做吃的，她卻還是懨懨的，幾天下來人都清瘦了。

烏蘇嬤嬤問過瑪瑙，就知道周婷是為了什麼，也不好開口安慰她，只催廚房燉了補品過來，顧嬤嬤的拿手絕活烏骨雞湯又被端上了桌。

周婷一口都喝不下，那湯一端上來，還沒掀開蓋子呢，她就起膩，捂著胸口一陣陣難受，烏蘇嬤嬤還當她是病了。「主子不能由著性子來，總該喝上兩口，也好補補身子。」

誰知一口還沒嚥下去，湯就全吐了出來，周婷吐到腦袋一抽一抽地疼，福敏跟福慧沒見過母親這樣，就連弘時都嚇傻了，請了太醫來，偏偏又沒診出個所以然來，模稜兩可地說些似是而非的話。

夜裡胤禛回來，就聽見小太監報告說周婷不舒服，他書房都沒去就先回了正院，一見周婷靠在枕頭上，快步過去拉著手問她：「身體哪兒不舒服了？」

太醫不敢下定論，周婷自己卻有點感覺了，她微微一笑不開口說話，低頭玩弄起衣裳帶子。

胤禛大喜。「可是有了？」

太醫不說是，誰也沒往那上頭去想，珍珠還算著日子把月經帶拿了出來，重新洗燙好了準備著，周婷不想張揚，卻願意跟孩子的爸爸說一說：「日子還淺呢，太醫也沒說是，只是我覺得身子不同了。」

那是種奇妙的感覺，那噁心一泛上來，她就知道自己肯定是懷上了，心頭一鬆，晚上倒吃了半碗粥。

「當真？」胤禛咧開嘴，喜不自勝。

周婷笑著把他的手拉過來放到肚子上。「這回這個恐怕不大老實呢。」

這回這個果然不太老實，脈息尚淺，太醫還拿不準呢，周婷的反應已經顯出來了。葷菜別說吃，就是聞見了都噁心，廚房裡想著法子送吃食上來，就只有湯還能略喝幾口，還得是燉到不見油花的。

太醫沒說懷上了，周婷也不能出去宣揚，精神不濟還要幫忙十三跟十四開府的事。怡寧細心些，見她一臉倦容吃得不多的模樣，就猜測道：「四嫂是不是有了？」

前兩日怡寧生了，是個胖小子，目前正在坐月子。胤禎跟德妃樂歪了，她自己更高興，總算讓她生下了嫡子，看舒舒覺羅氏還怎麼作怪！

周婷摸著肚子笑。「還不一定呢，再幾天就能知道了。」真等信期不來，才算有了九成把握。

惠容自懷了孕，做什麼都慢騰騰起來，她遲了半拍才說：「那怎麼還好叫四嫂幫忙，頭三個月最要緊呢。」

「我若不在，這裡頭的彎彎繞繞，妳就能明白了？」周婷伸出手指點了點惠容的額頭。「妳當那些側室是吃素的？」說著展開圖紙。「叫妳把這院子拿下，可完成了？」

這些側室來得早，有了一爭之力，出去開府若是不先把手攏緊，留下空子有誰不鑽？周婷指的那處離胤祥書房最近，花木扶疏、小徑通雅，兩邊的門一圍起來就把書房和正院連在一處，叫人守好了門，等於單門獨戶。

惠容臉上一紅。「看四嫂說的，我們爺已經許了我了。」說著又得意一笑。「她再不痛快也沒轍兒，挑院子的事橫豎輪不著她頭一個！」

這些話就算周婷不說，惠容也想得到。瓜爾佳氏可不是吃素的，偏偏她表面上還要裝規矩，身邊的丫頭話裡卻好幾次都跟胤祥透出來她想要個單獨的小院子，惠容正懷著身子，這時候不拿捏住，什麼時候拿捏？

裝大方誰不會，她好脾氣地叫了瓜爾佳氏過來，話裡話外都是她生了小格格有功，一個院子不值什麼，又大張旗鼓地挑出好些擺設，一股腦兒全給她，連著折騰兩回，惠容就「累病了」。

太醫見她虛著一張臉，又看身邊的丫頭急得不得了的模樣，還以為是頭胎緊張的緣故，當面寬慰完了，還要對胤祥說些「不得讓十三福晉勞累憂心」的話，胤祥一問原由，當場翻臉。瓜爾佳氏苦心經營的和順形象一下子塌了半邊。

怡寧抿著嘴笑了笑，她離得近，多少聽到一些。惠容從來不可惜東西，這些大家出身的姑娘最明白不能在分例上苛刻妾室的道理，惠容給東西、挑院子大家都瞧見了，她又是孕婦，累了自然會不舒坦，根本沒人會去細究原因，如此一來她面子、裡子全占了。瓜爾佳氏吃了這一記啞巴虧，已經安分了小半個月了。

怡寧院子裡的舒舒覺羅氏，因為之前沒及時請安行禮被教訓了一頓，怡寧這回一懷上就挑了丫頭補給胤禛，胤禛又正在氣頭上，任憑舒舒覺羅氏再拿什麼溫柔小意出來賠罪，他硬是不理，冷落了她好幾個月。

怡寧笑著抬抬手，丫頭趕緊為她續茶。她給出去的丫頭是家裡旗下的包衣，生死還不是她一句話，這些日子她過得前所未有的舒心，捏了顆蜜棗就說：「我聽說四嫂府裡也要動土木，這回可就得延期了吧。」

從貝勒升成郡王，府邸規格自然不同，不光是前門得改，還得按制建東西翼樓，瓦片、漆色全都得換，這可是一項大工程。

胤禛早早就把圖紙給擬定，打破了原本四四方方的院落格局，連花園都擴大了一半。靠近正院邊的那個院子他準備好等兩個女兒長大了給她們住，想先建個小花樓，再挖個池子出來種上蓮花。

因為周婷有孕，他有意停下工程，周婷卻攔住了他。「這樣子我也喜歡得很呢，弘昀眼看就要開蒙了，就是弘時，過幾年也得跟哥哥住在一處，總得有處院落才成。聽說南邊的園子建得好，爺叫內務府的人拿些圖紙來挑一挑，女兒家住的地方總該有些花果，弘時跟弘昀的院子就單種竹子，再引了泉水來，擺幾張石桌與石凳，讓他們有個讀書的地方。」

這樣好的機會周婷再不能放過，貝勒府的規格已不算小，再擴成郡王府，空出來的院子就更多，現在不找藉口把它們填滿，難道要等胤禛自己覺得空曠不成？幾個孩子的院子設得近，妾室的院落就必須遠，就是再有個像劉格格那樣想要往正院裡湊的，還得先經過三重院落，到時她發落她們的藉口就更多了。

「一樣要建，不如就建得精細些，內務府出的銀子有限，玻璃鋪子裡頭的盈利卻多，如今已經有五個孩子了，還沒算上肚子裡頭的那個呢，地方很不夠。」說著她溜了胤禛一眼。

「保不準還有小七、小八？」

肚子裡這個就是小六了，胤禛聽了翹著嘴角笑起來。他轉念一想，的確如此，現在不動土，等再多兩個小的，正院就住不下了。孩子們都小，到時候更不方便，難道要讓女兒跟兒子去住李氏、鈕祜祿氏住過的南院跟東院？那裡面死了人總歸晦氣，正好重建，主意一定他就說：「那咱們先去莊子上住，我催他們趕緊動工。」

他一面笑，一面用手指頭摩挲周婷的下巴，這樣布置，倒合他的心意。原本他待在圓明園的日子，就比留在紫禁城裡的時間要多得多，那四四方方的院子實在不合他的心意，就算周婷不說，他也要劃兩塊地出來造景，也好請皇阿瑪賞玩。

「江南院林不拘規格，王府卻是有定制的，東、西分成兩塊，茶房跟花房我都安排好了，妳這院子得重建，起個小花園，放些太湖石，安上鞦韆架，再移些花木過來。」一樣是要動土，既然她喜歡江南景緻，也沒什麼不可。

胤禛這個男人，細心起來樁樁件件都能考慮得到，周婷沒造過院子，卻逛過不少園子，兩人湊在一起說些花石如何鋪排、門洞做什麼形狀、窄窄一個池面也能做出曲橋來添些趣味等話題，胤禛乾脆拿了周婷畫眉用的筆在圖紙上勾畫起來。

皇阿瑪也愛江南景緻，他若建得精美，就有理由把他多請過來幾回。兩人各有打算，竟也說得津津有味，說完了周婷還感嘆一聲。「就是沒機會去江南看看。」

原先胤禛答應過帶她一起去南巡，如今她懷上了，等胤禛出發時她可能正在臨盆，胤禛一樂。「就當是我欠妳一回，等養完了小六，我再帶妳去。」

周婷想著，朝兩個弟妹微微一笑。「總要動呢，這時候不建，等我這胎生下來又要耽擱一年，小孩子更加驚不得，咱們爺說了，全家一起遷到莊子裡住一段時間。」
惠容咋舌，瞪圓了一雙眼睛。「那豈不是……」
那豈不是能一個妾都不帶？
周婷只笑不動，將手裡的海棠花蓋盅托到嘴邊啜了口棗子茶。老婆、孩子都到了莊子上，胤禛自然也要跟過去，只要周婷不發話讓妾跟著，誰還敢提？胤禛自己都忙得腳打後腦勺了，哪有工夫打理去莊子上的事，帶什麼東西、帶什麼人全都由周婷一手包辦，等到了莊子上再想起來時，他難道還能跑馬回去睡小妾不成?!
周婷習慣做兩手準備，王府的格局不會大動，裡面的動作卻不小，怎麼也得建個一年，理由還光明正大不過。不是她想要防著胤禛，是她知道只有自己的親生兒女才會跟自己一條心，這時候不防住，真等到後來的上了位，自己連哭的分兒都沒有。
惠容慢騰騰地靠到周婷身上，感嘆道：「我自嘆弗如。」
她唸得就跟唱大戲似的，把正發怔著說不出話來的怡寧給逗笑了，兩人看著周婷就是一陣眼熱，心裡盤算起自己的事來。那些妾全都跟蒼蠅似的，見縫就鑽，不固守陣地，自己就只能得個正妻的賢名，那些都是虛的，只有孩子才是實的！

第六十章　暫卸重擔

福全到底沒能挨完八月，康熙的探視似是讓他放下心中最後一點牽掛，半夜裡人沒了。保泰哭著進了宮，康熙摘纓哭樞，太后也跟著出動了。

命婦們早早都有準備，裕親王已經病危好幾次，素服早就做了起來，個個去環、除簪、換上素服去參加喪儀。康熙悲痛地輟朝三日，太后也哭暈過去好幾回，這時候有眼力的人全都輟音樂、停嫁娶，誰也不敢觸了康熙的霉頭。

康熙哭得一把鼻涕、一把眼淚，好幾頓都吃不下，太子跟諸阿哥請了又請，太子還親自奉了粥湯上去，康熙這才吃了。等到下葬那一天，他哭靈回來還命梁九功把他跟福全一起畫的畫像取出來掛著，畫上兩兄弟穿著常服並坐在梧桐樹下。

這樣一看，康熙又想起他曾經為了大阿哥委屈了這個老實哥哥，還處罰了他的事，因此一見著大阿哥，劈頭蓋臉就是一頓痛罵。除了太子和後頭幾個不解事的小娃娃，前面那幾個兒子全被勒令穿孝，齊衰一年。

開工動土的事怎麼樣也得停下來了，守孝就該有守孝的樣子，不僅不能造院子，所有的生辰、宴席、酒戲全部不許，幾家議了婚的也都捏著鼻子把事往後排，其中就有指了婚但還沒娶的訥爾蘇。

周婷知道消息時，正在為兩個女兒親手穿上素色衣服，一聽到就摸著手指頭默默算起來，明年八月時小選已過，所有阿哥的府上都不可能進新人。這時候她孩子已經生下來，郡王府的改建也不能再等，相當於無驚無險再拖一年。

恐怕不只是她，幾家福晉都吐出了一口長氣吧？怪不得去哭靈時，那些福晉們眼底都有幾分輕鬆，起碼這一年裡頭，是不可能有庶子女蹦出來了。

雖說天氣逐漸轉涼，但白天還是很悶熱，熱天裡紅白喜事最苦，周婷還在懷孕初期受不得累，像怡寧這樣在坐月子的還能託德妃說情，惠容和周婷卻一定要去哭足了日子，連太后都去了，福晉們誰敢不跟著？

不但不能遲到早退，還得流真材實料的眼淚，周婷帕子上抹了薄荷油，既能防中暑又能在哭不出來時拿來作弊用。

裕親王府裡哭聲震天，皇帝跟太后起了頭，誰敢不哭。周婷跪著沒半日，額角就抽了起來，她抽出帕子放在鼻端嗅一嗅，又遞過去給惠容。

惠容勉強一笑，再有丫頭顧著，她整張臉還是熬白了，周婷趕緊搭著瑪瑙的手站起來，把惠容帶到花廳裡。

保泰的媳婦孟佳氏做事周全，本就把懷了身子的幾個妯娌安排在一起，特地多調了機靈的小丫頭過來侍候，蒲團又厚又軟，花廳裡還設了茶水，可以暫時歇一歇。

惠容抹了抹額頭上的汗，支著腰往椅子上坐，周婷則坐在她上首。翡翠拿了酸梅湯過來，她含一口在嘴裡解了寒氣才往下嚥。「妳可還撐得住？」

惠容的肚子三個月了還沒顯出來，旗裝本就寬大，旁人一眼掃過來，還真瞧不出她是不是懷了身孕，周婷就更不用說了。兩人稍歇了一會兒，孟佳氏就過來了。

「四福晉跟十三福晉不如隨我去後頭小歇，那裡人少，更清靜。」孟佳氏看起來比她們倆還要憔悴，臉盤蠟黃，眼圈下面是粉都蓋不住的青黑。她是當家主母，這場喪事全由她來經手，一樁樁一件件都要做好，難免出現力有未逮的時候，偏偏又不能放鬆，裕親王頭七還沒過，她就瘦得撐不起衣裳了。

惠容跟周婷對視一眼，道了謝跟著孟佳氏往後頭去，她把她們安置在水榭裡，叫小丫頭開了窗讓她們吹吹涼風，自己便告退，接著出去忙碌。

周婷長吁了口氣，拿冰帕子貼在額頭上，臉上那層薄薄的粉早已出油出得化開了，天這麼熱，擺再多冰也撐不住人多。

孟佳氏那邊吩咐人往水榭送了兩盆冰過來，周婷眼睛一溜，瑪瑙就拿了荷包過去，拉著小丫頭的手笑咪咪地說：「妳們福晉有心了。」

周婷朝那小丫頭微笑點頭，這時候還能拿兩盆冰出來，說明胤禛之前那些事算沒白做。

小丫頭拿在手裡一掂——是實心的，嘴巴就咧得更大了些，殷勤道：「我們主子吩咐準備點心，兩位福晉稍等一會兒。」

珍珠在周婷後頭執著扇子為她搧風，兩個丫頭都是一頭一臉的汗，主子們有茶喝，丫頭就輪不著了。那小丫頭拎了水來，周婷就叫她多拿幾個杯子過來，讓跟在身邊這幾個一人分一杯。「天這麼熱，都喝些水，要是著了暑氣就不好了。」

幾個丫頭謝過，等周婷跟惠容先捧了杯子喝下，才把剩下的給分了。一壺茶很快就喝盡了，那小丫頭得了孟佳氏的吩咐又拿了厚賞，跑前跑後不一會兒就是一頭汗，惠容見她那個樣子也包了個封過去，喜得她笑眯了眼。

休息過後還是要回前頭去的，送上來的點心周婷跟惠容都吃不下，靈堂裡頭子孫餑餑擺得一層一層，現在看見白色的糕點，真是一點食慾也沒有。跟在她們身邊的大丫頭也不吃那些，最後還是幾個小丫頭分了。

瑪瑙見周婷臉上粉掉得差不多了，就拿彩錦小粉盒出來要幫她補妝，周婷擺了擺手。「不必用這個了，膩得很。」

若不是要見各府的女眷，她是不會帶妝出來的。雖說不得戴環、插釵、穿紅著綠，可女人家都要臉面，再淡也要敷些粉。

惠容跪了兩天腿腫了起來，跟在身邊的嬤嬤趕緊趁沒人時幫她捏起腿來，惠容甜甜一笑。「咱們爺硬讓老嬤嬤跟著，怕我不舒服呢。」

這話裡帶了三分笑意，圓圓的臉上滿是喜色。一服孝就不用擔心給胤祥身邊添人的事了，要是這一胎爭氣，生個兒子出來，瓜爾佳氏就再別想爭了！

好不容易辦完一場喪事，所有人都清瘦下來，一半以上的阿哥、福晉們都不能出去交際應酬，索性全縮在家裡閉門不出。周婷聽說宜薇領了八阿哥幕僚的女兒回府當養女，一緩過勁來，就往那邊府裡邁開了腿。

金桂、銀桂臉上帶著笑引周婷進去，一路上遇見的下人們腳步都鬆快許多，周婷還沒來得及問，就聽見正院裡傳出一串串笑聲來。

原本方方正正的院子裡拿花盆堆滿了花，葡萄藤下邊擺了個小鞦韆架，是專門做給孩子用的，一個頭上紮著花的女孩正團在上面，三、四個丫頭伸手架著她，就怕她摔下來。

宜薇坐在石凳上，臉上帶著幸福滿足的笑容，周婷都走到跟前了，她的眼神還留在那女娃身上。等她見著周婷，就向女娃招手道：「妞妞過來，這是四嬸嬸。」

那女孩清脆地應了一聲，跑過來向周婷請安，動作有模有樣。她的臉蛋紅得像是喜果，才三、四歲大，生得玉雪可愛、粉團一般，還沒留頭，細細的頭髮上只紮了兩朵小絨花，耳朵上綴著的是一對赤金丁香。

「這是何先生的女兒，家裡也沒個人照顧，我便領過來看顧著。」宜薇笑著說。

何先生就是何焯，胤禛有意結交過的那位。周婷微微一笑，摸著小女孩的手輕聲問她：「叫什麼名字呀？」

宜薇幫她答了：「大名還沒取，小名叫馥兒。」說著就伸手把她抱起來。

馥兒在宜薇膝蓋上端端正正坐好，可沒半刻就又鬆下來，衝著周婷笑說：「四嬸嬸好，四嬸嬸的衣裳真漂亮。」

不一會兒她就跟周婷玩熟了，數著手指頭告訴她今天早上都吃了些什麼、昨天又得了什麼好東西，還有學了什麼書。看得出宜薇是真的把這女孩當女兒養了，吃的、用的都是頂級的。

小孩子玩一會兒就累了，嬤嬤抱著她下去午睡，周婷拉住宜薇的手。「妳的氣色倒是好了許多。」

宜薇扯了扯嘴角，孩子一走，她的快樂也跟著離去，想到周婷如今又懷上了，就拿眼睛盯著她的肚子，看得周婷一陣尷尬。

周婷雙手疊在小腹上，咬了咬嘴唇。「我本也著急，生完福敏跟福慧也有一年多了，怎麼也懷不上，那回在母妃宮裡摸了件小衣裳，過幾天就察覺身上不對，不如……妳去求一件百家衣？」

宜薇怔了一下，皺著眉問：「真的？」

自然不是真的。周婷雖不信這個，古代女人們卻信，她身邊的丫頭都說是摸了德妃做的小衣裳，沾了福氣她才又懷上的，把德妃高興壞了，不光親手為她肚子裡的孩子做了衣服過來，還來來回回賞了好些東西，她覺得這個孩子跟她有緣分，不然怎麼她一叨念就來了呢？

宜薇當然知道這件事，她伸手握住周婷的手。「那妳先把妳家孩子身上的，剪一角給我？」

周婷爽快地點頭。「成，我回去就幫妳拿來。」說著還拍拍她。「我懷著身子不能拿尖物，不如妳找個多子多福的全福人，我差人拿衣裳過來，妳叫人剪開縫上？」

自從那丫頭的孩子沒了，宜薇就不如過去活潑，去寧壽宮裡請安時話也少了，更不像過去那樣恣意快活，一副心死了再沒指望的模樣。周婷來找她，十次裡有一半都被她找藉口推辭，屋子裡供的送子觀音像也撤了出來。現在有事情叫她做，她總能好過些，記得那些小說裡頭，都說八阿哥是有孩子的呀，難道那些全不靠譜？

周婷嘆息著回到正院，找幾件孩子們的舊衣服。大格格大了，弘昀體弱，她只挑了弘時和兩個女兒的送了過去，那邊宜薇就回了一根燒藍玻璃掐絲珐瑯的鈿子過來。

胤禛進來見周婷皺著眉頭，坐過去問：「怎了？」

周婷回過神來一笑。「剛去了八弟妹那邊，瞧見了何先生的女兒，才三、四歲大，書背得可溜了。我在想，要不也幫福敏跟福慧準備起來。」說著她指了指頭上插的海棠玻璃釵。「一見這個她就說『海棠春睡』對『楊柳畫眠』呢，長大了定是個才女。福敏跟福慧雖不必多有才，總也該學起來了。」

眼看弘昀將要開蒙，一篇書還讀得七零八落的，周婷趕快上緊了發條，專找了個識字的每日讀一篇《幼學瓊林》給弘時聽。

「這還不容易？我每日幫她們兩個唸幾句，等她們會說話了，填詩作詞還不是雕蟲小技?!」胤禛對自己的女兒特別有信心，這兩個丫頭精怪得很，他覺得哪家的女兒都沒她們聰明。這麼想著，又看一看周婷的肚子。「正好小六也聽一聽。」

周婷噗哧笑了起來。「你還想當啟蒙師父了？」笑著點他的胸口。「怎的，難不成要對兩個女兒唸聲律？」

胤禛一本正經地點了頭，等兩個女兒午睡醒來後就把她們抱到炕上，清了清嗓子開講了：「雲對雨，雪對風，晚照對晴空。」

福敏眨巴著圓眼睛看著她的阿瑪，福慧已經歪起了腦袋來，周婷看得直發笑，胤禛卻唸個不休。

兩個女兒初時還認真聽著，後頭見胤禛不似平時那樣問她們誰是姊姊、誰是妹妹，不免覺得無趣。福敏扭著身子想要往炕下爬，福慧則翹起腳來玩自己的小鞋子，胤禛一停下來，福慧就張手要他抱。

他無奈地嘆了口氣。「看來還得再等些時候。」

「去，把我的妝匣拿來。」周婷嗔他一眼，吩咐珍珠。小孩子不看實物，連竹子跟燕子都弄不懂呢！

福敏跟福慧的注意力果然被那寶光瑩瑩的妝匣吸引過來，周婷左手拿金釵，右手拿玉鐲，告訴她們：「金對玉，寶對珠，玉兔對金烏。」

福敏只對金釵上的珠子感興趣，不住拿手去勾，胤禛正想要笑周婷，就見福慧眨了眨眼睛，伸手先指指瑪瑙，又指指珍珠。

胤禛先是一怔，而後大喜，摟著周婷的腰問：「福慧這意思，是瑪瑙對珍珠？」

周婷得意地看了胤禛一眼，就說嘛，她才是個像樣的師父！

第六十一章　喜獲麟兒

京城不似江南早早變暖，三、四月才有初春氣息，枝頭上的海棠花剛剛打了個花苞，葉子鮮靈靈地透著水氣。福敏跟福慧窩了一個冬天，早就不想繼續待在屋子裡了，天氣愈來愈暖和，周婷也不再拘著她們，帶著一串丫頭、婆子往水榭去賞春。

「額娘，快、快！」福敏拉著妹妹跑在前頭，身上還穿著紫羔絨的短毛衣裳，聲音清脆得像是剛立上枝頭的乳燕。

周婷慢慢跟在後頭，一隻手扶著腰，一隻手搭在瑪瑙手上，微笑著應她：「跑慢些，小心別磕著了。」

孕婦比常人怕熱，幾個孩子都還穿著紫羔絨呢，她只披一件斗篷，還覺得這午後的太陽曬得人發暈。

湖面早已經破了凍，候在那兒的婆子見福敏跟福慧到了，趕緊把準備好的一群小鴨子趕進水裡去，那群綠頭鴨子有大有小，小的還沒長出綠毛藍翼來，灰撲撲地跟在大鴨子後面排隊下水撲騰翅膀，看得幾個孩子驚叫不已。

胤禛嚴格按著規格服孝，不但生辰不許看戲擺酒，就連幾個節日都沒大鬧，過年沒有放炮不說，元宵時也只在迴廊裡掛了些素面的玻璃燈，幾個孩子除了進宮拜年穿了回新鮮衣裳，平時在家裡也沒什麼玩樂，還是胤禛發話汰換了兩盞小兔子燈回來，在元宵節夜裡點亮了讓兩個女兒扯著線拖著玩。

此時她們兩個見了撲水的綠毛鴨子，哪有不喜歡的，福敏黏過去想追，被奶嬤嬤一把抱住。「敏格格可不能往水裡去。」

「大妹妹，鴨子有翅膀妳可沒有，妳掉下去就浮不上來了。」弘時把手背在身後，四平八穩地邁著步子，一本正經地跟妹妹講道理。

周婷剛邁進水榭就聽見弘時的話，拿帕子掩了嘴就要笑，偏偏弘時還望著她問：「額娘說是不是？」

周婷趕緊咳嗽一聲把笑掩過去，點了點頭指著大妞。「哥哥說得有道理，快坐回來，只許看不許鬧。」

弘時立刻把胸給挺起來，一臉的得意。福敏朝他皺了皺鼻子，又過來纏著周婷。「叫粉晶撈一隻過來玩吧。」

「那可不成，鴨子本就該待在水裡。」周婷點點她的小鼻子。「叫粉晶幫妳折一隻柳條，妳拿著那個跟小鴨子玩，可不許打牠們。」

「我知道，這是阿瑪買的，我不打牠們。」福敏馬上點起小腦袋。自從胤禛幫她買過一次兔子燈，她看什麼都以為是阿瑪買來給她的。

大格格掩著嘴笑咪咪的，點著頭上的珠花告訴福慧說：「這是寶華玉蘭，那是緋爪芙蓉。」

大格格年紀比她們大，一頭烏溜溜的長髮綰在腦後繫了辮子，她是大姑娘了，就是守孝，衣服式樣也比兩個小丫頭多上許多。福慧正偎在她身上，看她髮間插的點翠東珠珠花。

周婷推了推她。「怎麼不跟姊姊玩？」

福慧比福敏會看眼色，也更會撒嬌，她從小就喜歡這些東西，周婷卻不單獨給她，只要她有的，福敏肯定也有。

福慧扁了扁嘴。「我喜歡小鳥兒，黃的那種。」她看了周婷一眼，知道她沒那麼容易就依了自己，粉嫩嫩的臉蛋一皺，嘟著嘴巴把頭一偏，身子一扭。「我問阿瑪去。」一副周婷拿她沒辦法的樣子。

周婷氣得伸手去捏福慧的臉，她飛快地跑到福敏身邊，粉晶趕緊又拿個小凳子過來，三個人一人枝嫩柳條，從窗口伸出去垂到水面上挑弄還留在水邊的鴨子。

小丫頭們則圍在一處，拿彩紙紮了小船放在湖面上往湖心推去，粉晶哄著福慧說：「慧格格別瞧這船小，夜裡能點燈放呢，水面上全都是船燈，可漂亮了。」

這些話哄得住妹妹卻哄不住姊姊，福敏拿柳條撥了一會兒水，好幾次拿細柳條碰鴨子，綠頭鴨往前撲了撲翅膀，飛了一段，落在湖中心，她勾不著鴨子，便把柳條一扔，發起脾氣來。

瑪瑙趕緊叫人抬了銅盆來，注了水進去，使個僕婦捉了隻毛還沒長齊的小鴨子過來，福敏嘟著嘴巴不甚滿意。這隻還沒換毛，自然沒有大的漂亮，可捉了大的來，又怕牠啄了孩子的手。

珍珠哄她：「那些大的、長著藍毛的，要留著拿毛做毽子給敏格格玩呢。」

福敏這才開心了，伸手讓弘時拉著她的手去摸小鴨子的毛，一開始兩人還小心翼翼，不一會兒就把水潑了出來，鞋子都濕了，福敏的裙襬也濕了半邊。

這個天濕了衣裳還是容易生病，周婷頭痛不已地指了丫頭回去重拿鞋襪過來幫他們兩個換上。此時大格格微微笑著，捧了茶送到周婷手裡。「額娘喝茶。」

周婷接過來啜了一口，心裡埋怨胤禛什麼都依著福慧，才這麼小就要什麼給什麼，一不高興就找阿瑪，偏偏胤禛還全都依她。

這麼一來，弄得屋子裡的丫頭當著周婷的面雖然規矩，背後卻沒什麼不依著福慧，她狠狠打發了一個丫頭，福慧哭了一天，胤禛竟還覺得是她太嚴苛了。也不想想三歲看到老，此時正該好好教養呢，她一個人嚴厲根本就沒用。

正這麼想呢，胤禛就進來了。「在說什麼這樣熱鬧？」

大格格趕緊站起來請安，福慧一聽見他的聲音就撲過去，把頭靠在他肩上。「阿瑪、阿瑪，我要小鳥兒。」一扭股兒糖似地纏著他不放。

胤禛一把將她抱到膝上，立即點頭答應。「好，阿瑪叫人去辦，妳要幾隻？」

「五隻，我一隻，姊姊一隻，大姊姊一隻，二哥一隻，三哥一隻。」福慧數著手指頭，把還沒下課的弘昀也算了進去，她一面說，一面機靈地看向周婷。

「又拿了別人當藉口，妳這丫頭怎麼這麼精怪！」周婷伸手點了點福慧的鼻子。

胤禛趕緊為她說話：「福慧還想著哥哥姊姊們呢，不單是幫自己要的。」說著低頭逗她。「是不是？」

福慧有模有樣地一面搖頭，一面說：「不單是幫自己要的。」說完伸出兩隻胳膊勾住了胤禛。「喏，阿瑪給我小鳥。」

講完這句，她就眨了眨眼睛往胤禛耳朵邊湊，壓低了聲音同胤禛說悄悄話：「我要黃色的，紅嘴兒的。」意思就是除了她的，全都不能是黃色。

周婷又好氣又好笑，胤禛倒答應得爽快。「好，單給福慧一隻黃色的，因為福慧還能想到哥哥姊姊呢。」

她還一句話沒說呢，他就先幫女兒想到了理由，這下周婷的臉也板不起來了。珍珠端了點心進來，福慧得償所願後就乖乖從胤禛腿上爬下去，站定了等粉晶幫她擦手擦臉好拿點心吃。

弘時跟福敏換了衣裳回來，幾個孩子一人一碗杏仁露捧在手裡，坐在小凳子上慢慢吃，暖風夾著梨花吹進水榭，落了些許在地上，福敏吃的杏仁露裡剛好飄進一瓣去，她把小碗舉得高高的給周婷看，眼裡滿是驚喜。

胤禛摸了摸周婷的手。「瞧妳穿得少，手也不涼。妳怎不吃一碗，不是常喊餓嗎？」

「那個太燙了，涼了再吃。」胤禛一坐到她身邊，周婷就習慣性地靠了過去。她現在負擔很重，後面墊個枕頭還覺得自己的腰就跟要斷了似的。

胤禛知道周婷的脾氣，她絕不喝丫頭拿嘴吹涼的茶湯點心，這時節還沒到拿扇子出來的時候，胤禛拿了周婷那碗端在手裡，拿勺子不斷在裡頭攪動，試了試才說：「已經溫了，妳嚐嚐看。」

周婷剛含了一口在嘴裡，肚子裡就狠狠動了一下，讓她急急把嘴裡的東西嚥進去，腰直挺挺的軟不下來。

什麼事都是一回生兩回熟，生孩子也差不多。周婷臉上剛顯出些痛苦的神色，胤禛就注意到了。「可是要生了？」

周婷自己也覺得奇怪，按日子還有十幾天呢，她扯著嘴角笑了笑。「說不定是孩子在裡頭翻了個身，動靜有些大了。」

福慧正在嚼花糕吃，她知道額娘肚子裡有小弟弟，她也希望是個小弟弟，聽見周婷說話，趕緊扔了花糕跑過去。「弟弟要出來了嗎？」

幾個孩子全都敬畏地盯住周婷的大肚子，弘時板著小臉。「他是不是也想玩小鴨子了？」

福敏趕緊過去摸周婷的肚皮，輕輕拍了一下。「快出來，出來給你玩小鴨子。」

周婷一個沒繃住笑了起來，這一笑裡頭的動靜就更大了，她臉色一變，心知這回是真的提早要生了，急急抓住了胤禛的手。「快，快叫烏蘇嬤嬤準備起來！」

幸好東西早就備下，只是這回身邊多了幾個小的來搗亂，這邊胤禛扶起周婷想把她抱回去，底下福慧就拎住周婷的裙子想要掀起來。「弟弟是不是出來了？在哪兒呢？」

奶嬤嬤趕緊上前一人抱住一個孩子，胤禛則一路把周婷抱著朝正院前進。

後頭瑪瑙邁開腿追，珍珠就留下來看著幾個孩子，嘴裡答著「就快出來了」、「主子要好好準備呢」之類的話，一面急急打發小丫頭去探聽。

胤禛抱著周婷，想要快些又怕顛著了她，一路疾行，竟一口大氣都沒喘地把她送到正院裡。周婷摟著他的脖子感到驚奇不已，正想說其實她痛得不太厲害，這點路完全能自己走，又趕緊住了嘴，把臉貼在他肩膀上，笑咪咪地享受公主抱。

後頭跟著的烏蘇嬤嬤同瑪瑙兩個人面面相覷，剛想提起聲音提醒兩句，又收了聲，一串丫頭忍著笑，看主子爺把福晉抱回了房裡。

誰說二胎比頭胎好多了？周婷照樣難受，肚子裡頭一抽一抽的，這個不老實的孩子，從剛懷上就讓她吃了許多苦頭，到了五、六個月還在吐，過了六個月才能好好吃頓飯。

胤禛知道周婷這胎懷得艱難，愈發照顧她，上一胎時愛吃的東西這回早早就備下來，她卻偏偏吃不進去了，為此胤禛還特地跑了好幾趟太醫院。

此時瑪瑙幫她脫了衣裳，屋子裡的窗戶全都關起來，正院小廚房的爐子上擺滿了銅壺，燒好了水就倒出來涼著備用，空的壺再灌滿了繼續燒。

天色昏暗下來時，裡頭還沒個準信，看樣子今天是生不出來了。胤禛親自到兩個女兒房裡去，福敏跟福慧已經吃完了飯，她們頭一回遇見這樣的事，還是有些害怕，見阿瑪來了，全依偎過去。

胤禛坐在炕上一手拍打一個，嘴裡不住叨念：「再等等，再等一下額娘就生小弟弟出來了。」

正屋裡不時有細碎的呻吟聲傳出來，福慧抽了抽鼻子。「額娘呢？我要額娘。」胤禛除了安撫兩個女兒別無他法，其實他自己何嘗不著急？把孩子交給奶嬤嬤之後，他就走出女兒的房間，到外頭去等消息。

福敏與福慧心情極不安穩，剛被奶嬤嬤拍哄著瞇起眼睛，那邊屋子裡又是一陣響動。胤禛站在院子裡，夜風吹在身上涼颼颼的，還有小丫頭從裡頭出來為他送上一件披風，說是周婷吩咐的。他捏著那件披風不動，蘇培盛剛要過去勸勸，裡頭就是接生嬤嬤「使勁兒」的喊聲。

胤禛來回在外面踱步，一直等到天色微微泛白了，正屋裡才傳出一聲響亮的啼哭聲，接生嬤嬤那句「是個小阿哥」嚷得連院子裡都能聽得到。胤禛一下子站定了，蘇培盛趕緊上前恭喜，話說得比誰都響亮。

胤禛臉上的笑意愈擴愈大，連聲道：「好好好，賞賞賞！」

他抬腿就要進去看周婷，被烏蘇嬤嬤給攔住。「爺站在門邊，小阿哥洗乾淨了就抱來給您看，這房可是千萬不能進的。」

胤禛也是樂糊塗了，他這時候一點兒也不覺得累，全身上下充滿了力氣似的，小太監拿了一對小弓箭過來要掛上，他還親自接過來掛。烏蘇嬤嬤將嬰兒抱過來給他看，襁褓裡皺巴巴、紅通通的嬰兒哭了幾聲，就被抱了進去。

周婷累得虛脫，隔著窗子卻還在吩咐：「給爺熱一碗奶，走了睏可不好，還要上朝呢。」

胤禛哪裡還睡得著，他聽見周婷說話，趕緊叮囑道：「妳睡一會兒，吃些東西。」接著顛三倒四不知說了什麼。

周婷瞇著眼睛微笑，幸好這一個是兒子……她的念頭還沒轉完，下一刻已經睡熟了。

四阿哥得了嫡子自然是件大喜事，德妃是在太后宮裡請安時得了信的。之前怡寧生了個兒子時，她就暗暗希望能把福氣帶給周婷，為此還特地討了新生兒的小衣服送過去，如今果然應了她心中所求，高興的程度比怡寧生下兒子時更甚。

這個孩子果然跟她有緣分！德妃臉上的喜意遮也遮不住，太后也樂得賞了許多東西下去，周婷在坐月子，德妃就代替她謝恩。「還是老祖宗有福氣呢，那套百子千孫的帳子倒沒白賞了她。」

懷孕時自然要討個好口彩，福敏、福慧經常跟著周婷出入寧壽宮，她有意拉近兩個女兒跟太后的關係，嘴裡藉口兩個女兒時常念著要看烏庫媽媽，才帶她們進宮來，太后一聽這話，自然高興。一來二去真處出了感情，幾天不見就不住叨念。

太后笑得合不攏嘴。「都說小孩的口最靈，福敏跟福慧兩個咬定了她們額娘要生小弟弟，果然就靈了。」賞了新出生的曾孫，也沒忘了討她喜歡的福敏跟福慧，指了好幾疋緞子。「等出了孝，給她們倆好好做幾身衣裳。」

老小老小，太后年紀愈大，就愈喜歡跟小輩待在一塊兒，兩個打扮得乾乾淨淨、粉粉嫩嫩的女孩嬌滴滴地喚她「烏庫媽媽」，每天跟她數吃了什麼、喝了什麼、睡了幾刻鐘，都能教她歡喜非常。

德妃又起來福身謝過。「小孩子家，拿這麼好的緞子做衣裳可惜了，倒是能存著，等大些再做。」

在家裡幾個孩子都穿得素淡，進了宮更要如此，太子家的女兒不必守孝，太子妃同樣不許她們穿紅著綠、打扮鮮豔，像福敏跟福慧這樣阿瑪要服孝的，更加注意。福慧喜歡漂亮衣裳，見了大家宮裝上的閃緞包邊羨慕得不得了，常常用手去摸，太后喜歡她們守規矩，又可憐她們小小人兒就要忍著性子穿素，一得了機會就把早早備好的東西提前賞了下去。

德妃還要自謙兩句，嘴邊的笑意卻更濃，一屋子的妃嬪全都在恭喜她，也有像繼大福晉那樣還沒生下孩子來的，心裡著急，臉上就有些勉強，惠妃見了又是一愁。

兒子愈來愈不同她說句心裡話，原先那個兒媳婦還能勸著大阿哥一些，如今這個怎麼都不頂用，若兩人真能有個孩子，倒能好些，可又恐怕委屈了之前的大福晉生的弘昱。

宜妃知道德妃拿了小衣裳給周婷的事，有心也拿兩件給九阿哥胤禟還有五阿哥胤祺的媳婦招一招兒子緣，又疑心這是得同出自一母的親兄弟之間才有用的。奈何五阿哥胤祺跟他媳婦相敬如「冰」，胤禟好歹還有個嫡女呢，胤祺那兒連個嫡出的都沒有，她在心裡嘆息，臉上就把這羨慕之情露出了兩、三分。

九阿哥的嫡福晉董鄂氏還能坐得住，她畢竟有一個女兒，已經脫離了不能生的行列。五阿哥的嫡福晉他他拉氏卻僵著一張臉笑，心頭苦得跟膽汁似的。胤祺根本就是被兩個妾給攏住了，平常都不進她的房門，規定的日子雖然還是會來，但和諧的時候非常少，她怎麼可能懷得上？一覺得尷尬，她的眼睛就往別處轉去，一瞄到八福晉，心裡忽然就鬆了口氣。

德妃在宮裡待了許多年，就是朝著上面說話，舉動間也把下面人的神色盡收眼底，那些欣羨的目光讓她內心升起滿足感，要說這些阿哥裡頭有嫡子的可真不算多，像胤禛家裡這樣有兒有女，後院還乾淨不鬧騰的，自然更少了。

宜薇內心苦極，偏偏還得在這個場合說些湊趣的話，她的手緊緊貼著腿，心裡不住咬牙。人的福氣還真是不一樣，原以為四福晉是妯娌之中福氣最薄的，雖說有過個兒子，卻在將要養成之際一病去了，還得忍著辛酸把小妾的兒女帶在身邊，可一轉眼人家就又兒女雙全了，似她這樣丈夫最體貼、最讓人羨慕的，如今局面反而最是難堪。

宮妃們說說笑笑，妯娌間就有些勉強了，只有三福晉同樣有兒有女，說起恭喜的話來一派真心，還盤算著要送些什麼賀禮過去呢！

第六十二章　設宴洗三

周婷一覺睡醒，孩子已經洗得乾乾淨淨地包著放在她身邊了，瑪瑙見她醒了，趕緊拿蜜水給她潤喉嚨，周婷連喝了兩杯才緩過氣來。

瑪瑙滿臉都是喜氣。「主子不知道，爺昨天一夜沒合眼呢，今天去上朝還腳下生風，往前院去的時候，蘇公公都跟不上步子了。」

烏蘇嬤嬤端了雞湯上來，斜了瑪瑙一眼。「就妳話多，也不趕緊幫主子拿吃的，這會兒正要好好補補呢。」

她嘴裡雖然這麼說，臉上的笑容卻不比瑪瑙少，見周婷拿了勺子喝湯，到底沒忍住，又說了起來：「爺已經吩咐下來了，既然還在孝裡，就先不掛紅綢了，只讓府裡的下人領雙份的月錢。」

周婷湯還沒喝完，珍珠又進來了。「兩個小格格吵著要進來，說要瞧小阿哥呢！」

屋子裡人人臉上都帶著笑，腳步輕快許多，周婷不用出門也能感覺到整個院子裡呈現出一種不同的氣氛，她自己也鬆了一口氣。有了兒子，她在後宅裡的地位就更穩固了。

她點了點頭。「味道也散得差不多了，叫嬤嬤把孩子抱到暖閣裡去給她們看一看，內室還是等等再讓她們來。」

福敏與福慧終於見著了小弟弟，兩張一模一樣的臉蛋探在小娃娃面前，福敏說：「他怎麼這麼紅？」

福慧滿不在乎地說：「弘時哥哥跟弘昀哥哥生下來肯定都是紅的，不知道他要叫紅什麼。」說著又撐著小下巴好奇地看著他頭上軟茸茸的胎毛。「他的頭髮怎麼比我的還少呢？」

珍珠聽了直發笑，告訴她們說：「弘字是小主子的排輩呢，宗室的阿哥都照弘字排的。」

福敏拿了手指頭去碰弟弟的臉。「他怎麼這麼軟。」正說著，小嬰兒皺皺鼻子打了個哈欠。

福敏瞪圓了眼睛，繞著他直轉圈，又跳又叫。「他張嘴了、張嘴了！」

福慧卻嚇了一大跳，拉著珍珠的衣服問：「他怎麼沒長牙？他的牙呢？」

大格格一進門先隔著屏風向周婷請安，問候兩句才進入暖閣，一聽這話就笑著說：「不獨是他，妳剛生下來時也沒牙。」

福慧不相信，她趴到玻璃窗戶邊上張開嘴照著自己的牙。「大姊姊騙人！」

福慧嘟著嘴巴不高興，大格格摸了摸她的頭。「妳若不信，就去問額娘。」

聽了這句話，福慧就像隻小鳥那樣張著手奔進內室，瑪瑙想要攔她，她身子一閃從她胳膊的空檔鑽了過去。

周婷躺在床上合著眼睛，臉色算不上好，讓福慧本來要問的話一下子噎住了。她以為周婷生病了，湊上去壓低了聲音輕聲喚她：「額娘？」

不一會兒福敏也過來了，兩人見過弘昀生病，同弘時打鬧玩耍沒什麼，跟弘昀淘氣卻是要被嬤嬤們提醒的，此時她以為周婷也病了，嚥著口水就要哭。

弘昀跟弘時比較晚進門，弘時聽見福慧的聲音也湊了過來，床沿上頭頓時探出三張小臉蛋來。

周婷本想裝睡逗逗福慧，此時就睜開眼睛說：「額娘就是累了，要睡一會兒。」福敏趕緊伸手把福慧的嘴給捂住，弘時則拉著福慧的手，一步步悄悄退出去，碧玉端了紫米粥過來，她們還伸手攔著。「額娘累了，要睡呢。」

碧玉忍著笑答應下來，等幾個小的去了暖閣，她就輕悄悄把粥端了進去，送到周婷手上。

周婷搖了搖頭。「先擱著吧！這會兒還不覺得餓。」剛喝了一碗雞湯下去，現在只覺得胸口脹脹的，似是要出奶了。

「要珍珠把準備好的紗布拿進來。」周婷躺了一個白天，覺得有力氣了，想先用紗布把小腹給纏起來，上一回她就是這麼做的，烏蘇嬤嬤攔也攔不住，後來見她的腰又細了回來，皮膚也細緻緊實，因此這回不等周婷發話，早就讓珍珠準備起來了。

周婷站在榻上不動，珍珠跟瑪瑙兩個拿了紗布一層層幫她裹起來，珍珠還道：「主子生兩個小格格那會兒天正熱，又不敢用冰，這會兒倒涼爽，主子這樣纏著也好過許多。」

屋子裡還不能開窗透風，只遠遠開了暖閣的窗戶透氣，已經拿新鮮瓜果進來薰過味了，周婷倒不覺得難受。被褥、床罩通通換過，全是在太陽下曬足了時辰，軟鬆鬆地帶著些暖香味。

周婷往床上一倒，只覺得渾身都有了力氣。她跟胤禛的心情不相同，期待這是個兒子的心情也更強烈，如今終於放下了重擔，因而臉色紅潤、眼睛有神，笑咪咪地一樁接一樁吩咐起了回禮。

惠容這一回生了個女兒，那邊瓜爾佳氏卻沒撈著跟胤祥去南巡的機會，反倒提了另一個妾室跟著去了。惠容這一招還是跟怡寧學的——將家裡旗下的包衣塞出去，就算有孕，孩子的身分也太低，就算長大了，也爭不了什麼。

她見周婷生了個兒子，一面送了禮來，一面開口要小衣服，怡寧那邊已經幫她送了一套過去，惠容卻覺得周婷跟她一樣是有女兒的人，若跟她要了衣服，說不準後頭就跟著來了兒子。

胤禛還沒回來，宜薇卻先一步來了，一進屋子就是恭喜的話，臉上的笑意綻了十分。周婷在心裡為她嘆氣，默默猜想著她又是來要小衣服的？孩子才剛生下來哪裡穿過那麼多件衣服，現在還只包在襁褓裡頭呢。

卻沒想到宜薇要的是周婷初懷孕時胤禛親手埋下的筷子，周婷張著嘴說不出話來，宜薇也知道這要求過分了些，卻還是拉著她的手，聲音裡帶著些懇求。「我實在沒有別的辦法了，先前十四弟妹雖生了兒子，我卻怎麼也張不開這個口，也不求是男孩了，只想著能懷上一個。」

她這是已經有了心病，周婷緩緩勸她說：「這筷子得懷上了才能埋呢，我們家用的是咱們爺平日吃飯的筷子，不如妳拿妳們爺用過的埋下去？」

懷頭一胎時，胤禛埋了一對烏木鑲金的筷子，這一回周婷只叫他拿平時用的埋進去，沒承想宜薇會來求這個，就算洗乾淨，也已經是舊物了。

自家用過的東西是再不能流到外頭去的，前些日子宜薇身邊帶上何焯的女兒，精神狀態好了許多，可妯娌間接二連三地生孩子，又刺激到她的神經了。

那丫頭落了胎是個大罪過，宜薇還好吃好喝地供著。她心裡再恨，也沒攔著胤禩去她房裡，卻偏偏一點消息都沒有。如今再加上一年孝，眼看胤禩都要三十歲了，家裡一個孩子都沒有，怎麼都說不過去。

周婷知道宜薇心裡難受，皇家沒有休妻的前例，康熙又死要面子，絕對不會起這樣的頭，這要是放在民間，光三十未有子這一條，就能讓宜薇不用做人了，不獨宜薇，她娘家的女孩婚配都艱難。

周婷握著宜薇的手，躊躇地說：「不如……你們隔的日子久一些吧。」

宜薇一開始還沒能明白周婷的意思，後來見她壓低了聲音又說一遍，這才領悟。她也顧不得害羞，目光灼灼地盯著周婷的臉。「真的？」

周婷實在不好意思跟她說這些，她是以前聽說過夫妻之間太恩愛了反而不容易有孩子，看宜薇這個樣子，肯定跟胤禩從新婚到現在都如膠似漆，說不定把時間隔長一點，倒更容易懷上。她含混地把排卵期的算法告訴了宜薇，但其實古人也知道這個道理，早早就有人教導過她了，此時再聽一回，她就覺得更像那麼回事。

好不容易把宜薇勸走了，周婷也沒了精神，躺在床上讓珍珠幫她按摩頭皮，再拿大齒梳子順了順頭髮，一把烏黑油亮的頭髮垂在膀子上，身上蓋的紅綾被子襯得她眉似墨染。周婷迷迷糊糊睡過去了，還聽見外間隱隱是福慧大聲喊了句「阿瑪」，但很快又壓低了聲音。

胤禛一進門就被福敏跟福慧給攔住了，福慧張著手要他抱，一貼到他身上，她就嘰嘰喳喳地告訴胤禛：「小弟弟沒有牙！」

福慧一副擔心得不得了的模樣，秀氣的眉毛皺了起來，嘴巴微微抿著。「他要是餓了怎麼辦呀？」

福敏拉著胤禛的袍角，胤禛不得不低下頭來，她把手指頭豎在嘴前。「噓……額娘累了，在睡呢。」

胤禛一腔歡喜沒地方發洩，只好抱著這兩個寶貝一人一口親得響亮，福慧兩隻手捂著臉蛋。「阿瑪扎人。」

胤禛哈哈大笑，一手托了一個孩子往內室去，見周婷閉著眼，父女三人就屏著聲看她。胤禛把兩個孩子放在榻上，自己則坐在床沿，拿手背摩挲周婷的臉頰，別人生孩子都元氣大傷，她生孩子卻愈發豐美了。

福敏與福慧一直盯著胤禛看，見阿瑪低下頭在額娘的臉上輕輕印了一下，福慧一拍床沿，半跪著的身體直了起來，衝著胤禛直搖頭。「不響！」

福敏見狀，跟著直起身來搖頭，兩人似黑葡萄般圓溜溜、水靈靈的眼睛一齊盯著他，嘟起來的嘴分毫不差。

胤禛不由得失笑。被他們這樣一鬧，周婷掀了掀睫毛，眼看就要醒過來，胤禛就低下頭大大一聲香在她臉上，看著他的兩個小女兒問：「響不響？」

福敏與福慧頓時樂得快把屋頂給掀了。

這一回康熙點了胤禛伴駕南巡，胤禛去了，胤禛自然留在京城裡，這個兒子的意義對他很不一樣，洗三禮將辦得非常盛大。

周婷躺在床上坐月子，這些事卻不得不操心，吃宴排座還在其次，光是洗三禮上要用的器具就快算不過來了。「洗三」顧名思義是在嬰兒出生後三天第一次進行沐浴，按習俗有很多東西要準備，偏偏時間很匆促，總讓人焦頭爛額。

大格格自胤禛發過話之後就一直跟在烏蘇嬤嬤身邊學管家，雖說後頭胤禛熄了讓她嫁進那拉家的心思，周婷卻不好立即回絕她學管家的事，再說她已經到了年紀，再不學起來，就是她這個當嫡母的過失了。

周婷平常不管這些瑣碎事，她身邊有當慣了管事的烏蘇嬤嬤，還跟著瑪瑙、珍珠這兩個得意門生，府裡的一針一線都有定例，只要按著規章辦事，就出不了大亂子。

烏蘇嬤嬤心裡有數，不管大格格養不養得熟，總歸都已經養在周婷身邊了，若是嫁出去兩眼一摸黑什麼都不會，別人嘴裡說的可全都是周婷的不是。可一想到她那個娘做下的事情，就又教得不情不願。

大格格這回學了乖，那些原來在她眼裡就是下人的人，如今全都捏著她的一半前程，特別是像烏蘇嬤嬤這樣周婷身邊的親近之人，要是挑上兩句不好，她之前的功夫就算不白費也會折去小半。

想明白了倒真的是在認真學習，一開始烏蘇嬤嬤還只叫大格格在旁邊看一看、聽一聽，領悟都要靠她自己來，有不懂的回去問了戴嬤嬤，才能品出些意思來。入了門以後，學起來就快了。

珍珠在周婷身後添了個枕頭，拿洗三禮時用的器具單子給她看，周婷拿著紅箋還沒看呢，珍珠就說了一句：「這是大格格那邊送來的。」

周婷眼睛一掃，沒能挑出毛病來。大格格跟在自己身邊的時間並不長，烏蘇嬤嬤又一向待她有成見，她能學到現在這地步，可見有幾分聰明，許是戴嬤嬤從旁指點，她列的單子上頭分毫不差。

這時候大格格倒埋怨起過去的自己來，當初若是能在福敏跟福慧的洗三禮上多看一看，她這樁差事就能辦得更精細了。

周婷微笑著點了點單子，吩咐珍珠：「開箱子把那疋月牙緞子拿出來，上頭繡著梅花的那個，拿去給大格格做鞋。」

珍珠點頭應下，周婷又說：「到了那天，讓她跟著三福晉到處走動，別把她拘在屋子裡。」那一天內廳裡都是些親戚女眷，大格格雖是未嫁女，但這樣的交際也沒越了規矩。

珍珠瞧了瞧周婷的臉色，欲言又止。「來的都是各家福晉呢。」

「只在內宅裡走動並不要緊，這個洗三禮她也是出了力氣。」周婷笑一笑，又幫大格格添了幾件做工精緻的素色首飾。「那套珍珠赤銀的首飾拿出來給她，叫戴嬤嬤那天為她打扮打扮，雖是在守孝，總歸是喜事，不能太素。」

珍珠親自領著小丫頭去大格格屋裡，將東西捧上去給她，話說得十分漂亮：「主子說辛苦大格格，這個緞子是給大格格當鞋面的，這些首飾則添給大格格在洗三禮那天戴。」

大格格哪裡坐得住，她不敢讓珍珠向她行全禮，藉著站起來的動作偏一偏，一聽到周婷竟然讓她出去交際，喜動顏色，拿眼睛往戴嬤嬤那兒看了看，戴嬤嬤朝她點了點頭，她心裡大定，指著冰心吩咐：「快拿墩子來。」

說著又衝著珍珠一笑。「我這裡有才送來的糖蒸酥酪，嚐一碗再去吧。」

周婷那裡的酥酪除了杏仁、核桃，再不放別的，旁人吃的裡頭擱的東西卻多，不等珍珠拒絕，冰心已經機靈地端了上來，除了酥酪，還有一小碟奶卷。珍珠見推託不過，便半側著身子坐在墩子上，揀了一個奶卷捏在手裡咬兩口。

「我聽說珍珠姊姊繡活最好，額娘的衣裳跟鞋子都是由妳來裁的，我新學了針線，想為額娘做一雙鞋子，偏不知道尺寸，不知姊姊有沒有合適的樣子給我？」這樣一番話竟然說得溫和柔軟，半點不見過去那冷清的模樣。

珍珠掩了嘴笑一笑。「這是大格格的孝心，只不過主子的鞋子全是瑪瑙做的，等回好了差事，就跟她要了給大格格送來。」

「額娘那邊這麼忙，哪能勞煩姊姊再跑一趟，我這兒叫個小丫頭去拿就成了。」大格格見珍珠答應得痛快，心裡鬆了口氣。她之前幫福敏跟福慧做的小衣裳，也沒見周婷讓她們穿上過，經了戴嬷嬷提點，才想起來應該幫周婷做些東西才是。

珍珠吃完剩下半個奶卷後起身告退，路上拐去了瑪瑙屋子裡，把事情跟她說了，瑪瑙狐疑地皺了皺眉頭。「那邊真這麼說？」

珍珠點點頭。「可不是。」說著壓低了聲音。「我心想這才像是個女兒家的樣子，原來那副八風不動的模樣，也只有主子這樣的好脾氣能看得下去。」

瑪瑙抿了抿嘴。「再沒有咱們主子這樣好性子的了。」誰家庶子女見嫡母不跟老鼠見了貓似的，這段時間大格格的變化大家都瞧在眼裡，她能知道分寸，往後相處起來就更方便了。

到了洗三那一天，周婷堅持找冰片粉出來撲在頭髮上，再拍乾淨拿梳子順了順頭髮，等會兒肯定會有人進屋來看她，這油膩膩的模樣她自己都不舒服，更別說旁人了。

洗三禮她不用出去，只要換上整齊些的衣裳待在內室就行，屋子裡早拿果子薰過，進來的人多也不覺得氣濁。

那拉家幾位夫人都來了，伊爾根覺羅氏在廳裡跟幾家夫人攀交情，西林覺羅氏和西魯特氏進來看了周婷，西林覺羅氏一臉笑意。「恭喜姑奶奶得了個阿哥，等養好了身子，明年我同四弟妹再來吃洗三麵。」

「借大嫂的吉言。」周婷微微一笑。

小丫頭端了果子跟茶水上來，剛說沒兩句，八福晉就來了。她剛走到簾子那邊，就大聲說道：「四嫂不厚道，我來了半天，麵怎麼還沒上？」

周婷被她逗得一笑。「妳就差這一口麵吃？明明離得最近，怎麼這會兒才來。」

西魯特氏空出位子來讓宜薇坐下，在座的七繞八繞算都沾著親，彼此間也頗多交際，不一會兒就說起東家這個、西家那個來。

福晉們湊到一處，周婷床前就空了出來，宜薇拿眼睛一掃，點了點她說：「妳也真是心寬，我怎麼瞧著『那邊』出的格格在廳裡頭交際？」

周婷微微一笑。「她也到了年紀，這些待人接事總該學一學，等日後出了門碰上事情，總不能甩手不幹吧？」

宜薇住得近，很清楚過去李氏跟那拉氏之間的明爭暗鬥，她聞言歪了歪鼻子，壓低聲音道：「那妳也太過了些，這樣為她作臉，圖什麼呀？」

周婷但笑不語，不幫大格格作臉，怎麼把她的名聲給傳出去？不傳出去，哪裡會有人家來求娶？要是到最後蒙古沒個合適的，還不是照樣得周婷出面為她找人家。

宗室女跟民間大家族裡的女孩不一樣，平日的交際只在宗室之間打轉，民間的女孩還能有個手帕交、閨中密友之類的，跟母親出門也還能見著旁姓人的面，打開了交際的通道，自然有人相看好求了回去。

宗室女這輩子就只在這個圈子裡，見著的也只有一些家裡的親戚，大格格是上了玉牒的，卻偏偏是庶出，身分尷尬，能嫁蒙古還好些，若是嫁不了蒙古，最後落在那拉家裡，周婷可會後悔死。

看胤禛待她的態度，倒有些可憐她沒了生母，所以說嫡母難做人。大格格要真是千好萬好，不說周婷，她身邊這些人也難受；可若真是一點好處也沒有，那說出去沒臉的就成了周婷，養廢了庶子女，可不是什麼好聽的名聲。

原本還能有個側福晉主事交際，如今李氏沒了，胤禛又沒有提別人上來的意思，這回的洗三禮就只有大格格跟在烏蘇嬤嬤身後，由她們兩個人在女眷裡頭招呼。

各家福晉們只有羨慕的分，她們要麼是沒孩子，要麼是沒孩子還得幫小妾生的孩子辦洗三、滿月、抓周，像周婷這樣已經算好命了。

她們心裡也在疑惑周婷為什麼這樣抬舉庶女，她看起來雖不像是個刻薄的人，可名聲再好也是一屋子小妾裡掙脫出來的，大家都是正妻，這點苦處誰不知道？

何況算一算孩子的年紀就能知道，周婷是熬死了李氏才得的寵愛，雖說正室計較這些是跌了分，可誰能打從心底真的不計較呢？

誰知看周婷臉上還真沒有一絲不甘願，還不時詢問小丫頭前頭大格格可有出差錯的地方。幾個福晉交換過眼色，個個服氣，怪不得說四福晉是個全和人兒，甭管真心假意，能做到這分上就不愧這個「全和」的名聲。

產婦不能下床，宜薇看著被打扮得乾乾淨淨抱出去的孩子，趁著人都往前頭去的時候，湊到周婷耳邊說：「等會兒讓我好好抱抱。」

周婷點頭允了她。

前頭鬧足了一日，胤禛臉上都是倦色，用毛巾擦著臉坐到她身邊，周婷還擔心道：「會不會熱鬧得太過了？」

她沒想到會來這麼多人，準備的點心都不夠用了，原以為比福敏跟福慧那時多個兩成人也差不多了，誰知道連那些不相干的都來了，還全提著厚禮。

胤禛揮了揮手。「皇阿瑪那邊我已經說過了。」

康熙出了京城，算著日子書信還沒送到，大家都鬆了一口氣，其實有些事只要不過分，也沒人來管。

擦完了臉，胤禛拿手指頭去點孩子的小鼻子，周婷趕緊抓住他作怪的食指。「可不能點，要是成個塌鼻子怎麼辦？」

胤禛抬手摸了摸自己的鼻子，又捏了捏周婷的。「光看咱們倆，兒子就不可能是個塌鼻子。」

說真的，這麼小小一點人兒，哪裡看得出相貌來，可胤禛偏偏覺得這個兒子長得特別像他，還說得一本正經，什麼眉毛也像、嘴巴也像。

周婷樂得很，湊過去彈了彈胤禛的耳朵。「旁的我不知道，這對耳朵倒有些像。」

胤禛的耳朵有些招風，周婷一說完就笑倒在胤禛身上。胤禛壓著她一頓搓揉，撓得她求饒還嫌不夠，還吸了舌頭纏得她喘不過氣來。

兩人起初還是開玩笑，不一會兒就真的蹭出火來了……

第六十三章　相看人家

等周婷出了月子，京城裡又重新熱鬧起來，雖然阿哥們還未守滿一年孝，但接連幾個大節都過了，禮儀規矩也跟著鬆泛下來，更何況聖壽將至，就算要服孝，聖壽也是大日子。

康熙今年早早去了草原，聖壽就只能在草甸子上頭過了，京裡該孝敬的卻不少，周婷懷著身子又連著坐了月子，整整十個月動不得針線，等到能拿針捏線，又來不及做了。

胤禛手書《孝經》送到御案前，又針對為何這一回沒有媳婦親手做的針線解釋了一番，還言明他寫字時，是周婷鋪紙磨墨，也算出力全了孝心。

自胤禛得了嫡子的消息傳到御前，康熙就對這個兒子更滿意。也由不得他不滿意，只要看看這回一起跟著巡塞的胤禩，再想想兩家住在一處，就覺得這兩家的媳婦實在差太多了。

明明只隔著一道牆，一個把庶子女養到跟前，還教養得很好，管理王府、打理庶務，在妃嬪之間只聽得讚譽；一個嫁進來十多年，後院硬是連朵花都不開，光是這一點，康熙就忍不下來。

可婚是他指的，當時還覺得這是天作之合，如今他後悔得很！當初只想到老八的出身低，就給他一個看著身分高、實則沒有得力外家的媳婦，抬高了他的身分不說，還能防著他起別的心思。誰知道他竟被這個媳婦給拿捏住了，她自己不能生，還巴著丈夫不讓後宅裡的小妾生！

當初點了幾個兒子守孝，他就有心要繞過老八，又怕面上實在難看，這才沒把他單單拎出來，可眼看他就到了而立之年，膝下無子不說，連女兒也是養了別人的。

剛知道這個消息時，康熙差點想把這個兒子的腦袋敲開來看看裡面都裝了些什麼。再寵一個女人，也不能因為她而絕嗣，難道他還想過繼姪兒不成?!像胤禛家裡那個那樣，不是很好嗎？

康熙一面想，一面在心裡皺眉，難道老八是因為妻子家裡身分高，平白低了一頭？但他可是皇子啊！雖比不上太子跟大阿哥這樣母系名門，卻怎麼也不該低了自己媳婦一頭。明年又是大挑年，看來得擇一個身分貴重、家裡男丁又多的名門女子指給他，不等進門就先定下側福晉的名號，看這回老八媳婦還敢做什麼。

胤禩不知道康熙接到胤禛的信竟會打起這個主意，臉上還笑得一派溫和，聽見胤禛說要送小弓箭過去就點頭附和。就只有胤禛會在他面前說這些兒女的事情，旁人根本不提。

他自己知道問題出在他身上，妻子不過是枉擔了罪名。剛新婚時兩夫妻很努力地造人，他也不是沒睡過小妾，努力了幾年沒成果，妻子心裡再酸也幫他抬了通房妾室。妻子在妯娌面前難做人他也知道，她受了這樣的委屈，他只能加倍對她好，夫妻倆有了這樣的秘密，反倒更親密。

這一回巡塞，宜薇再想跟過來，也還是按捺著把之前懷過身子的丫頭放到他身邊，為的就是讓這丫頭再懷一胎。宜薇的算盤打得好好的，還沒出孝，胤祺的身邊馬上有人服侍。

那丫頭身邊還跟著老嬤嬤，要是在路途中懷上了，身邊照應的人也都齊全。胤祺感念宜薇這份心意，常捎書信回去，對她又是一種安慰。

此刻京城裡的宜薇卻是又驚又喜，她抬給胤祺的通房張氏顯了孕相！張氏小心翼翼地不敢露出半分來，她知道宜薇的心情，明白宜薇恨不得能抓上一根救命稻草，因此絕對不會為難自己，可她害怕萬一不是真的有孕，大家就得一起掃興，更別說還沒出孝，這回懷上的實在不是時候。

即使張氏再小心，身邊的丫頭也不敢洩漏口風，但這些妾室身邊都是有老嬤嬤盯著的，很難瞞得過去。宜薇一知道這個消息，就把張氏供了起來，等太醫確認她的確有了的時候，宜薇差點就當著太醫的面唸佛了。

太醫低著頭回話，半晌得不到回應，還想著外頭傳言恐怕是真的，八福晉果然善妒，誰知卻得了重重一筆賞錢，就是別人家的福晉有了，也沒給得這麼厚的。

太醫提筆開了許多安胎藥，這邊藥方子還沒寫完，那邊宜薇已經差了人給胤祺送信去。

金桂皺著眉頭發愁。「這可怎麼好，千不該、萬不該是在這個時候。」

宜薇卻顧不得這麼多了，聽見金桂的話，喝斥了一聲。「胡說什麼，日子總能混過去的，這是大喜事呢，就算爺要她落胎，我也是斷斷不許的。」

好不容易盼來這麼個眼珠子，兩、三個月的孝，總有法子能翻過去，就算名聲不好聽，也總是個孩子呀！

宜薇想著，就一迭聲地打發人為張氏騰院子、收拾東西，更一下子指了四個丫頭過去，也不讓她吃素了，吩咐灶上專門替她燉了肉送過去。

胤禩知道了，康熙自然也知道了，梁九功報過來時，他的心情跟宜薇一樣複雜，想發怒把兒子叫過來罵一頓，一轉念又忍了下來。他這一發脾氣，胤禩絕對不會留下這個孩子了。服孝中有的孩子按理不能上報宗人府，可這個孩子來得實在太不容易。康熙算了算日子，還有兩、三個月才出孝，這時候有了，到時報個早產，就說是七個月生的，也能把日子給混過去。

他在心裡嘆息，這個兒子真是不教人省心，該來的時候不來，不該來的時候偏偏又有了。然而康熙內心再惱，也還要顧著孩子，他深以為上次那一胎是被宜薇做了小動作給弄沒的，這回這個她更有光明正大的理由可以下手，於是趕緊找了件不大不小的事情派給胤禩，要他連夜回京去辦。

旁人都不知道康熙的意思，大阿哥還酸了一陣，太子卻是知道這是要他回去盯著老婆，別再讓小妾落了胎，當場嘴就歪了。年近三十膝下猶虛，好不容易有了，卻還是個服中子，他眉毛一挑，把那嘲笑的心思做足了十分。

胤禩將太子的神色看得分明，心頭暗恨，面上卻不露，立刻答應下來。他知道只有他回去了，宜薇才能安心，於是連夜收拾好就往京城趕去。

胤禛冷不防接到旨意要他去伴駕，胤禩又回來得蹊蹺，想到如今已經是康熙四十六年，說不準就有什麼變故，自然要去查探一下，結果一查就查到胤禩帶了康熙的旨意去太醫院。

唐仲斌一見著胤禛的人，就把知道的全說了，胤禩回來竟是因為妾室有孕！一個妾室懷孕怎麼也不可能有太醫駐府診斷的待遇，然而，這種事放到八阿哥府上偏偏誰也不覺得奇怪。胤禛心裡哧了一聲，這孩子就算生下來，在皇阿瑪眼裡也是有污點的，不過因為就這麼一個，才顯得分外金貴罷了。

此時不追究，以後卻未必沒人會拿這點來做文章。上一世老八那個獨苗兒子是妾生的，皇阿瑪還當老八沒有兒子呢，更別說現在是個服中子了。

周婷一面為他盤點藥物，一面跟他絮叨道：「這可是服中子啊，怎麼就這麼不小心。」難道八阿哥是覺得反正很難有孩子，乾脆也不克制了，在床上想怎麼滾就怎麼滾？可是八阿哥看起來不像是這麼不小心的人啊……還是因為一直沒有，所以心理有些變態？

胤禛一聲冷笑。「恐怕他自己也沒想到會有這一齣，這會兒心裡不知怎麼發愁呢。」

胤禛怎麼看自己的兒子怎麼覺得滿意，想到一走就是兩、三個月，又皺起眉頭。「兒子剛剛滿月，我原想著生福敏跟福慧時沒能多陪陪妳，這回能多待在家裡的。」他這一去，不知會錯過多少兒子的變化。

例如今天他才知道小孩子放鬆開來睡時，那手是繞過來抱著腦袋的。福敏跟福慧看了嘖嘖稱奇，福敏還比著弟弟的小手說：「他的胳膊肯定長得長，拉弓有力氣！」

弘昀身體再弱，也開始學習弓箭了，弘時跟兩個小丫頭吵著去看了一回，福敏還鬧著也要一把小弓。胤禛給她和弘時一人一把黃楊木雕的紅漆小弓，弘時跟福敏一有空閒就揹在背上，學騎射師父的樣子走路。

福慧卻不太樂意，她不喜歡弓箭，但更討厭吃虧。凡是別人有的她也一定要有，旁人沒的她若是有，那小下巴就要翹上天了。周婷給她一把雕花貼金的梳子，告訴她這個也是黃楊木做的，她才高興了。此時看著熟睡的弟弟，福慧瞪圓了眼睛，好奇地問胤禛：「他還不長牙，什麼時候能吃飯呢？」

小兒子的伙食全由周婷包了，奶嬤嬤形同虛設。福慧自然沒見過周婷給弟弟餵奶時的樣子，吃點心時非要珍珠多拿一碟花糕藏在荷包裡，要不是嬤嬤們看得牢，就被她塞進小嬰兒的嘴裡了。

「他自有他的吃食。」胤禛看著悠車裡小小一點兒的兒子，笑得嘴巴都咧開了。

「他不吃糕，怎麼飽呢？」福慧還是擔心她的小弟弟餓著，他一直睡啊睡，錯過了飯點，額娘是要發脾氣不給飯吃的，她一天吃兩回點心、三餐飯，可一次都沒見著小弟弟起來吃東西呀？

「妳跟妳姊姊兩個，妳額娘都能餵飽，他一個哪有餓的道理。」

胤禛這話脫口而出，剛一說完被周婷一巴掌打在手上，嗔了他一眼。「當著孩子都說什麼呢。」她的面龐不由得微微發熱，眼睛都不敢落在胤禛身上，只好伸手去拍哄被福慧鬧騰得皺起眉頭的兒子。

胤禛以手做拳放到嘴邊咳了一聲。好不容易等她出了月子，才得趣沒幾日，他還沒盡興呢，就又要趕到外頭去。

周婷扭過去的臉上微微帶著笑意，她眉梢一挑，偏著臉斜了胤禛一眼，把胤禛看得心口一熱，夜裡將她撲在床上好一番折騰。

第二日他騎馬要走的時候，周婷硬撐著起了床，腰骨泛疼，腿肚子都在打顫。胤禛的目光落在周婷一片暈紅的臉上，就覺得大腿根上麻癢起來，直想再把她撲到床上去，把這兩個月的事都辦完了再離開。

胤禛還沒回來，家裡就先出了孝，幾個孩子從頭到腳都換上了帶色的衣裳，福敏跟福慧兩個人是一模一樣的芙蓉色四喜如意紋衣裙，耳朵上戴了海棠花樣的赤金小墜子，脖子上是新打的蓮花紋項圈，兩人手拉著手在周婷面前轉圈圈，裙子舞成一個圓。福慧笑呵呵地拎著自己的裙子說：「阿瑪回來給阿瑪看。」

福敏卻摸著耳朵不習慣。一般女孩在洗三禮時便穿了耳洞，可周婷怕小小的耳朵戴了東西勾著不好，從不在她們耳朵上戴東西，除了進宮拜年以外。進宮戴的墜子還是銀的，金子比銀子沈，福敏剛戴上還不適應。

「我這個也給阿瑪看的。」福敏沒有福慧會撒嬌，這時候卻也想阿瑪了，一天三回地嘆。「阿瑪怎麼還不回來。」

大格格已經十二歲，在這個時代算是大姑娘了。洗三之後大格格被周婷推進了交際圈，滿月禮那回還是由她出面，京城裡消息靈通些的人家已經開始打聽起她來。周婷既然想好了往後要多帶大格格出去交際，給東西時自然不會吝嗇，光是衣裳料子就是成疋地往她屋子裡搬，這一季還新打了好些首飾。

福慧歇晌醒來瞧見盤子裡擺的，嵌著各色寶石的梳篦，知道沒有她的分，噘著嘴老大不樂意。給福雅她沒意見，但她沒有她就生氣了。

周婷把她抱過來講道理。「大姊姊長大了，用的東西自然多，妳還小呢，額娘不是才給了妳一對金墜子嗎？」

福慧揉著手裡的帕子嘟嘴不理她，周婷有意折折她的性子，便把她放到一邊做自己的事，讓她聽聽自己得了多少東西，福敏跟她的是不是一樣。

福慧粉嫩嫩的小臉皺成一團，可憐兮兮地望著珍珠，珍珠心一軟，走過來幫她說話。「慧格格這是吃醋，看著主子給東西，偏沒她的分，一下子轉不過這個彎來。」

周婷一眼掃過去，福慧已經吸起了鼻子。她最會看周婷的臉色，知道跟胤禛要求那是要什麼有什麼，周婷就不同了，該給的才給，不該給的絕對不會鬆手給她。

周婷坐在炕桌邊看冊子點東西，胤禛那裡早早來了信，說好等一出孝就開始改建園子，這是周婷樂意見的，便吩咐人去莊園裡收拾，清點要帶過去的東西，只等胤禛隨聖駕回朝，就往那邊遷。

才翻了沒幾頁，還沒說到讓人去莊園修理花木呢，那邊福慧已經唸了好幾十聲的阿瑪，也不知道胤禛的耳朵熱了沒。她把冊子一合，抬眼看著女兒，福慧圓溜溜的眼眶裡含著淚花，皺著一雙長眉毛，偏著頭委屈到不行。

「過來！」周婷拍拍自己身邊的坐褥，福慧小身子扭了幾下，聽見聲音趕緊撲過去，把臉埋在周婷裙子上，小小軟軟的手指頭一下一下地戳著她被裙子裹住的腿。

周婷伸手拍拍小女兒的背。「弘昀要習字射箭，他那兒就有文房四寶，大姊姊要學針線女紅，她那裡就有各色絲線，什麼時候用什麼東西，等妳要用的時候，自然都有。」

福慧還蒙著臉不肯抬起來，周婷任她趴在自己身上，一隻手不住地拍她，同時抬頭吩咐起瑪瑙：「莊園裡頭的池子好好清乾淨，養些魚鴨，三個格格的院落裡糊上煙霞色的窗紗，叫侍弄花草的人精心些，這時節可別生了蟲子。」

福敏見妹妹不高興，湊過來安慰她道：「我的不給阿瑪看了，給妳好不好？」說著搖了搖福慧的胳膊。見她還不高興，便學著周婷的樣子拍拍她的背說：「妳乖，等我以後得了這些，全都給妳好不好？」

周婷笑咪咪地看了福敏一眼，拉過她的手。「妳的是妳的，妹妹有妹妹的。」

她正說著，腿上一動，福慧抬起臉來，整張臉紅通通的，珍珠趕緊絞了濕帕子幫她擦拭，周婷親手接了過來，拿在手裡抖開了，把福慧抱到她懷裡擦臉。

小小的人兒這樣大的脾氣，周婷把她摟在懷裡拍哄，福慧這才回轉過來。周婷不理她，比不給她東西還讓她委屈，她嘴巴一嘟，戀戀不捨地又看了那托盤一眼，喃喃自語道：「我以後也會有。」

周婷翹了翹嘴角說：「姊姊待妳好，妳怎麼不謝？」

福慧把頭往福敏身上一靠。「喏，我把我的糕給妳吃，棗泥的。」

福敏最愛吃甜點心，可周婷每天只許她們一人吃一個，怕吃多了壞牙。福慧把這個給了她，福敏一高興，摟著妹妹就親了一口。

大格格就是這個時候進來的，陽光從玻璃窗戶外透進來，福敏與福慧兩張笑臉紅撲撲的，與周婷母女三人挨在一起湊得極近。

大格格腳步微微一頓，臉上的笑意卻沒褪下去，她屈著膝蓋請了安，就近坐到炕上，指了指頭上新戴的釵說：「謝謝額娘。」

周婷微微一笑，問道：「衣裳可還合心意？」

十二歲的女孩就像柳樹梢頭剛剛抽出芽來的嫩葉，一雙杏眼裡泛著水光，淡淡的胭脂色嘴唇一抿就是一個笑，大格格五官生得豔，性子卻更像胤禛，就是笑的時候也是斯斯文文，透著些冷意。

這般長相跟性格的姑娘其實並不是婆婆的好選擇，可周婷這裡卻接到娘家大嫂跟四嫂的話音，還真有幾家看中了她，既然敢到西林覺羅氏和西魯特氏那裡開這個口，家世就不會差了。周婷想了一想，還是決定交給胤禛處理。

身價水漲船高，大格格怎麼也是個多羅縣君了。這些人家裡，家世最合適的那個，求的是幼子；為嫡長子求的那家，家世又弱了些。

不論挑哪一個，周婷都怕落下埋怨來，不如全丟給胤禛，由他來選定。他對大格格愈發柔和了，雖不及對福敏與福慧那樣有求必應的寵愛，可心裡對原先定下的嫡庶之別還是模糊了起來。

到底是疼愛過多年的女兒，此時看著她失了生母，又改了原先的錯處，心自然而然軟了下來。然而，周婷藉著胤禛發的話定下了規矩，不肯因為他曖昧的態度改變原先定下的事。

可憐她是一回事，混了嫡庶又是另一回事。原本她沒有兒子，大格格同福敏跟福慧一樣待遇也罷，可如今她有了兒子，就絕對不能開這個口。現在只是對女兒們一樣好，若有一天這情況輪到兒子身上該怎麼辦？必須全部做成定例，讓胤禛明白幾個兒子之間的分別。

悠車就掛在周婷房間裡，她一抬頭就能看見，小嬰兒吮著手指頭睡著了，臉上一片安謐。三個多月的孩子，胳膊白胖如藕節，每回洗了澡周婷幫他抹冰片粉時，都要把手臂扒開來才能抹，在肚子裡就營養充足，現在吃得更好，別家這麼大的孩子還躺著不動呢，他已經學會了抬頭。

對這麼小的孩子而言，任何動作都讓他感到新奇，成功抬起一次，他就老是歪著脖子使力，一把他翻過去就要叫嚷，折騰了一個早上，這時睡得格外香甜。

周婷往那邊望了一眼，又收回了目光，對大格格說：「等妳阿瑪回來，咱們就遷到莊子上住，妳同福敏跟福慧用一個院子，那兒有湖有山，倒比府裡地方大些，到時候妳也能請些家裡的親戚過去坐坐。」

大格格心裡一喜。她少有機會出去交際，家裡的親戚不過就是宗室女，可還是開心，點點頭道：「我從來沒去過莊子，聽說景色很美。」

周婷笑一笑。「也有七、八年沒去待過了，如今還要打發人去收拾，也要添上許多物品才能去住，妳那屋子裡，就添一張雲母石床吧。」

周婷把冊子往後翻了幾頁。「這個祛百病的屏風，阿哥跟格格的屋子裡都要添上。」

大格格與周婷說了一會兒話就告辭出來，內心止不住忐忑。連戴嬤嬤都說這回送來的東西太厚，若不是這樣，她也不會親自過來道謝，可周婷看上去並沒有異常。大格格面上一紅，照戴嬤嬤的意思，恐怕是家裡要為她相看人家了。

大格格心裡又喜又憂，喜的是不必像別家格格那樣長成了就嫁去蒙古，憂的是如今她身邊沒一個能幫著說話的。她扯著帕子回到屋裡，冰心跟玉壺兩個還在收點周婷賞下來的東西，玉壺摸著緞子嘖嘖出聲。「這個我還只在側福晉的箱籠裡見過呢，福晉一賞就是兩疋，花還這麼好看！」

李氏過世之後，她原本存下的那些東西由周婷吩咐人裝箱記冊，全部打包起來存在庫裡，鑰匙給了大格格，玉壺取東西時曾經見過。冰心咳了一聲，玉壺趕緊轉過身去，大格格看了她一眼，就坐到繡繃前捏起針來。

玉壺退出去，冰心倒了蜜水過來，戴嬤嬤從外頭進來掃她一眼，她便知趣地退了下去。大格格手裡的針還沒穿線就扎進了繡布上，戴嬤嬤微微一笑。「大格格不必憂心，若真不為格格打算，何必相看人家呢？」

大格格眼睛一亮抬起頭來，戴嬤嬤笑著拍拍她的肩頭。「大格格之前不是做得很好嗎？咱們一步一點兒，福晉總能明白妳的心思。」

她點點頭垂下眼，幫馬繡了一隻前蹄，放下針後倒是想明白了。阿瑪還是為她著想的，這麼一想心就定下來，一舉一動又恢復了常態。

周婷把信寄過去，那邊胤禛也回了信做主把大格格的親事定了下來，雖未十分，也有八、九分了，這些人裡有他知道的，就想一回對方的生平；不知道的，就看看家世。除了這件事，還隨信捎回了一袋五彩石頭，言明是給福敏跟福慧兩個玩的，周婷瞧著那不規則的石頭發怔，難不成這是他自己去撿的？

第六十四章 溫馨家庭

新年將至，外頭開了府的阿哥們每人都得了宮裡賜下來的「福」字，胤禛帶著幾個孩子去貼福，福敏跟福慧賴在他身邊轉圈圈，福慧一邊摸著自己頭上毛絨絨的兔毛帽子，一邊嘰嘰喳喳地問：「這是皇瑪法寫的嗎？」

胤禛微微一笑。「這是皇瑪法親自寫了賜下來的，給咱們家裡添福氣。」

「是不是我和姊姊的福？」她們兩個都知道自己的名字。

福慧一問，胤禛就應她：「是，是妳們兩個的福字。」

周婷站在他身邊，穿著火狐狸的大毛衣裳，脖子裡是白狐狸毛的圍頸，手裡抱著福敏問：「這字怎麼也該貼到院門上去，好教一家子都沾沾福氣。」

往年宮裡頭賜下的福字，胤禛都是貼在後宅入口那道大門上的，今年雖是在莊子裡過年，卻是一接到就直接送到她屋子裡來了。

小太監在門上刷著稠米漿，胤禛拿起福字正一正拍在門上，用手細細貼實了。他聽見周婷的話，側過頭來一笑。「這裡不就是一家齊全了？」

福慧扯著胤禛的袍子，她一直在等胤禛貼好字以後來抱她，胤禛低頭把她撈起來，福慧就皺起眉頭敬畏地看著那張「福」字。

胤禛讓她抬起手去摸一摸字，接著是福敏、弘時跟弘昀，每個孩子都伸手摸了一遍，福敏卻跟別人不一樣，她順著那字的筆劃描了一回。

院子裡的積雪全掃乾淨了，幾個孩子又穿得厚，屋子裡炭火的熱氣不住冒出來，吸引人快點進去。胤禛抱著福敏進屋，周婷則是一隻手抱著福慧，一隻手牽了弘時往屋子裡去。

福慧大了，周婷吃不住重，一進屋就把她放下來由她自己玩耍，弘時跟弘昀圍了過去，幾個孩子一眼就看中宮裡賞下來的九九盒。

福敏卻團在胤禛身上不肯下去，她拉著他的袖子要求道：「我也要寫福。」

胤禛歡喜地問周婷：「敏兒已經認識字了？」瞧她那抬手揮舞的動作有模有樣的。

周婷回到內室，坐在炕上點著年禮微笑。「上回你給了弘時的字帖被她賴了過來，怎麼也不肯還了。」說著指指福敏的鼻子。「妳有沒有把妳的木漆小船給了三哥？」

福敏一本正經地背著手點著小下巴，胤禛把她一把抱過來在懷裡掂了掂，衝著周婷說：「等我得了空，手寫一本給她。」說著無比欣喜地摸了摸她的頭。

弘時和福慧正在一邊分點心吃，過年時周婷就放鬆了規矩，宮裡賜下的點心盒子被兩個孩子翻了一回又一回，弘時手裡捏一個百花餅啃著，福慧卻不住在裡頭挑揀，看一會兒就衝到屋子外頭去待一會兒。

粉晶一步不停地跟在她後頭，嘴裡小聲說著：「慧格格，慧格格要什麼讓奴才去拿。」

偏偏福慧就是不理她，努力仰著脖子盯著屋門上貼著的「福」字，半晌才轉身回去點心盒子裡了拿兩塊差不多的餅，又跑出去對著福字比了半天。

珍珠身後跟著小丫頭，正拿著漿洗過的禮服進來，見著了福慧，笑咪咪地伏身點著其中一塊餅說：「慧格格，這塊是福字餅，那一塊是祿字餅。」

福慧側頭溜了她一眼，眼睛一彎笑起來，點著小腦袋進去了。她跑到福敏身邊伸手說：「給妳。」

福敏接過來，在手裡細看那酥皮上面印的紅色福字，拿指頭點著，驚喜地瞪大了眼睛，告訴胤禛說：「阿瑪，這裡也有個福字。」

周婷笑開了，朝她招手。「福慧這麼乖呀，特地找給姊姊的？」說著就伸手摸她頭上的兔毛帽子。

福慧一臉得意地點頭，跑過去拉扯姊姊的手，兩個孩子團在一起分了那塊餅。

不一會兒，廚房裡端了剛炸過的鵪鶉蛋來，這樣的炸貨周婷還是卡著量不許她們多吃，順便告訴她們去宮裡吃年席的規矩。

福慧拿著琺瑯嵌寶石的籤子叉了一顆蛋，沾了醬小口小口吃著，平日她吃的都是煮過的，只這一回過年才吃到炸的，福敏的碟子還沒動，她把碟子伸手推到妹妹面前，趁周婷沒瞧見，撥了一個過去。

一抬頭就瞧見胤禛在看她們，福慧朝他眨了眨眼睛，福敏兩隻手團起來放到胸前晃了兩下，那是周婷教她的拜年動作。胤禛一下子樂了，衝著她們兩個人微微頷首，拿眼睛餘光去看周婷，再朝她們擺擺手，兩個丫頭便一起背過身去，用身子掩住小碟子幹壞事。

周婷眼睛往那兒一掃，就知道這兩個丫頭又弄鬼，她斜了胤禛一眼，壓低了聲音。「你又慣著她們。」

胤禛待兩個女兒那真是沒話說了，他一回京，福慧就找他告狀，說大姊姊有梳篦自己沒有，第二天她的屋子裡就多了一匣子十二個一套的琺瑯梳篦。

福慧倒不是真的要這東西，不過是見了阿瑪就想撒撒嬌，胤禛卻依了她，給小孩子的玩意兒，竟不比給大格格的要差。福慧立刻高興起來，可她人太小，又沒留頭髮，既不能戴在頭上也不能別在衣服上，要了不過是拿出來白看。

周婷藉機又把之前說的那些話翻出來再說一遍，福慧這回乖了，要小丫頭幫她把梳篦收起來，想到了再拿出來看看，又不住纏著周婷問她什麼時候能留頭。

「才這麼小就愛漂亮成這樣子，你是不知道，那天她裙子上花勾了絲，明明補好了，就是不肯再穿。」周婷不禁攢眉發愁。女孩子愛漂亮是一回事，任性又是另一回事，明明這裡的格格們都規矩得很，就是太子家的三格格行動舉止也不見這樣跳脫的，怎麼偏偏自己的女兒很有後世小公主的風範呢？

周婷說這件事時，胤禛正摟著她又親又摸，他不以為意道：「那值什麼，一件衣裳而已，她不喜歡重做了就是。」說著嘴巴就湊了過來。

周婷沒好氣地伸手輕推了他一下。「還不都是你寵出來的。」

胤禛在兩個女兒眼裡是有求必應，她還聽過一回弘時想要隻大船，特地把他每天的點心留下來給福慧，讓福慧跟胤禛去求呢！

胤禛一個翻身壓住了周婷，鼻子裡噴著熱氣，手下動作一翻就褪下她的裙子。「生十個我也這麼寵著，咱們再一回吧。」

因為說到寵著、慣著的話題，胤禛不免想起剛回來時那幾個夜裡的孟浪事，見到周婷身上的豔色衣裳襯得肌膚如玉，嗔怪自己時眼光瀲灩，不禁心猿意馬起來。

兩人親密得多了，周婷一見他的目光，就知道他在想些什麼，她垂了頭勾著嘴角一笑，伸著手指頭在他臉頰上刮了一下。胤禛心口一熱，自然摟在一處又是一番纏綿。

臘月二十九那天，福慧也不知從誰那裡得知乾清宮門口在跳布扎，便纏著胤禛要跟去瞧。周婷怕嚇著了她，不肯放她出去，福慧就噘著小嘴不開心。胤禛抱著她哄：「跳布扎就是打鬼，小孩子不能瞧，妳守著弟弟，等明天阿瑪帶你們進宮看烏庫媽媽和皇瑪法，咱們吃宴好不好？」

本來只有福慧一個人纏著他，一聽到「打鬼」，小孩子的好奇心全被勾了起來，還是瑪瑙哄住他們：「那不過是個大麵人兒，咱們自個兒也能捏。」說著就和了一大團麵團，福敏、福慧跟弘時玩得滿身是麵粉。

周婷耳提面命道：「進了宮可不許這麼不規矩。」特別是福慧，看見什麼都喜歡問，又愛纏人，到時宴上有許多人，可不能不守分寸。

誰知道周婷的擔心完全多餘了，幾個孩子到底是經過負責教導規矩的精奇嬤嬤教養，就連福慧也有模有樣地行了禮。

康熙見到這對一模一樣的福娃娃，很是高興，招手要她們過去。「過來皇瑪法這兒，讓皇瑪法瞧瞧妳們像不像。」

猜誰是姊姊、誰是妹妹這樣的遊戲福敏跟福慧都玩慣了，此時看見坐在最上頭的人揮手，一點也不害怕，手牽著手走去，團起手舉到胸前給康熙拜了年。

雪團子一樣的娃娃到哪兒都招人喜愛，何況是一模一樣的兩個，福敏跟福慧在太后那裡見過康熙幾回，並不怕他，福敏拉了他的手，摸他手裡的繭子，抬頭問：「皇瑪法，這是不是寫『福』字寫的？」

康熙大樂，點頭道：「是。」

福敏皺起眉頭，拿小手軟軟摩挲。「等我學會了，我來幫皇瑪法寫，皇瑪法就能少寫點了。」

福慧探頭過去摸一摸，吐了吐小舌頭。「比阿瑪扎人。」說著就晃一晃腦袋。

康熙指著福敏問：「妳是姊姊？」

福敏跟福慧手拉著手轉了個圈，把頭靠在一處樂呵呵地說：「再猜！」

康熙瞇起眼睛。「皇瑪法老了，瞧不清楚嘍。」

福慧瞪著圓圓的眼睛。「皇瑪法萬壽無疆。」

這話是家裡人教慣了的，此時脫口而出，惹得康熙心情大好，新年頭一天就是好口彩，他難得把孫輩抱在懷裡掂了掂。別的孩子只得金銀寶石的各色如意，只有福敏多得了一份文房四寶。

胤禛坐在阿哥堆裡衝著兩個女兒笑，周婷提著的心總算放了下來。雙胞胎總是比別家孩子更容易博得關注，她還怕這兩個孩子出什麼差錯呢。

後頭是五阿哥家的孩子向康熙拜年，一波一波輪下去，輪到八阿哥家時卻一個都沒有，唱名的太監直接從七阿哥家跳到九阿哥家，康熙的臉色微微一沈，宜薇則坐在席上暗暗咬牙。張氏這一胎坐得穩了，到了明年總算有個能磕頭的人了。

女眷堆裡說的自然是過年之後的大挑，這可是女人們的頭等大事，去歲諸位阿哥都守了一年孝，正好沒有小選，這一回是肯定要進新人的。

周婷手裡執著杯子默默聽著，三福晉用手肘碰了碰她。「妳那邊說不準也要進新人。」三福晉以前還埋怨丈夫被革了爵，這回倒是慶幸起來，胤禛升了郡王，後院又空蕩蕩，說不定就要進大姓的姑娘了。

周婷聽到「大挑」心頭一跳，之前幾回胤禛回拒的都是小選，這一回不知道還能不能清靜？

每回大挑都是福晉們的心頭大事，幾個妯娌掰著指頭一算，今年這些人還真沒什麼地方好安排了，十五阿哥、平郡王這樣年齡到了的都已指了婚，餘下的十六阿哥年紀又不夠，就算等到下一回大挑才指，年齡也剛好。

皇家福晉當久了，對康熙的行事也能摸出規律來，秀女每回人數都不會少，滿、蒙、漢三旗之中，就是原本家世不夠顯貴的，若出了身在高位的父兄，那麼這家的姑娘必定要指一個好門庭。

這麼一來，幾位阿哥瞬間成了香餑餑，只要能擠進皇家大門，家中其他姑娘就能相看到好人家，加上去歲又守了一整年的孝，各家定是要進人了，福晉們只能祈求不要進個大挑出來的，就算要進，也得是家世不顯又好拿捏的。

周婷拿著小布老虎引逗兒子玩，白胖胖的娃娃穿著藕色罩衫罩褲、繫著紅肚兜，手腳並用地爬過來，福敏坐在床沿上拍著軟褥子起鬨。「快點，再快點！」

福慧從外頭跑進來，手裡緊緊捏著一束花，紅、黃、白、紫團在一起好不熱鬧。她一面奔跑，一面叫著額娘，一張粉臉紅撲撲的，到了周婷面前，一把把花撒在她的裙子上。

粉晶跟在她後頭跑進來，一頭一臉的汗，誰也沒有福慧腿腳快，全跟在後頭，她已經爬上了炕，奶嬤嬤才到門口。

瑪瑙趕緊絞了帕子過來幫福慧擦臉擦手，福慧一面仰著頭由她擦臉，一面笑咪咪地獻寶。「額娘，我找了最大的一朵給您！」

那花在她手裡捏得久了，花瓣都揉了起來，浸了一手花汁，指甲縫裡都紅了，周婷淺杏色流雲妝花裙子上頭因此星星點點。福慧兀自不覺，揀了最大的一朵要往周婷髮間插戴，周婷接了過來，就連福敏手裡也被她塞了一朵黃月季。

大格格身後跟著兩個捧花的小丫頭，一進門先屈了膝蓋。「給額娘請安。」她也是滿臉暈紅，鼻尖沁著汗珠，見福慧好好兒地依在周婷身邊，鬆了口氣，說道：「慧兒的腿腳這麼快，讓女兒好一陣子地追。」

「跟著大姊姊摘花去了？」周婷朝著大格格微笑，低頭捏捏女兒的小臉。

福慧脆生生的聲音響了滿室。「花裡鑽出好大一隻蟲，大姊姊嚇得直叫，是我把它甩出去的。」

「可有被咬著？」周婷一問，大格格就不安地動了動腳。

福慧正在搖頭，炕上的白胖娃娃卻趁周婷停頓時，一把抓住她手裡的小布老虎扯了過去，他翻了個身仰躺在床上，兩隻手沒拿穩，教老虎掉在了圓肚子上，福敏瞧見開心地笑起來。

福慧見了，就拿花伸到他面前去引他，等他要勾著了，就背著手把花藏到背後去，他竟然也不惱，福慧再把花拿出來，他就咧開長了兩顆門牙的嘴直笑；她一藏起來，他就瞪圓眼睛、骨碌碌地來回轉著找。

這兩個小傢伙把弟弟當成了玩具，偏偏他像是知道姊姊們喜歡他，胖嘟嘟的爪子一勾一勾地和她們玩耍起來，福敏拿了自己的花給他，他差點一口咬在嘴裡，福敏急了。「這不是糕！」

周婷伸手過去已經來不及了，他扯了一塊放進嘴裡，嚐出了苦味又吐出來。奶嬤嬤趕緊把那花收起來，餵水給孩子喝，福敏還在看他的嘴。「我把糕給你，這個不能吃。」

珍珠拿了杏仁漿過來奉給周婷，瞧見就說：「咱們四阿哥可真是好性子呢。」這樣鬧他也不哭，性子確實不錯。周婷微微一笑，端著小盅啜了一口。「這才好，男孩子就是得老實些。」

大格格遣丫頭拿了玻璃花瓶來，揀出幾枝開得正好的花插在裡頭，捧過去給周婷瞧。「額娘看看這個，園子裡開了許多呢。」

「這個瞧著好，要丫頭們揀那些將開未開的多剪幾枝下來，妳跟妳妹妹屋子裡都放一些。」周婷一轉頭就能看見窗子外的景色，紫藤花一束束掛在架子上，像小鈴鐺似的，海棠樹也開得正盛，這幾個孩子天天都要往院子裡跑上一圈，玩的東西也多，但周婷的擔心卻比在府裡要少些。

畢竟是在莊子裡，跟過來的又都是心腹，沒那些亂七八糟的妾室，原本在府裡的時候，她們再沒有存在感，周婷也還是得管理她們的衣裳、飯食、胭脂水粉，到了這裡就完全是周婷的天下，她不必再掛心前宅跟後宅之間會不會有人鑽了空子。

說到這個，就想到即將開始的大挑，周婷已經有了心理準備。

宜薇那邊進人已經進成習慣了，除了去年，哪一年小選不進人的？倒是惠容有些掛心，她才生了個女兒，又剛剛開了府，空院子多得是，雖說經過周婷的點撥占了先機，可就是沒有把握，誰教她生了個女兒呢？

胤祥前頭已經得了個女兒，嫡出的雖是金貴，卻不稀罕，她平日也不知道嘆了幾回氣，就連周婷邀她到莊子上玩，她也提不起興致，卯足了勁準備再生一個。

怡寧雖說生了兒子，可也不是獨一個，家裡已經有了個不省心的舒舒覺羅氏，再進來一個，她還真是雙拳難敵四手。

九福晉、十福晉一直如同背景，早就不指望丈夫的心還能攏回來了，只不要進個折騰惹事的就行。

因為大挑，福晉們臉上的笑影都少見，全都在暗地裡憋著一口氣。等秀女進宮，就要找機會相看，若是能挑上個好拿捏的求了來，總比上頭親自點的要強。

周婷早在去年畫圖紙、建院子時就已經占了先機，圍著書房、正院的那一塊，全都被她留出來給孩子用，離書房最近的院子則給了幾個阿哥，男孩子總要長大，須留個好地方讓他們讀書，那裡離胤禛最近，再「求上進」的妾，也斷不敢往那邊湊。

正院還擴了個小花園出來，隔著一道門就是女兒們的住處，胤禛特地在那個院子裡建了花樓、挖出蓮池，光是花木就要種上一圈，三個院子一排，胤禛平時能轉圈的地方就都劃出來了。

他這麼要面子的人，難道還能繞過大半個院子去找小老婆？等他到之前，這幾個兒女就足夠找到理由攔著他了。

第六十五章　攪亂春水

周婷既然有了心理準備，這些日子就更在胤禛身上下足了功夫，見他這幾日被朝堂上的事惹得飯量都減了，便有意引他放鬆心情。府裡地方小，花園也就那麼一塊，莊子卻不一樣，有池塘、有果樹，一用了晚膳，周婷就會主動拉著胤禛出去走走。

「一整日就只有這麼一會兒得閒，夜風吹在身上倒是舒爽，園子裡走走也好消消食。」周婷淺笑道。

不光是周婷，胤禛也忙了一天，天色將暗未暗，雲霞邊緣還留著一條金線，兩人身邊也不帶什麼人，只叫小太監拎著燈籠，在園子裡逛上一圈。

莊子上比京裡要涼快一些，到了夜裡池邊的灌木叢裡還有點點螢光，走到花叢繁密處，胤禛伸出手來，周婷就把手遞過去，兩人攏在一處，到了亭子邊也未鬆開。

胤禛最近事多忙亂，吸上一口夜花香氣，倒壓住些躁熱。周婷知道一些，就開解道：「海上律法並非一朝一夕之事，我只覺得奇怪，難道那些地方就不出米嗎？」

又有人上書求康熙禁海，不讓商船把米往外洋運去，當地百姓米還不夠吃，再往外頭運，米價自然而然提了起來，牽一髮而動全身，近期連江浙米價都抬高了。因為之前教宗之事都由胤禛負責，這回海禁也有些關聯，康熙就又交給了他。

「禁一回就傷一回民生，遷海令一出，那裡就可是無人區了，要人遠離故土又不給營生活路，傷其根本。」胤禛坐在石凳上，周婷繞到他身後為他輕揉額角。

這些事他明明已經做過一回，再做一回，阻力卻比過去還要大。原先他登上大位後大力開了海禁，如今卻要與保守派相互扯皮爭論。

「治大國如烹小鮮，我不懂什麼治國的大道理，卻也知道朝令夕改是管家大忌。訂下一條規矩，若是能長長久久實行，下頭人才好拿捏著分寸辦事，若是一天一個樣，自己就會先亂起來，下人們更不必說了。」她的指腹按在胤禛的太陽穴上輕輕揉按，不一會兒胤禛的眉頭就鬆了鬆。

挪進莊子後，周婷對政事知道得更多，因為胤禛就把書房設在她院子裡。夜裡忙得晚了，她還親自為胤禛磨過墨、添過茶，這事就是在他書桌上瞧見的。

胤禛舒展開眉頭，吐出一口氣來。「凡舉令行事，須得長久無害方才可行，妳亦明白這道理，官員卻只怕丁戶驟減、米價不降，就提出這樣的昏聵的主意來，說是無為無能也不為過！」他說著捶了腿一下，若是停了海上貿易，那一年稅收要短收多少？這裡旱、那裡澇，該用什麼去填補?!

周婷為他拍胸口順氣。「爺可別為了這些氣壞了身子，這些道理皇阿瑪定能明白，爺寫了摺子上去，皇阿瑪自有定奪。」

她就是再有想要上進的心，無奈連個副手都不是，只好藉機多給點主意。「馮九如不是說要親去外洋的嗎？爺不若問問他去？」

就算她不清楚，馮氏肯定知道吧？後世同現在千差萬別，周婷知道得有限，不如讓胤禛去問明白的人。

他聽了點一點頭。「之前他回了我說要造船，我是允了，上回還說試水，不知現在如何了。」

周婷差點驚掉下巴，馮氏是真的決定要出洋啊！她還沒來得及說什麼，就見胤禛吁出一口氣來，夜色漸濃，灌木裡的螢火蟲緩緩飛舞。

胤禛出了心裡這口氣，反手握住周婷的手。「好不容易跟妳走一回，竟還說起這些來。」他已經比過去早了許多年掌握狀況，此時切不可心浮氣躁。

周婷微微一笑，眼裡頭映著螢光，她手軟軟地拍著胤禛的背。「爺同我還見外？」說著身子就靠了過去。

侍候的人全退得遠遠的，亭子裡兩條人影摟在一處，胤禛心頭蠢動，大掌裹住周婷的手湊過去。「咱們回屋。」

比起周婷的氣定神閒，妯娌之間早已經炸開了鍋，這回秀女裡頭有一個誰家都不想沾手的人，就是已經致了仕的湖廣總督年遐齡的女兒年氏。

滿、蒙、漢三旗選秀，只要看排序就知道皇家的根本在哪兒了，先滿次蒙最後才是漢軍旗，滿族姑娘們頭半晌進了宮，由嬤嬤們領著一道道過關，再後頭是蒙旗秀女，最後才是漢軍旗的。

經了前頭那兩輪，年氏還是硬生生讓引她的嬤嬤眼前一亮，可見她生得如何了，再一看綠箋子上頭那一長串官名，太監跟嬤嬤們收斂了動作，待她客客氣氣的，等拿了荷包，更是面上帶笑。

年氏的聲音細細的，帶著些口音的官話說得分外好聽。「勞煩嬤嬤了。」兩個嬤嬤連稱不敢，等她躺下去驗身時，動作也放輕柔許多，結束了還扶她坐起來整理衣裳，垂著手將她送出門去。這幾年裡，康熙明顯更偏愛漢軍旗出身的女子，這樣的姑娘，說不準要被上頭留牌子的。

年氏跨出門檻等待，捏著帕子垂頭拿眼睛去睨這一屆的秀女，心裡細細品評一回，沒多久就有別家姑娘過來問候她，她也回了平禮，說起話來軟綿綿的，不動聲色就打聽出人家的姓名、出身、來歷，自己卻一句都不多說。

若單只是生得漂亮也就罷了，偏她還最是風雅，茶葉是包在蓮花花心裡薰過的，一面煮來喝，一面說宮裡分下來的水很尋常，等往後有了緣分，就請一個殿的姑娘喝她攢下來的、從梅蕊上刮下來的雪水。

秀女間的事，少有上頭不知道的，周婷聽了幾個妯娌的話，微微一哂，這副模樣，還真像是前頭那個鈕祜祿氏呢。

等真的見著了，周婷也吃了一驚。鈕祜祿氏比起她來，那真是一個地上一個天上，滿、蒙的姑娘大概是因為基因的關係，生得也是濃眉大眼、一副端正相貌，美是美，卻太過正氣。

漢軍旗裡的姑娘卻都是白皮膚、眉毛細長，到了年氏身上，更生了一雙細眉襯著的水漾大眼，行動起來軟腰細步，腿腳好似使不上力似的。

往寧壽宮裡一站，幾個妃子就在心裡皺起了眉頭。瞧著她那身板就喜歡不起來，斜著身子彎著頸項露出一段雪白肌膚，一坐就是一幅畫，卻是看著就顯弱相，眉毛一蹙就似要掉下來淚來。

太后不喜歡這樣的姑娘，是以問了兩句就止了話頭，轉而拉著個圓臉姑娘說得歡快，年氏就這麼靜靜坐著，腿攏在一處，眼手不動，倒讓妃子們稱讚一句規矩好。

宜薇就沒這麼多顧忌了，她最是厭惡那樣子的女人，鼻子裡一哼，私底下說：「就她那種坐相，比正襟危坐還要累，虧她能坐一個時辰，這還身子不好？」

正妻們天生就厭惡這種裝模作樣的女人，更何況這個女人還很有可能來分享自己的丈夫。各宮主位都跟了康熙多年，一見著年氏就在心裡想了一回她的家世，慶幸她這樣出身的姑娘必不會留牌子入宮，那些在宮中混的時間還少的，倒先把她當成了假想敵。

先一個警惕起來的是上一回大挑進宮的瓜爾佳氏，她當時也曾讓諸妃眼前一亮過，奈何有了新人，舊人就不顯得鮮豔了，她的肚皮又不如王貴人爭氣，到現在還一個孩子都沒能懷上，因此見了年氏就如臨大敵。

王貴人打量了年氏一會兒，心頭微微泛酸。她這個年紀的姑娘水靈靈跟枝頭剛打的花苞似的，明明自己才是道道地地江南水土滋養出來的，年氏卻偏偏比她還要柔、還要軟。

好在大家都還能沈得住氣，有能力做些什麼的早就已經摸清了康熙的脾性，那一票乾著急的全都還窩在東西六宮的偏殿裡自己做不得主呢。

不過在找話題時，每個人都有意無意地避開年氏，就連太后都不願意把話頭伸過去，她那張瓜子臉、杏仁眼，還有兩道細長彎眉，像足了先帝鍾愛的董鄂妃，太后吃了她一輩子的苦頭，瞧見這樣的姑娘雖不會遷怒，但肯定不喜歡。

下面的人最會看風向，本以為年氏能有大造化，誰知事情會是如此？眼看對面宮裡那些滿旗、蒙旗的姑娘被叫過去用了兩回飯，卻還沒輪到她們這群漢軍旗的，年氏不禁焦躁了起來。

跟她同一屋的秀女生得一張圓臉，卻又長了個尖下巴，一笑起來眼睛一瞇就是說不出的討人喜歡，連名字都透著喜氣，她跟年氏沒聊兩回就稱起閨名來。「詩嵐，我折了些茶花來，妳不是說要這花能煮落春茶嗎？咱們一道喝吧。」

年氏正對著鏡臺細細描眉，聽了她的話，眉心微微一蹙，臉上先是帶著些不耐，復又笑起來。「今兒這天不合適呢，落春茶須得天陰陰的下著小雨時喝方才有味。」

嘉寶點頭一笑。「妳知道得真多，我就不耐煩弄這些個。」

她把花留給身後侍候的小丫頭，傾身去看年氏的妝鏡，嘴裡嘖嘖出聲。「妳這個耳墜子可真好看。」拿米粒大小的珠子串成花型，中間那顆粉珠更是難得。

年氏微微一笑，拿起來在嘉寶耳邊比劃。「妳既喜歡就給妳。」

嘉寶連連擺手。「我不過白說一句，怎能要妳的東西，被我額娘知道，非讓嬤嬤教訓我不可。」說著退後兩步，從盒子裡摸了幾個大錢出來賞給小宮女。「煩妳拿些點心來，我瞧著對面殿裡的花糕做得好。」

年氏把耳墜扔進妝匣，聽了她的話就轉過頭來。「妳去過對面殿裡了？」

嘉寶點一點頭。「我繞著彎子的堂姊也是這一回選秀，我瞧見有個完顏家的姑娘得了太后賞的荷花酥呢。」

年氏聞言手指一緊，摸著梳篦上的琺瑯蝴蝶，嘴巴抿了起來。「這都第二回了吧。」那邊已經全部輪過一回了，這邊卻還沒有動靜，想到這個她內心就起伏不定。

年氏垂下眼眸暗暗思忖：好不容易一步步走到今天，絕不能在這個時候被人甩在後頭。

小丫頭送了點心進來，嘉寶手裡捏了塊糕慢慢嚼著，聽見年氏的話就笑了起來。「哪回不是這樣，她們總是先被相看的。」

年氏扯出個笑來坐到床上，手裡拿著本詩集，心思卻飄到外頭。

沒想到再一次踏進這宮牆，境遇會差得這麼大，她咬著下唇，脫了鞋子，把帳子放下來。嘉寶見她放了帳子，就悄聲溜了出去，留年氏一個人躺在床上，眼睛盯著那天青色的帳子。

年氏心裡一個念頭接一個念頭地轉著圈，詩集被她放到一邊，手裡的帕子扯成一道一道的。由不得她不焦躁，前塵往事如夢初醒，她初時根本分不清楚到底是莊周夢蝶還是蝶夢莊周，那些過去還都歷歷在目，她卻已經不是夢裡的她了。

年氏嘆出一口氣來，這樣小的斗室，身邊又只有一個丫頭服侍，她何曾吃過這樣的苦頭？這裡的人和事，與她經歷過的千差萬別。夢中她是年家幼女，上頭兩個一母同胞的哥哥對她寵愛有加，父親更是把當她掌上明珠。

而現世她卻變成了家中庶女，下面還有一個嫡出小妹，原本屬於她的寵愛全都移到小妹身上。她暗暗觀察了妹妹幾回，果然就是夢中自己曾經的樣子，她卻一點都不記得夢裡還有一個庶姊。

這讓年氏又喜又怕，喜的是她有了重來一回的機會，怕的卻是自己不能夠以現在的身分重新回到四郎身邊。

年歲愈長，她的日子就愈發艱難，小時候她還能藉著年幼湊在阿瑪身邊撒嬌作癡得阿瑪喜歡，長大就沒了這份權利。前世她原就是最得寵的女兒，阿瑪跟額娘喜歡些什麼、盼著她怎麼行事，她知道得最清楚，重來一回以後她樣樣做得好、做得出挑，卻再沒有了誇獎，反而得來前世最慈愛不過的母親暗地裡打量的眼神。

年氏有苦說不出，只好使出十二分的力氣，打點下人、結交哥哥，結果事情又一次錯開了道，過去有求必應的哥哥們，不僅待她淡淡的，就連原來一向喜歡她的嫂嫂都開始疏遠起她來。就算這一回她沒能託生在額娘的肚子裡頭，那也是阿瑪的骨血啊！

前世明明是嫡女，這世卻受庶女的待遇，這些便罷，最教她吃不下、睡不著的還是另一個自己，那個她只比自己小了一歲，千靈百巧地討父親與哥哥的喜歡。她設法越過妹妹露了一回臉後，就被母親死死盯住了，規矩、女紅一重重壓下來，表面上樣樣是為了她好，心裡打的卻是不教她親近阿瑪跟哥哥的主意。年氏怎麼也想不到原本最寵愛她的額娘，竟成了她這一世最大的阻礙。

她差一點就不能進宮選秀！要上路前一天，廚房竟端了雀兒肉跟豬肝給她吃，這兩樣東西一起吃可是要鬧肚子的！

若是不能選秀，下一回就要跟妹妹一起選了，到時候哪裡還輪得上自己！年氏冷冷一笑，夢中慈母不在，她自然要為自己打算。她不動聲色地把妹妹叫過來，美其名曰和妹妹能在一處吃飯的機會愈來愈少，等選了秀說不定就天南地北各一方了。

妹妹向來就不喜歡自己，有誰會喜歡一個樣樣都比自己強了一頭的人呢？但礙著面子她還是來了。年氏不斷往妹妹碗裡挾菜，自己卻一筷子都不動，夜裡她一聽見正房那邊妹妹肚子痛起了騷動，就爬起來穿了衣裳往前邊屋子裡去，這番作為到底驚動了阿瑪，她這才安安穩穩地上了馬車。

好不容易進了宮，卻又因為庶出的身分不受人待見。年氏瞇起眼來，她認定了同四郎的這樁緣分，不管是誰都別想搶走，哪怕是另外一個自己！

從枕頭底下摸出安神的香包放在鼻子底下嗅了嗅，年氏翻身坐了起來，掀開帳子往妝鏡前理理頭髮。出了屋子找到嘉寶，年氏笑咪咪地問她：「那邊殿裡是不是開著兩株粉山茶？我想去瞧一瞧呢。」

嘉寶一派天真，立即點頭。「咱們一塊兒瞧瞧去。」

年氏在京中並不是沒有關係，先大嫂的娘家姑娘裡就有一個正在選秀的，那可是正黃旗出身的姑娘，雖說大嫂去了以後彼此家裡很少有聯繫，但只要能搭上，她就有辦法教上頭記住她這個人。

果然，她在啟祥宮裡還沒轉上一圈呢，就偶遇了那個納蘭家的小姑娘，彼此一論家世，就知道原來還沾著親戚。年氏柔柔一笑，做出一副懷念的模樣，談論起過早就病死的大嫂來。

納蘭家的小姑娘其實已經算是明珠家的旁支，但人在宮裡有一份親自然更好，其實她根本就沒見過那位嫁到年家的族姊，只知道那是有名氣的才女，她那個阿瑪更是無人不知、無人不曉的大才子納蘭性德。聽見年氏說起，也就跟著聊一些從家人嘴中聽到的話，一來二去，兩人竟交好起來，年氏藉著她的關係，不著痕跡地打開了啟祥宮門。

這些小姑娘到底還單純，年氏雖然不被召見，卻時常逗留在啟祥宮中，與這些秀女們熟識起來，在寧壽宮談話的時候自然就帶出了她的名字。

太后賞了糕點下來，就是不餓也要咬上兩口，小姑娘們初時還拘謹，兩、三回後也談笑起來，一個說這餡和得好，另一個就說起來年氏曾經提過的花瓣餡糕點來。

幾個福晉都不蠢，宜薇當場挑了挑眉毛，笑吟吟地問了一聲：「我倒聽小宮女說這位年家姑娘最是個雅緻人兒，一花一果都能烹出來吃喝，只是不知道比起平郡王福晉來如何？」

若論風流、相貌，兩人並不差什麼，關鍵就是氣度，曹佳氏也是江南出來的女孩，身姿婀娜、聲音嬌嫩，甜得像山泉水，偏偏她那樣的就不讓人覺得狐媚，一站出來，旁人絕不會覺得她是包衣出身，就是福晉們當中也有不及她的，宜薇把她拎出來，自然是因為她跟年氏一樣，都愛這些雅趣。

周婷原來就同曹佳氏有過接觸，她對這個姑娘的印象很好，她一言一笑全都是正著眼睛瞧人，讓人一看就知這是個正氣的人，此時見宜薇拿她出來比較，伸出手指頭虛指了她。「竟取笑起小輩來，該打。」

曹佳氏等平郡王守完一年的孝，剛才嫁作新婦，聽見宜薇打趣她也不惱，微微一笑接過了周婷的話頭。「這些終不過是小道，玩玩倒還罷了，誰還能當真呢。」說著又看了看太后。「那果子倒還有些味，花瓣卻有能入藥的，若是一時不防吃錯，便不好了。」

言語中明顯帶著對年氏的不待見，她說完後不對著宜薇，竟跟周婷目光相接，微微一笑。周婷知道她對自己一向有親近的意思，此時也回她一個笑，大家一同把話題給岔過去，讓太后剛提起來的好奇心又消了下去，下一回擺飯還是沒有年氏的分。

第六十六章　人事全非

年氏沒能照她預想中的那樣，先旁人一步得到上頭人的青睞，心中那股躁意不去，卻不敢再有大動作。寧壽宮裡的事她好不容易從小姑娘的嘴裡套了些出來，內心止不住暗暗納悶。

選秀的事她早已記不清了，只知道她那一屆裡頭她最出挑。不獨她自己，就是旁人也以為她會比曹佳氏還要有造化。

上一世年氏怎麼也沒料到她會被指進親王府裡當側福晉，按照她的家世，怎麼也是當正房的。那時她只有十一、二歲，一道聖旨下來，那遠遠及不上她的倒成了正室，她卻只能委委屈屈當個側福晉。

娶側室也有禮儀，回家備嫁時也曾隱約聽過父兄談論皇帝這一手是在制衡，當時二哥更屬意八阿哥，而皇帝不願見八阿哥坐大。

她在閨閣之中並不刻意打聽這些，只對自己這樣的出身還做了小感到悶悶不樂，備嫁那段日子是她人生中最灰暗的時候，額娘精心挑選的正紅色緞子只能一疋疋地從嫁妝裡清出來。她一到夜裡，就摸著早早備好的大紅刻絲百子袍默默流淚。

家裡還得去打聽好福晉抬進府去時的嫁妝擺設，樣式、等級都不得相同，是以她屋子裡用的家具全都重新打了一回，那上好的梨花木妝檯和按照南邊新樣子打出來的髹漆彩繪雲母雕花床，全都鎖在庫裡，這輩子不見天日。

她哭，額娘也跟著哭，阿瑪與哥哥都覺得對不起她，加倍給她東西，不能擺在明面上，就全都折成銀子塞在箱子裡帶進了府。

這樣黯淡的開始，在遇見四郎之後就什麼都值得了，年氏臉上浮出甜蜜的笑容來，她原以為這是老天作弄，誰知卻是月老跟前早定的鴛盟。

四郎待她如此繾綣溫存，知道她遺憾自己不能穿紅色，不能帶著備了多年的嫁妝進府，因此特地定了新的給她，比原先家中備下的還要精緻，那圖樣還是他自己畫的。她繡的荷包扇套他一直掛在腰上，不論什麼時候，只要她蹙一蹙眉頭，他就知道她在想什麼。

燈伴昏時，月伴明時，她同正室也不差什麼了，雖沒有夫妻的名頭，她卻占著實惠。夏夜撲螢、冬日烹茶，她病著的時候，國事那樣紛擾，他也不曾離了她榻前。

皇后不過是空占著名聲，四郎搬到圓明園去，跟著的就只有自己和幾個小答應跟常在，那些女人在她面前就如同螻蟻。

溫存時四郎也曾應過有一日會讓她做主，她從沒有信過，畢竟前頭有個正室，她再怎麼樣也不可能越過她去，誰知四郎有一天能當上皇帝！

他把她帶去圓明園，告訴她這裡全都由她做主的時候，她的淚止都止不住，伏在他身上好一陣子才抬起頭來。

偏偏她的身子差，生的孩子一個個去了不說，自己也早早病故。

年氏的笑容裡又浸了些苦澀，那春日繁花、秋日落葉，縈繞在她心頭揮之不去，明明知道自己這一世的身分差得多，卻還是忍不住想要再同他續一回姻緣。

嘉寶進來見年氏一臉笑意，也跟著笑。「明天就輪到咱們啦！」

嘉寶一面歡喜，一面發愁。「聽說有人進了寧壽宮裡連話都說不出來，咱們總共就去過一回，還沒輪到我說話，若是這回太后跟娘娘們發問了，我要怎麼回呢？」說著用手撫了撫胸口，又坐回床上去挑起衣服來。

初選跟親閱這兩回才要穿一樣的衣裳，免得主位們被衣裳晃花了眼，瞧不出秀女真實的相貌來，其他時候倒是由著她們穿，只不許打扮得太過。

年氏見嘉寶開始挑衣裳，也走到自己的櫃子邊挑選起來。她的衣裳全是額娘幫忙準備的，這些東西上頭母親不願意被人說怠慢了她，但也不是十分精心。一樣是白玉，妹妹得的是溫潤上品，她的就只是剛能過眼而已。

初時她還忍著，後頭見實在差得多，便繞著彎找上阿瑪。她跟妹妹都是阿瑪的老來女，額娘再怎麼阻礙她盡孝，她也能找到機會請安，只要一往上房去，她就刻意打扮得樸素，久而久之母親看她的眼光愈來愈冷，她的衣裳、首飾等待遇卻愈來愈好。

年氏拿了件鵝黃色繡草綠色如意紋的旗裝，又從妝匣裡挑出一對碧玉耳墜子來擺在一邊，明知道上頭不喜歡她張揚，她卻不得不張揚。若不能讓皇上留下印象，她哪裡還有機會能跟四郎一處呢？

等她又坐到那個位置時，自然會待額娘好，額娘對原來的自己真是一片愛女之心，只是她不知道這個身子裡的也是她的親生女。年氏一會兒心酸，一會兒又充滿了期盼，明天的宣見，她一定要讓太后留下好印象來。

年氏盤算了很久，卻沒料到第一個挑剔她的竟會是德妃。她坐在皇太后下首，如記憶中那樣溫和，說話時微微翹著嘴角，看人總是含著笑，卻根本不把目光放到她身上，只是同嘉寶說話。

年氏跟嘉寶熟悉了，一、兩句話就接了上去，坐在上首的婆婆也只是淡淡一笑，任由別的妃子開口提問，等輪到她時就不再往這邊看了。

年氏心裡一涼，原本這個婆婆就不喜歡她，她喜歡的是正經兒媳那拉氏，年氏當側妃時就少有機會進宮見她，後來短暫地同居一宮裡，她也懶得見自己，反而每日都要同那拉氏說上小半日的話，兩人待在一處就像是親母女。話雖如此，她也從沒有像現在這樣擺明了不待見自己。

宜妃跟惠妃都覺得奇怪，在心裡轉了一圈，就聯想到了前幾天康熙去永和宮裡小坐的事。難道萬歲爺的意思是要把這個年氏指給她的娘家親戚？可若是這樣，就應該更親近，哪能當眾甩臉子呢？

幾個主位都是人精，既然德妃已經擺明不喜歡年氏，她們也沒必要搭話頭過去，橫豎有那麼多秀女，「不小心」疏忽了她也不是不可能。

年氏穩著身子，臉上端著笑，一顆心卻像被放在熱鍋裡煎熬似的，她完全想不明白自己哪裡得罪了主位們。

也不怪她想不明白，之前她在家裡當嬌養的姑娘，之後被胤禛寵著，從來不曾吃過苦頭，外頭也不需她去交際，等當上了貴妃，巴結她的比巴結皇后的還多，這裡面的彎彎繞繞她還真不能立即想通。

正在年氏困惑的時候，外頭傳了名，剛才還興致不高的太后立刻樂了起來，此時年氏聽見後面傳來一個不高不低的聲音，輕聲喚著：「福慧，妳慢著些，當心門檻！」

這一聲「福慧」如同驚雷一般炸在年氏耳邊，她此時也顧不得儀態了，扭頭就向後看去，只見一個面熟的人款款走進寧壽宮正堂，手裡拉著一個穿旗裝的女孩。年氏怔忡間被嘉寶輕輕碰了一下，她回過神來，趕緊垂下頭去跟著大夥兒站起來行禮。

這個年輕的女人，竟然就是那拉氏！還沒等年氏吃完驚，太后身邊已經站了兩個一模一樣的小女孩。年氏心中起伏不定，抬眼瞧過去，聽見太后喊一聲「福慧」，她修剪得當的指甲一下子掐進肉裡。

那竟是跟她死去的兒子「福惠」唸起來一樣的名！她還記得她臨終前求胤禛好好照顧兒子，卻沒想到現在他又有了一個「福慧」！

其實福惠在年氏過世之後不到三年便去世，然而現在存在她記憶裡的，仍是還好好活著的兒子。

不知年輕了多少歲的那拉氏臉上笑盈盈的，蓮青色萬字曲水織金連煙錦裙行動間流動著光暈，脖子上掛著一串拇指大小的粉南珠，寶光瑩瑩，襯得肌膚晶潤。她掃都沒掃階下的秀女一眼，只顧著自己的女兒，那個叫福慧的女孩正趴在太后的膝蓋上撒嬌。

年氏的臉色泛白，身子微微一晃，嘉寶朝她看過去，給了她一個擔憂的眼神，年氏馬上強迫自己扯出笑來。上面的那拉氏挽住德妃的手臂，兩個一模一樣的格格叫完了烏庫媽媽又叫起了瑪嬤。

周婷點著這兩個孩子的圓鼻頭。「我說這會兒老祖宗跟母妃都忙，這兩個孩子竟然自己認得路了，怎麼攔都攔不住呢。」

太后喜得合不攏嘴，德妃也攬過了福敏的肩頭，福慧跟太后炫耀她新得的赤金如意項圈，指著如意上頭嵌的一塊紅寶石說：「這個阿瑪給我的。」

周婷被她氣笑了。

「身上戴的不管什麼都是阿瑪給的，額娘就沒給過妳？」

說不了兩句，周婷趕忙要把兩個孩子帶出去，太后還不捨得，福敏卻一本正經地拍了拍她的手。「忙完了再來瞧您。」

逗得幾個妃子一陣嬌笑，佟妃自己沒能懷上，見著這樣的小孩子，稀罕得不得了，按輩分又是她的孫輩，趕緊拉過去一頓揉搓，又許了兩人各一個嵌各色寶石的項圈，福敏與福慧笑瞇了眼睛團起手謝賞。

周婷直嘆息。

「母妃可不能再依著她們了，我這黑臉還唱不夠嗎。」

太后年紀大了，精神只有這麼些，之前跟秀女們說了一輪話吃了幾塊點心，剛才又同曾孫女玩，人就乏力起來，打了個哈欠。佟妃見時候差不多了，便差人領著秀女們回去。

一路上年氏都魂不附體，直到進了屋，她才顫著聲音問了一句：「剛剛那位，是四貝勒福晉？」

嘉寶瞪圓了眼。「早已經是郡王福晉啦，妳家不在京城裡，怪不得不知道。」說起來她就是一臉豔羨，嘴裡嘖了一聲。「我額娘還去參加過雍郡王府四阿哥的洗三禮呢，排場可大了。」

年氏扶著床柱緩緩坐下來，臉上青一陣白一陣。

「雍郡王府的四阿哥是嫡出的？」

嘉寶見她臉色古怪，湊了過去。

「是呀，妳怎麼了？身子不舒坦？」

年氏擺了擺手，目光灼灼地盯著嘉寶的臉。「我家不在京城，這些全不知道，她瞧上去年紀可比雍郡王小多了。」

嘉寶揉了揉手帕。

「這我也不知，只知道他們感情好得很，雍郡王下了朝還會等雍郡王福晉一同回去，這在京裡人人都知道。」

年氏頓時頭暈目眩，一頭栽在了枕頭上。

年氏這一病，下一回的相看自然不能再去，寧壽宮賜了藥出來，侍候的小宮女怕擔責任，殷勤伺候湯藥，年氏卻怎麼也提不起精神來。她夜裡睡不著，白天又心浮氣躁，不幾日就臉色泛黃、嘴角起泡，一看就知是著急上火。

她前頭這般張揚，自然引來同殿秀女的不滿，似嘉寶一般喜歡她的怎麼都是少數，同一屆的秀女偏她樁樁件件都強過旁人，她又有心顯擺，雖做得隱密，總有一、兩個心思細密的，幾個要好的女孩互相一說，都開始疏遠她。

也是年氏自己不會做人，明明是漢軍旗的，合該跟自己一個宮的姑娘們起居行止才是，偏偏去尋滿旗那邊八竿子才打著的攀親戚去，與自己同一宮的反而不親近。此時她病了，啟祥宮的女孩被嬤嬤拘著不得經常過來，自己一宮的也沒什麼人來瞧她，只有嘉寶待她依舊。

年氏對這些都不以為意，她在家中被母親拘在繡樓裡，不是針線就是詩書，再不像前世那樣能時常出入父親的書房，知道一些外頭的大事。

嫂嫂們待她雖然溫和卻不親近，她除了與丫頭閒聊，也只有跟妹妹在一處學琴學棋時能說上兩句話。

這些事她從沒在意過，除了她自身的變故，家中大小事都與從前無二，她便自然而然地以為外頭也是如此。母親不讓她打聽，她就安心坐在屋中，留了大部分的時間懷念她的過去、她的四郎和她的兒女們，卻怎麼也想不到，最大的變化竟然在四郎那邊！

前世她進府時那拉氏同四郎已形同陌路，平日少有聚在一起的時候，除了年節，他們兩人幾乎從不單獨待在一處說話。李氏雖也得過胤禛的寵愛，生下許多孩子，可禁不住年歲大了，胤禛初時還去李氏的屋子，後頭就只單寵她自己一個了。

年氏從冰紋格的窗框癡癡地望出去，雨滴淅淅瀝瀝打在窗戶上頭，她不由得想起她在圓明園的宮室外頭種了兩株芭蕉，一到下雨天，四郎就會跟她一處喝茶，她拿了平日蒐集的雪水跟雨水出來，用描金的紅泥爐子煮了水，烹好茶奉上去給他，他接過去時會先對她笑一笑，再讚她煮得好。

為什麼這一世她來了，四郎卻已經不是四郎了？

年氏刻意打聽也能打聽出一些事情來，她原本裝著規矩不開口，可只要使上一些銀子，小宮女們就什麼都說了。她得知她念念不忘的四郎同正妻在這輩子不僅有兩個一胎雙生的女兒，還有一個已經滿周歲的嫡子。

要看一個男人待女人多好，只要看看後院裡的孩子就知道了。原本她在的時候胤禛就只獨寵她，雖也寵幸過別的女人，可哪一個也比不過她，她的孩子接二連三地出來，有一段時間只有她生，其他人全沒分。

可這一世的胤禛卻和那拉氏有了三個孩子，年氏怎麼也想不通，事情怎麼會變成這樣？她嫁過去當小時，額娘也曾狠下心來叫她看看阿瑪的小妾是如何行事的，怕她一去就惹怒了正妻，沒有好日子過。

哥哥們卻要她不必害怕，那拉家不過是出了個一品，家裡的男兒多無出息，哪裡比得上她家正掌著權柄呢？額娘卻斥責兩個哥哥不懂後宅事務，一句句地交代她，要她進了門後得先伏低做小。

她也認認真真做了，行禮請安從未有一絲過錯，那拉氏的態度卻好似她是個不相干的人，初兩回她得了四郎給的貴重東西，比正屋裡用的東西都要好上些，她還吊著一顆心防範。額娘身邊那些妾，哪一個敢犯下這樣的事，就算額娘面上不說，那些妾也肯定不好過。

誰知那拉氏根本就不在意。她得寵就得寵，李氏失寵就失寵，鈕祜祿氏生了兒子，她也照著規矩打賞，從來沒拿正眼瞧她們這些妾室，就連除夕夜裡胤禛喝醉了歇在她這裡，那拉氏也不過是遣了人送醒酒湯來。她突然間明白那拉氏對四郎根本就無心，或許曾經有過，後頭又沒有了。

小宮女端了藥進來，見年氏睜著眼睛發怔，便輕輕擱下藥碗，扶年氏坐起來，幫她在腰後頭墊了個迎枕，臉上帶著笑說：「這雨落得人心煩呢，往來的路也不好走了。」

年氏不開口說話，小宮女知道她這是沒去成寧壽宮，心裡不快，也不再挑話頭，只把藥端給她用，盤子邊上還用瓷盒盛了些蜜餞。年氏端上來剛飲上一口就皺了眉，一個屋子裡只有一個宮女侍候，自然不如家裡妥當，像這藥就是沒吹涼過的。

她把藥擱在桌上，朝那丫頭擺了擺手。「等一會兒再喝吧。」說完又靠到迎枕上頭。

小宮女原還想勸兩句，見她的心思又不知飄到哪裡去，便閉了口，決定等會兒再進來催她，就收撿起換洗下來的衣裳，交給嬤嬤送到浣衣局去。

這一耽擱就沒顧得上她，年氏喝了冷藥竟鬧起肚子來，她這病本來多半是心病，心病不去，身病自然難好，一躺就躺了一旬，還起不了身。

德妃聽了宮女的回話皺起眉頭，她原本就不喜歡年氏那樣的姑娘，更別說她的身子還這麼差，為難著怎麼跟周婷開這個口。

胤禛家裡有了一個嫡子在她看來還不夠，須得再兩個才能安心，就像她，三個兒子之中留下兩個來，彼此之間還能相互扶持，這樣才好。

偏偏萬歲爺起意要指個人給老四，說是老四辦好了些差事，須擇個合心意的給他，還問她這一輪之中最出挑的是誰，可不就是年氏？

不獨是胤禛那邊要進人，這些阿哥每個人都有分。當著萬歲爺的面，德妃不能說什麼，暗地裡卻深深覺得這個姑娘真教人打從心底裡愛不起來。

知子莫若母，德妃不喜歡年氏，卻知道胤禛最喜歡這個調調，一個李氏就能折騰出這許多事來，這樣一個年氏進了府，往後再折騰起來可怎麼辦？
然而這些話卻不能漏給周婷聽，反正還沒定下來，萬歲爺聽了年氏的家世後就不曾言語，想來也是不怎麼滿意。只是不到定下來，德妃的心總是提著的，如今兒子跟媳婦這會兒正要好，孫子又生得白胖，她還盼著再來一個呢！
若是平日，進一個新人怎麼也不至於教她心裡慌成這樣，這回她卻是一眼就從心底不喜歡那個姑娘，也不知是怎麼了。按理說來，這樣的女人往年也不少，那個瓜爾佳氏選秀時德妃還讚過她貌美，怎麼到了年氏這裡她就一百個不順心呢？
瑞草知道她的心思，打賞了那小宮女一個海棠銀錁子，就把事情報給德妃聽，嘴上還開解她道：「主子要不要嚐一嚐四福晉剛送來的茯苓霜？說是從粵東差人帶回來的，那邊松柏多，這東西比旁地得的更補人，吩咐奴才調了牛乳日日進給主子呢。」
德妃嘆出一口氣來。「她有孝心了。」
瑞草湊了趣道：「這是緣分呢！全宮裡誰不說四福晉跟主子您親近，上回十四福晉還吃醋呢。」
周婷跟怡寧兩個常常這樣逗德妃開懷，倒比她那兩個兒子更常來。
莫不是沒緣分？德妃一面嚐著牛乳茯苓霜，一面納悶。例如她喜歡福敏跟福慧，見了她們就跟見到溫憲小時候似的，還有那個沒起名的孫子，若不是跟她有緣，老四媳婦怎麼會剛在她宮裡摸了小衣裳，後頭就懷上了呢？

想了半天也沒個結論，德妃用完牛乳茯苓霜，放下勺子跟碗，轉頭看向窗外的繁花盛景，默然不語。

——未完，待續，請看文創風153《正妻不好當》4

顛覆史實 細膩深情／懷愫

既然身為堂堂正妻，就得顯出該有的威風來！

過勞死就算了，還穿越時空當個不受寵的正妻……
要是那些小妾真以為能把她踩在腳底，可就大錯特錯了！

溫柔嫻淑，是滿懷計謀最好的保護色；
女人心機，足將男人玩弄於股掌之間。
看她發揮智慧大展魅力，定要丈夫只愛她一人！

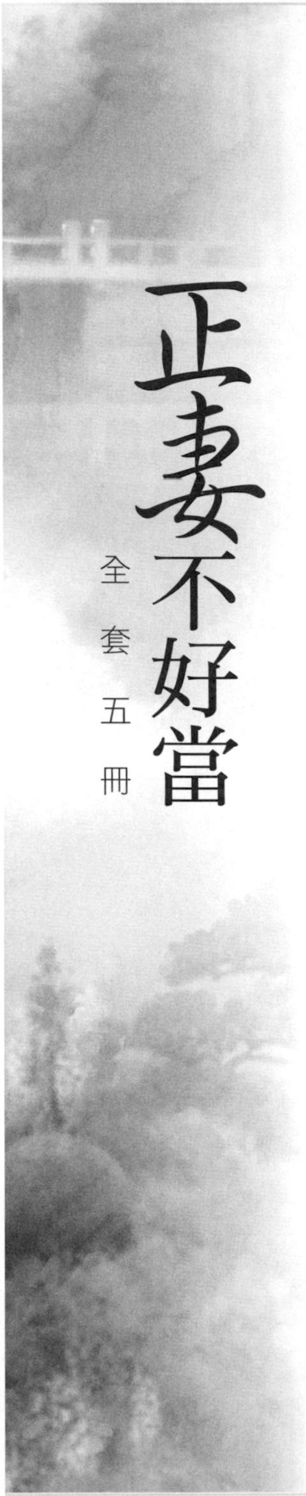

正妻不好當

全套五冊

文創風 150 **1**

在現代要是過勞死，還能上個新聞，提醒大眾注意身體健康，
在古代嘛，累死、寂寞死、傷心死，那都是自己不爭氣！
虧這個身體的原主還是個正經八百的嫡妻，
誰知有面子沒裡子，徒有端莊大方之名卻不得寵愛，
幾個側室都是明著尊敬，暗地裡使絆子，要她不見容於丈夫。
周婷一醒來，就面對這絕對不利的情勢，
要是有個穩固的靠山也就罷了，偏偏她還剛死了兒子……

文創風 151 **2**

既然身不由己，來到這個光有身分還不夠尊貴的地方，
唯一能讓日子好過一點的方法，就是發揮身為「正妻」的優勢，
光明正大設下許多小圈套，等那些豺狼虎豹自行上鉤，
打擊敵人之餘，還博得溫良恭儉讓的美名，真是不亦樂乎。
原本周婷就想這樣舒心過完一生，豈料丈夫發現她的轉變後，
竟像戀上花朵的蜜蜂，成天黏答答，非要將她吃乾抹淨才甘心，
惹得她心思盪漾，覺得多生幾個孩子也不錯……

文創風 152 **3**

明知每回小選大挑，府上都會被塞進好些個侍妾，
但「只見新人笑，不聞舊人哭」這事可不許發生在自己身上！
周婷成功打趴後院所有女人，讓丈夫再怎麼飢渴也只上她的床，
非但無人說她善妒，從上到下、從裡到外還全是讚美聲。
就在她以為所有事情全在掌控中時，那個被她養在身邊的庶女，
竟受了生母指示，企圖向她施蠱……

文創風 153 **4**

既然「家事」搞定了，接下來就是發揮賢內助的本事，
這頭打點、那邊安撫，幫助丈夫在爭奪皇位上取得有利的位置，
好讓兒子、女兒未來的路平平順順，一生無憂。
只不過……既是九五至尊，未來後宮佳麗自然不會少，
成全他長久以來的心願是一回事，要端著皇后的臉面故作大方，
實際上卻委屈了自己，她真能做到嗎……？

文創風 154 **5** 完

面對那一屋子等著遷入皇宮中，好接受冊封的側室與小妾，
無論如何也無法讓人舒心。
原以為所有的甜蜜都將隨著皇帝、皇后分宮居住而漸漸淡去，
想不到丈夫卻信守諾言，非但只寵幸她，還打破傳統，
跟她「同居」起來，教周婷又驚又喜。
偏偏這時還有人不死心，非得把自己逼上絕路不可，
很好，就別怪她手下不留情，使出看家本領掃蕩「障礙物」了！

步步為營，活出自己的一片天／紅景天

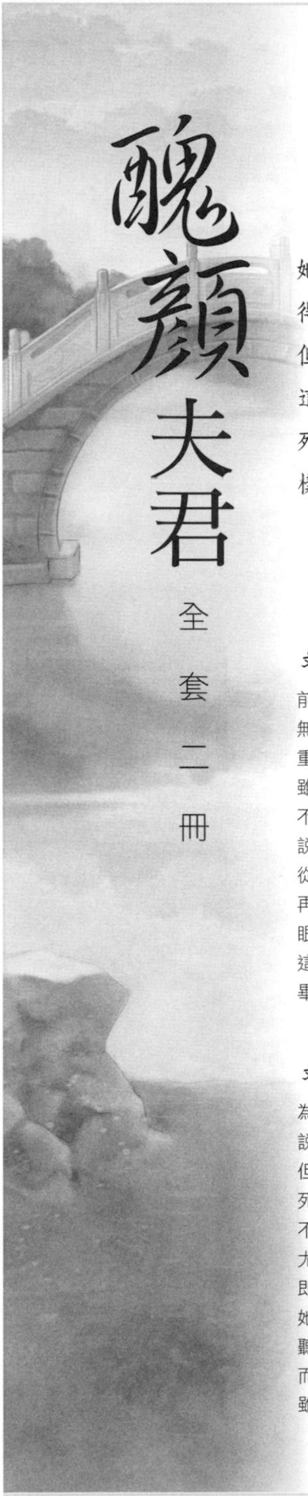

醜顏夫君

全套二冊

她若想平安出府，太出挑了不行，
得防著上頭的主子，畢竟她長得不差；
但若表現太平庸，也只有被人欺辱的分，
這樣憋氣地活著亦非她的本意。
死過一回的她早已看得通透，
樣貌醜陋不算什麼，可怕的畢竟是人心啊……

文創風 148 上

前一世，楊宜極為艱辛才成為了童家二少爺的姨娘之一，
無奈手段不如人，被人誣陷通姦，最終丟了性命，輸得一塌糊塗，
重生後，她才驚覺這一切有多不值得，並發誓此生絕不重蹈覆轍。
雖然一樣被賣進童家為奴，但這回她謹守本分，整個人低調到不行，
不料她的沉著表現仍是引來上頭的關注，欲將她分派到二老爺身邊，
說起這位前世她該喚一聲「二叔」的二爺，她多少是知道一些傳聞的，
從軍的二爺童豁然長得高大魁梧，一張臉實在稱不上好看，還常嚇哭人，
再加上他前後兩任未婚妻都沒入門就死了，因此他無端扛上剋妻的惡名，
眼看他的哥哥、姪子們妻妾如雲，他卻仍是孤家寡人一個，常年駐守外地。
這麼個人人懼怕、避之唯恐不及的主子，她卻是極樂意前去侍候的啊，
畢竟，若能順利被他留下，她就能逃離這座曾葬送她一生的童府了……

文創風 149 下

為了救人，她家二爺本就欠佳的容貌又意外地留下一道醜陋的疤，
說實話，在講究白皙俊雅書生氣的當世，二爺那張粗獷的臉可以說是極醜的，
但她看久了，便也覺得順眼了，甚至連他臉上的那道疤也不再害怕了，
死過一回的她早已看得通透，樣貌醜陋不算什麼，世上最可怕的還是人心，
不過這樣的臉再加上那剋妻的傳聞，想討房門當戶對的媳婦，很難，
尤其身為次子的他又不能繼承爵位家業，會看上他的千金小姐就更少了，
即便如此，這樣外冷心善的二爺仍是她楊宜無法高攀的對象，
她欣賞他、關心他，卻自知配不上他，不料，二爺竟開口要她下嫁？!
聽到她說不為人妾，他立即承諾娶她為妻、絕不納妾，還肯讓她考慮幾日！
而後，她意外得知他曾費心算計她的追求者，說明了他心裡確實有她，
雖說手段不很磊落，但她心底卻充滿了甜意啊，這樣好的夫君，她能不嫁嗎？

文創風
152

正妻不好當 3

國家圖書館出版品預行編目資料

正妻不好當 / 懷愫著. --
初版. -- 臺北市 : 狗屋, 民103.01
冊 ; 公分. --（文創風）
ISBN 978-986-328-228-0（第3冊：平裝）. --

857.7　　102025932

著作者　懷愫
編輯　連宓均
校對　黃鈺菁　陳盈君
發行所　狗屋出版社有限公司
地址　台北市104中山區龍江路71巷15號1樓
電話　02-2776-5889～0
發行字號　局版台業字845號
法律顧問　蕭雄淋律師
總經銷　知遠文化事業有限公司
電話　02-2664-8800
初版　103年1月
國際書碼　ISBN-13　978-986-328-228-0
原著書名　《四爷正妻不好当》，由北京晉江原創網絡科技有限公司授權出版

定價250元
狗屋劃撥帳號：19001626
網址：love.doghouse.com.tw　E-mail：love@doghouse.com.tw